Wir bedanken uns für die finanzielle Unterstützung bei:
Land Niederösterreich und der Stadt Wien.

MIX
Papier aus verantwortungsvollen Quellen
FSC® C012536

Lektorat: Evelyn Bubich
Umschlag und Satz: Jürgen Schütz
Umschlagbild: © Lydia Steinbacher
Druck und Bindung: Christian Theiss GmbH
Printed in Austria

ISBN: 978-3-902711-86-1
www.septime-verlag.at
www.facebook.com/septimeverlag | www.twitter.com/septimeverlag

Lydia Steinbacher

SCHALENMENSCHEN

Erzählungen

Inhalt

Körperbild

»Wie lange würdest du mich noch lieben, wenn –«

Linhard unterbricht Esther mit einem genervten Seufzen, nippt an seinem Glas: »Lass das sein!« Der Aufenthalt dauert schon zu lange und sie wird übermütig vom Zusammensein, nach drei Tagen kein Gefühl mehr für das richtige Maß. Aber eigentlich gefällt es Linhard, sie so zu sehen, leicht trunken. Leicht und trunken. Esther wurde zu einem Kongress nach Madrid geladen, dies ist nun der letzte der vier Tage, dreieinhalb eigentlich, er ist nur das Beiboot. »Was war das heute für ein Workshop?«, fragt er. Ein bisschen ehrliches Interesse lässt sich ihm nicht absprechen. »Körperbildtherapie«, sagt Esther und frisiert sich die Haare mit den Fingern ihrer rechten Hand. Sie sitzen im Freien, obwohl es kalt ist und beide hin und wieder das Gefühl haben, ein paar Tropfen im Nacken zu spüren, es aber nicht aussprechen. Im Süden sitzt man eben unter freiem Himmel, die Erinnerung an den heißen langen Sommer ist in die Köpfe der Menschen eingebrannt. Linhard wirft einen Blick zu den Mädchen am Nachbartisch, die ihre Gabeln in kalte Salatblätter stechen. Er mag dieses leise Knackgeräusch, obwohl es ein Aufspießen ist, oder gerade deshalb. Am Plaza Mayor werden Stuhlreihen vor einer schwarzen Bühne aufgestellt, Regenperlen auf Metall. Er weiß nicht, welches Konzert sie hier versäumen, denn heute Abend werden sie schon zu Hause sein und Esther zurück bei ihrer Familie.

Allein ist sie nie, obwohl Esther sagt, sie wäre es ohne ihn. Fast ein Jahr sind sie jetzt ein Geheimnis. Linhard hätte sich nie gedacht, dass er einmal mit einer Psychotherapeutin zusammensein würde, hat er sie doch kennengelernt, indem er ihr zuerst seinen Namen und dann seine Probleme an den Kopf geworfen hat. Nicht sehr galant, vielmehr rücksichtslos, aber dafür wird sie schließlich bezahlt. Er findet, sie spricht viel von sich selbst und hört manchmal zu sehr auf eine innere Stimme als auf seine Worte, wenn er erzählt, aber was versteht er schon davon. Vorhin haben sie eine Postkarte für Esthers Kinder aufgegeben, sie hätte es fast vergessen. Ja, ausgerechnet Linhard ist es, der sie daran erinnert hat, dabei hat er mit Familie per se nichts am Hut. »Willst du nicht auch unterschreiben?«, hat sie ihn noch gefragt, aber natürlich nur einen Spaß gemacht, über den zu lachen ihm schwergefallen ist.

Noch bevor sich die Schiebetüren zur Ankunftshalle des Flughafens auftun, werden sie sich trennen, nach ungefähr 1800 Kilometern, in etwa sechs Stunden, vielleicht ein bisschen weniger. Esther wird zu ihrem Mann und den Kindern eilen, Linhard als Geheimnis, das er bleibt, einen gleichgültigen Blick auf die Familie werfen, zumindest genau das versuchen, dann in sein Auto steigen und zu Susi fahren, die während dieser drei Tage auf seinen Hund aufgepasst hat.

Er denkt noch immer oft an Susi. Nachdem nun aber keine Liebe mehr im Spiel ist und sie auch nicht mehr wütend aufeinander sind, können sie einfach Freunde sein, so etwas in der Art. Doch wenn sie einander treffen, dann sind da noch immer solch merkwürdige Schweigemomente, in denen plötzlich Raum für diese überkommenen Gefühle entsteht, für Fragen und Zweifel. *Und warum hast du nicht –*, wollte er fast fragen, als er seine Hündin Nanook zu Susi gebracht und sie ihm einen Tee gekocht hatte, bevor er mit Esther nach Madrid geflogen war. Es kam ihm vor, als hätte er das auch vor Jahren immer wieder gefragt, in regelmäßigen Abständen. Und während der Wasserkocher immer lauter geworden war, sagten aber weder Linhard noch Susi mehr ein Wort, aus Angst, das laute Zischen übertönen zu müssen, zu schreien, oder so wie früher, nur missverstanden zu werden, weil die Worte zu leise ausgesprochen worden waren. Nach seiner Ankunft heute Abend wird Linhard jedenfalls mit seiner aufgeregten Nanook am Rücksitz in die Garçonniere weiterfahren, in der die Zimmertemperatur mittlerweile deutlich gefallen ist. Über und unter ihm stehen die Wohnungen leer, den Winter heizt er sich ganz allein erträglich. Außer wenn Esther heimlich bei ihm die Nachmittage verbringt, wenn er sie aus ihrer viel zu bunten Praxis entführt, dann erwärmt ihr Körper mehr als ein Zimmer. Seine Wohnung ist weiß, seine Möbel sind dunkel und dennoch ist es dann fast gemütlich, wenn sie ihm gegenübersitzt und ihm lange in die Augen schaut, wie sie das so oft macht, und er sie anlächelt. Er ist nicht neidisch auf das Doppelleben, das sie führt – er würde schätzen, gut fünfundzwanzig Prozent davon machen das Leben mit ihm aus.

Kurz darauf stellt ein Kellner mit dicken schwarzen Augenbrauen einen großen Teller Pasta vor Esther auf den Tisch und geht zurück in die Küche. Als Linhard sich gerade fragt, was so schwer daran sein kann, zwei Speisen gleichzeitig zu servieren, klingelt Esthers Telefon. Dass es ihr Mann ist, der sie anruft, liest er ihr vom Gesicht ab. In ihrem linken Mundwinkel bemerkt er ein bisschen Tomatensoße vom ersten Essversuch. Sie hat nicht auf ihn gewartet. Der Kellner stellt nun einen Teller Paella vor ihn hin, die Speisen dampfen. Esther hat nicht abgehoben, sondern lässt das Telefon wieder in ihre Handtasche auf ihrem Schoß gleiten. Sie stellt sie nie auf den Boden. Gestern ist sie schon nicht rangegangen, als es läutete, da waren sie zusammen in der Badewanne und Linhard hat diese langen Beine bewundert, mit denen sie enorm schnell laufen können müsste, wenn sie denn wollte, jagen oder davonlaufen. Eher jagen. Und die sich bei allen Bewegungen und Verdrehungen abzeichnenden Rippenknochen mag er so an ihrem Therapeutinnenkörper, aber natürlich kann er das niemandem sagen. Was ist das für ein Frauenbild. Dabei geht es ja nicht um das Magersein, er ist vielmehr verliebt in die Idee als in die schlanke Silhouette. Dass jemand nicht alles annimmt, was man ihm an Genuss bietet, diese Art von Disziplin und Strenge gegenüber sich selbst, eine Entsagung. Eine innere Stärke, die er darin sieht, sich zu verweigern, weil sie nicht will, was sie nicht braucht, ganz simpel, aber Esther weiß das selbstverständlich nicht, vielleicht sagt sie auch nicht *Nein*, verweigert sich, sondern ist schlichtweg genetisch gesegnet. So genau kennt man sich doch nicht und ist sich darum nicht böse.

»Linhard?« Esthers Stimme reißt ihn aus seinen Gedanken. »Stört es dich, wenn ich abhebe?« Er hat gar nicht realisiert, dass ihr Telefon nun schon zum wiederholten Mal klingelt. Den Kopf schüttelnd vergräbt er seine Gabel in den gelben Reiskörnern und spießt eine Crevette damit auf. Seit seinem halben Jahr in Frankreich kann er sich dem deutschen Wort für diese Krustentiere nie schnell genug entsinnen, um nicht aufzufallen. Es ist aber auch schwierig, auf Französisch wahrscheinlich nicht minder, Garnelen, Scampi, Langusten. In Wahrheit weiß er gar nicht, was er isst. Die Schale gibt ein leises Knackgeräusch von sich, als er hineinsticht. Er wirft einen Blick zum Nachbartisch, aber die Mädchen mit den langen Haaren und den rollenden Zungenspitzenkonsonanten sind schon weg. Ein paar schlaffe Salatblätter haben sie auf ihren Tellern zurückgelassen wie zu alte Männer. Kein Knacken. Linhard fängt gerade an, das traurig zu finden, aber der Kellner mit den dichten Augenbrauen räumt die Teller unwirsch ab und zerstört das Bild, bevor sein Gast sich darin vertiefen kann.

»Hallo«, sagt Esther in dem Moment fast schüchtern in den Hörer. Es ist ein ganz anderes *Hallo* als jenes, das sie für ihn benutzt, ein süßeres, auch transparenteres irgendwie. Und dann sagt sie: »Ich weiß, es tut mir leid, ich wollte ja, aber …« Was folgt, sind Ausreden und eine lange Pause des Hinhörens, in der Linhard den Reis wieder mit seiner Gabel nach etwas Knackendem durchforstet. Er findet nichts und beginnt sich schon zu sehnen nach dem kleinen Knackgeräusch, dem Aufbrechen und Freiwerden. Von dem einseitig mitgehörten Telefonat versteht Linhard nur so viel, dass Esthers Mann wohl krank sei, womöglich im Krankenhaus gewesen ist oder irgendetwas mit dem Kreislauf gehabt hat, es ist schwierig zu sagen, weil Esther – und das obwohl sie doch Therapeutin ist – die Worte ihres Gesprächspartners nie wiederholt. Und Linhard hat immer gedacht, dies sei eine bestimmte Technik, eine Möglichkeit, dem anderen noch einmal zu spiegeln, was er da eigentlich von sich gibt. Die angebotene Möglichkeit, sich zu negieren. Aber er irrt sich bestimmt. Esthers Stimme ist plötzlich Föhnwind in dem kalten Madrid, dieses *Fühlst du dich schon besser?* und *Ich bin ja schon in ein paar Stunden wieder da* verursachen ein flaues Gefühl in seiner Magengegend und er starrt in die hellgrauen Augen, starrt auf den Mund mit dem Fleck Tomatensoße und kann noch immer nicht damit aufhören, als Esther schon aufgelegt hat und seine rechte Hand, in der er die Gabel zum Aufspießen hält, sanft berührt, noch mit der Sanftheit des Gesprächs mit dem anderen Mann. Er hat es nicht gern, wenn sich ihre zwei Leben vor ihm kreuzen. Sie entschuldigt sich bei ihm, aber in Wahrheit weiß keiner so genau, wofür. Nachdem Linhard die offene Rechnung beglichen hat, nehmen sie die Metro zum Flughafen. Seinen Rucksack hat Linhard heute Mittag nach dem Auschecken gleich zu ihrem Treffpunkt ins Restaurant mitgenommen, um jetzt nicht noch einmal zurück zu müssen. Bloß nichts unnötig verzögern. Er ist kein routinierter Reisender und mit Flugzeugen hat er sich nur wegen den Wolken angefreundet.

Zumindest für den Rückflug kann sich Linhard den Fensterplatz ausverhandeln, aber da Esther seit dem Telefonat ohnedies ganz unruhig ist und ihr alles gar nicht schnell genug gehen kann, scheint es ihr nicht so unrecht zu sein, am Gang zu sitzen. Ein paar Minuten nach dem Start quengelt ein unsichtbares Kind. Von den Wolken kann Linhard nicht genug bekommen, sobald er sich mit ihnen auf Augenhöhe befindet. Tief drinnen in seinem Körper hat er vielleicht ein Wolkenorgan – der Gedanke ist interessant, er möchte ihm gern noch ein bisschen nachhängen, aber Esther reicht ihm raschelnd ihren Snack weiter und plötzlich platzt es ganz unvermittelt aus ihm heraus: »Manchmal stelle ich mir vor, wie es wäre, selbst Kinder zu haben.« Esther hört auf zu knabbern und sieht ihn beunruhigt an, und zum ersten Mal wiederholt sie seine Worte, nachdem er sie gesprochen hat, verlangsamt und in einem ganz anderen Tonfall, was

Linhard ärgert. Warum nur hat er das auch jetzt gesagt? »Aber, ich meine, bist du dafür nicht zu … also, und außerdem habe ich, du weißt doch, ich habe schon Familie, bitte versteh mich nicht falsch …« Dieser Satz, den sie soeben begonnen hat, nimmt gar kein Ende mehr zwischen ihren Lippen und je länger er wird, desto weniger falsch versteht Linhard sie. Er schweigt. Und irgendwann tun sie es beide. Die Stewardess hält eine offene Hand in den Nachklang des beendeten Satzes und nimmt dankend den Müll entgegen. Ein paar grobe Salzkörner fallen auf den Flugzeugboden. Dann schnallt er sich ab und drängt sich umständlich bei Esther vorbei, um auf die Toilette zu gelangen. Auf dem Weg dorthin stößt er gegen die Schulter eines Mannes, der im Schlaf verrutscht ist und jetzt wie betrunken aufwacht. Diese Träumer! Das gelbliche Licht in dem kleinen verschlossenen Raum lässt Linhard noch unzufriedener werden und als er den Seifenspender bedient, bricht der weiße Plastikschnabel ab. Er wirft ihn ins Klo. Nachdem er mit noch feuchten Händen wieder auf seinen Platz zurückgegangen ist, kramt er seine Kopfhörer aus dem Rucksack und lässt Esthers Blicke und Fragen über sich ergehen, unbeantwortet ausnahmsweise. Er fühlt sich verraten von ihr, die seine Ängste und Zweifel gegen ihn ausspielen kann, die es nicht wirklich tut, die aber in der Lage dazu ist, die er dafür bezahlt hat und jetzt auch dafür begehrt.

Nach der Landung lässt Linhard im Ankunftsbereich des Flughafens Esther vorausgehen, sie hat sich schon von ihm losgemacht, die drei Tage sind zu Ende, zwar ist es erst Abend, aber schon jetzt beginnt ein neuer Tag für beide. Linhard hält gut fünf Meter Abstand hinter ihr. Esthers oranger Mantel ist zu kurz für ihre Größe, sie ist nur mit einer Tasche und ihrem Notebook gereist und sieht auch deshalb noch immer leicht aus. In der Ankunftshalle ist es unangenehm laut und Linhard will nur schnell hinaus, aber er zögert, weil Esther unschlüssig stehengeblieben ist vor der wartenden Menschenmenge und sich umsieht. In seiner Tasche vibriert sein Mobiltelefon. Da er die Zeilen der Nachricht überfliegt, ist Linhard plötzlich wie versteinert. Ihm ist, als hätte irgendein Organ in seinem Körper versagt und fast hätte er gar nicht bemerkt, wie Esther ihren Mann und ihre Kinder in diesem Augenblick findet. Alle sind zum Flughafen gekommen, um sie abzuholen, als hätte sie eine monatelange Weltreise hinter sich – wie sie ihren Mann küsst und die ältere Tochter bei der Hand nimmt und die vier Wiedervereinten sich zum Gehen wenden. Da wirft Esther noch einmal einen Blick zurück zu ihrem Geheimnis, sieht Linhard aber nicht, erkennt ihn nicht oder hat vorbeigesehen, lächelt vage in seine Richtung, aber mit einem fremden Lächeln. Sie ist schon die andere Esther geworden. Dann ist sie weg und Linhard lässt sein Telefon zurück in die Jackentasche gleiten.

Er fährt, als gäbe es noch etwas zu retten, als hätte Susi sich vertan in ihren Worten vielleicht hat sie nur wieder irgendwelche Drogen ausprobiert. Das Licht einer Ampel ist schon auf Rot gesprungen, aber er rast über die Kreuzung, erreicht Susis Bezirk, die Lischka-Trost-Straße. Ein Parkplatz direkt in ihrer Gasse ist nicht zu finden und Linhard muss seinen Wagen in einiger Entfernung in eine Lücke zwängen. Völlig außer Atem klingelt er wenig später an der ihm vertrauten Wohnungstür. »Was ist passiert? Wo ist Nanook?«, ruft er schon, als Susi die Tür erst halb aufgezogen hat. Augenblicklich streckt sie ihm eine Visitenkarte entgegen und sagt: »Du kannst selbst hinfahren, Nanook ist dort, ich wusste nicht, was ich tun soll, wir sind sofort zum Tierarzt gefahren, aber –« Linhard spürt seinen Herzschlag im Kopf, er greift nach der Karte, reißt sie Susi förmlich aus den Händen, wirft einen Blick auf die Adresse und stürmt die Treppen nach unten. Hat Susi geweint?

Es fängt an zu regnen, ein Filmbild in der Wirklichkeit.

Er verlässt die Praxis des Veterinärs. Manchmal ist das Wetter trotz allem ein Gefühl. Nanook ist tot und er war nicht da, um es zu verhindern. Der Tierarzt hat ihn mitleidig angesehen, ist in dieser Nacht aus seinen Privaträumen wieder nach unten in die Praxis gekommen, weil Linhard sturmgeläutet hat, und hat ihm Nanook gezeigt, ihren feingliedrigen Hundekörper. Umständlich hat der Arzt erklärt, was passiert ist, und Linhard hat zu Beginn nur einzelne Brocken verstanden, nach und nach ein bisschen mehr: »Ihre Freundin«, »Röntgen«, »Leber oder Milz, »eine Blutung, sie hat es nicht mehr in die Tierklinik geschafft. Vielleicht ist ein Tumor geplatzt. Man könnte sie natürlich in die Pathologie bringen, wenn Sie das wollen, nur macht es sie nicht mehr lebendig, Sie wissen das. Und umsonst ist es auch nicht.« Linhard hat sich niedergekniet zu dem leblosen Körper seines Hundes, den Kopf ans hellbraune Fell geschmiegt. So ist er etliche Minuten verharrt, bis dieser fremde Mann im Bademantel, der sich offensichtlich eingebildet hat, irgendetwas davon verstehen zu können, was hier vor sich geht, ihn gebeten hat zu gehen. Linhard wusste nur, dass er nicht dagewesen war und dass man ihm alles erzählen hätte können, was er jetzt einfach glauben musste.

Und nun der Regen, der sich einmischt. Susi öffnet ihm die Tür, sie trägt einen Pyjama mit irgendwelchen blauen

Tieren auf weißem Grund, wahrscheinlich sind es Vögel. Ihre Haare sind nass, als hätte sie den Kopf ins Freie gehalten so wie Linhard, der denselben Parkplatz wie vorhin wiedergefunden hat. In den Armen trägt er seinen Hund in einem rosaroten Tuch, das ihm der Veterinär noch mitgegeben hat. Er spricht nicht beim Eintreten und bleibt auch stumm, als er sich auf dem dunkelgrünen Sofa niederlässt. Auf dem Schoß hat er Nanook, die er so achtsam hält, als schliefe sie nur und als bestünde die Gefahr, sie unsanft zu wecken. Nach jenen totenstillen Minuten aber, in denen er realisiert haben muss, dass Nanook nicht atmet, plötzlich und vollkommen unerwartet für Susi, die an der Küchenzeile Tee kocht, schreit Linhard sie an: »Du hast sie einfach dort gelassen und bist abgehauen, zum Krepieren hast du sie allein gelassen!« Mit dem Satz, der gegen ihren Rücken knallt, bricht er gleichzeitig den Damm zwischen ihnen und alles schwappt über. Susi und Linhard sind wieder ein Paar. Sie dreht sich zu ihm um, noch irgendwie benommen, bevor sie spricht, hat wieder das Gefühl, sich rechtfertigen zu müssen, alles scheint plötzlich schlimmer denn je. Diesmal hat sie Angst, tatsächlich etwas falsch gemacht zu haben. Sie sagt: »Wie immer hast du keine Ahnung, ich war natürlich da, ich habe sie gehalten, ganz fest, und dann habe ich dich angerufen. Dein Handy war aus!« – »Ich war im Flugzeug.« – »Ich konnte nicht mehr warten und ich konnte es auch nicht sein, die dir Nanook zurückgibt, tot, entschuldige.« Auch der Tee, den Susi jetzt auf den Couchtisch stellt, ist bitter. Die Schuldfragen schwimmen oben auf in kleinen Bläschen am Rand, klammern sich ans Porzellan. Ein warmes Getränk macht nichts wieder gut. Was würde Esther sagen, nein, was würde sie fragen, wenn sich ihre innere Stimme einmal nicht einmischte? Linhard denkt daran. *Wie sehr hast du Nanook geliebt?* – Er denkt, *mehr als dich. – Wie sehr hast du Susi geliebt?*

Ungefähr einen Meter hinter dem kleinen Tisch hat Susi den Heizstrahler positioniert, der jetzt die Schienbeine und die hängengelassenen Arme und Beine der beiden Niedergeschlagenen wärmt. Das muss ein neuer Pyjama sein, den Susi trägt. Linhard hat ihn noch nie gesehen. Er wirkt irgendwie zu groß und ganz oben ist er nass von den gewaschenen Haaren, die, auch wenn sie trocken sind, noch über dem Kinn enden. Ein bisschen feucht von den Augen vielleicht auch. Susi stellt ihren Tee wieder auf den Tisch und rückt noch ein bisschen näher an Linhard heran, der unaufhörlich schreien und um sich schlagen will, aber nicht weiß, wie und wohin. »Mein Gott, du blutest ja«, hört er Susi plötzlich sagen und ertastet mit seinen Fingern den Punkt in seinem Gesicht, den sie so eindringlich fixiert. »Tue ich nicht!«, ruft er, obwohl er nun selbst spürt, dass er sich in die Unterlippe gebissen hat. Er springt auf, sodass Nanook von seinem Schoß rutscht und sich das Tuch, in das der tote Körper gewickelt ist, unvermittelt öffnet. Wie zerbrochen sinkt er zu dem Tier nieder, und Susi erinnert sich an ein paar Verse. Sie sagt leise: »Es rauscht der Kraniche Gefieder, er hört schon kann er nicht mehr seh'n.« Linhard nimmt den leblosen Körper und bettet ihn auf die Couch, direkt neben Susi. Sie schiebt ihre feuchte Hand in das braune Fell. Selbst noch am Boden kniend legt Linhard seinen Kopf in Susis Schoß und weint. Sein Leben ist so merkwürdig geworden. Susis Vögel bewegen sich, verschwimmen, sie riechen nach Viskose und Freiheit, weil sie weiterziehen könnten. Susi streicht mit ihrer rechten Hand durch Linhards verklebtes Haar, die andere liegt noch immer im Nacken von Nanook.

Du hast mich nur ausgenommen, will Linhard Esther später schreiben, will ein bisschen etwas von der Schuld loswerden und weiß doch, wie ungerecht er ist. Esther hat ihm einst geholfen, über seinen Beziehungsscherbenhaufen hinwegzukommen, hat versucht, sich mit ihm in sein inneres Chaos zu begeben, um ein bisschen aufzuräumen, aber sie hat es dort so interessant gefunden, dass sie sich hinter den schwarzen Möbeln vor ihm versteckt und auf seinem alten Musikinstrument gespielt hat. Ein paar wenige Rätsel hat sie gelöst und die Bilder an der Wand getauscht, an den Salatblättern im Kühlschrank geknabbert und den Tauben Reis gestreut, kluge Sätze aus den Büchern im Schrank vorgelesen und sich nachts zu ihm ins Bett gelegt. Als Linhard sein Handy entsperrt, um ihr eine SMS zu schreiben, wird ihm beim Blick auf das aufleuchtende Zeichen klar, dass sie schneller gewesen ist. Nach ein paar freundlichen Worten meint sie, es sei vielleicht besser, wenn es zu Ende sei. Nicht ist und wird. Linhard spürt ein schmerzendes Knacken in der Brust – da ist es wieder, das Geräusch, das er so mag, aber diesmal macht es Angst, ist viel zu nah, kommt aus ihm selbst, ist nicht so laut wie eine Einbildung, sondern leise, echt. Susi, die neben ihm im Bett liegt, fragt: »Alles okay?«

Nanook gibt keinen Laut von sich.

Nieselregen

Die Schwester sitzt in Fahrtrichtung, Alex ihr gegenüber. Der Junge mit dem schwarzen Stier auf dem T-Shirt verliert das Altbekannte langsamer aus den Augen, starrt ihm nach und ist sich ungewiss über die Möglichkeit eines Weges zurück. »Woran denkst du?«, hört er jemanden fragen. Es ist nicht die Stimme seiner Schwester, die die ganze Fahrt über sehr schweigsam war, sondern eine fremde Stimme, doch trotzdem sucht Alex kurz nach einer Antwort. Er schaut wieder aus dem Fenster, klappert leise mit dem Blechdeckel des Abfallbehälters. Im Zug riecht es nach Bananen, wie sie erst riechen, wenn sie reif sind. Er denkt an nichts, das er hätte benennen können, sitzt nur stumm die Zeit ab, schaut zu seiner Schwester und dann wieder aus dem Fenster. So viel beruht auf Gegenseitigkeit. Nur die Landschaft spricht zu ihm.

Weiße Windräder ziehen am Zug vorbei, natürlich ist es in Wahrheit umgekehrt, auch das ist oft so. Und der Regen draußen fällt so unauffällig, dass man ihn im Zuginneren lediglich erahnen kann, aber auch nur dann, wenn zumindest ein einziger der Reisenden an ihn glaubt. Das Fenster ist einen Spalt breit offen und ein paar der winzigen Tropfen wehen hinein in den Waggon auf die nackten Arme und in die blauen Augen des Knaben – er könnte es den anderen zeigen. Der Schaffner kommt und geht. Draußen wieder Bäume, viele Birken und dazwischen verstecken sich die Erinnerungen der großen Kinder.

»Ich würde lieber mit dir zu Hause warten«, sagt Alex jetzt und sieht seine Schwester an, die fremd und mit einem Mal unerreichbar älter und lebensklug zu sein scheint, uneinholbar für jeden anderen. Woher sie das plötzlich hat? Es fällt ihm nicht ein, sie danach zu fragen, und sie würde ihn sicher nur verärgert ansehen, täte er es doch. »Wir werden bald da sein«, meint sie dann, »und versprochen – das habe ich doch schon gesagt – sobald zu Hause alles geregelt ist, komme ich nach und wir können die neue Wohnung beziehen, dann gibt es ein neues Zuhause, nur ein bisschen Geduld. Das ist für uns beide eine Überbrückungszeit, ich komme dann und hole dich dort ganz bald wieder raus. Die paar Wochen – also, du bist doch schon groß!« Die Sätze sind auswendig gelernt und ein wenig falsch erinnert, das hört Alex. Der Bruder kennt seine Schwester besser, als sie vermutet. Aber wer so eng zusammenlebt, der überschreitet Grenzen. Die beiden wohnen schon jahrelang zu zweit auf engstem Raum, das Mädchen hat alles für Alex getan und ihm auch beigebracht, wie man es ganz allein schafft. Dabei ist sie selbst noch nicht erwachsen genug für irgendeine Art des Bemutterns. Dadurch wurde der Junge viel zu ernst für die anderen Schüler in seiner Klasse und andererseits doch schon jetzt tief drinnen ein ewiges Kind für alle zukünftige Zeit.

Die Luft flimmert vor Feuchtigkeit. Sie werden die Hauptstadt bald erreichen. Alex will keinen neuen Versuch, Freunde zu finden, keine neue Chance sich zu beweisen und doch wieder nur vorschnell beurteilen zu lassen aufgrund dessen, dass er keine Eltern hat. Immerhin hat er zuletzt in Johannes so etwas wie einen Verbündeten gefunden. Johannes' linke Gesichtshälfte ist dunkel von einem

Leberfleck und die Leute und Kinder sprechen ihn deswegen lieber von rechts an, nur Alex ist das immer egal gewesen. Die beiden haben oft Verstecken gespielt nach der Schule. Der eine stand dann hinter der großen Birke und verbarg sein Gesicht, der andere lief und drückte sich in irgendeinen Schatten hinein. An solchen Frühsommertagen wie heute, nur zu späterer Stunde. Je länger er darüber nachdenkt, kommt er zu dem Schluss, dass es doch nicht Tage wie heute gewesen sind, denn jetzt scheint alles anders. Er hat von zehn rückwärts gezählt. Oft brauchte er fast zehn Minuten, um Johannes zu finden. Wenn die Klassenkameraden mit Holzstöcken gegeneinander kämpften und ihn aufforderten, doch mitzuspielen, stand Alex wieder hinter dem Baum. Jetzt müssen seine Schwester und er in die Hauptstadt übersiedeln, um sich zu verstecken. Niemand wird sie dort finden. Seit das Mädchen ihren Körper wieder nur für sich allein haben will, hat es viele Feinde, zu viele. »Zehn, neun, acht«, zählt Alex jetzt so leise, dass er es selbst kaum bemerkt, aber die Schwester sehr wohl, denn sie passt auf ihn auf und sie hat das, was man Argusaugen nennt. »Lass das, du machst mich verrückt!«, fährt sie ihn an und schiebt seine Hand von dem Abfalleimer, denn jede Zahl hat der Bub mit dem Klappergeräusch des Blechdeckels untermauert. Wie die Zeit vergeht, immer wieder in dieselbe Kerbe schlagend, ohne Erbarmen, ohne Halt, dessen Ankündigung der Schaffner jetzt heuchlerisch aus den Lautsprechern rasseln lässt, und wer will, der glaubt, er sei bald am Ziel. Endstation.

Der Zug wird langsamer und die Leute schieben sich durch den Gang. Alex beißt sich beim Aussteigen in die Zunge. Sie haben das Zugfenster nicht mehr geschlossen.

Sich so viele Wege offen halten wie möglich – das ist die Maxime der Schwester, die seit Kurzem angefangen hat zu rauchen, heimlich, und eigentlich wieder aufhören hätte wollen. Das Aufhören ist aber schwieriger als das noch ungeübte Drehen einer Zigarette im Dunkeln am offenen Fenster. Und natürlich weiß der Bruder längst von diesem Laster und denkt, es sei besser als das späte Nachhausekommen am Morgen nach einer ekelhaften Nacht, die er beim Frühstück von der Haut unter den Augen der Schwester noch ablesen kann. Ja, auch schon in seinem Alter kann er so etwas. Nachdem er dann sein Brot aß und sich auf den Schulweg machte, hatte sie sich für gewöhnlich wieder schlafen gelegt. Nach Unterrichtsschluss blieb Alex dann oft noch lange fort. Das war der Tagesablauf der Geschwister gewesen. Seit die Schwester vor einiger Zeit allerdings aus dem Geschäft der schnellen Liebe ausgestiegen ist, sind die Tage anders. Ein Supermarkt hat ihr eine Chance als Regalbetreuerin gegeben. Warum also nun weg, gerade in dem Moment, da alles besser wird? Alex weiß nicht, wohin sie gehen, die ausgemergelte starke Hand, an der er herläuft und die ihn nicht loslassen würde, fiele er hin, zieht ihn aber in eine ganz bestimmte Richtung. »Nun komm schon!« Auf der Straße liegen grüne Scherben. Er denkt ans Barfußgehen und unvermittelt beginnt er wieder rückwärts zu zählen, doch durch den Straßenlärm, der von den alten Betonwänden widerhallt, hört die Schwester ihn diesmal nicht. »Sieben, sechs, fünf.«

Sie fahren mehrere Stationen mit der Straßenbahn. Es kommt Alex so vor, als durchquerten sie die gesamte Stadt, als würden sie noch einmal so weit wie vorhin mit dem Zug unterwegs sein. Er dreht seine Fahrkarte in den Händen, bis sie alt aussieht, die Schwester hat gesagt, in Zukunft müsse er auch alles selbst tragen und Wichtiges bei und für sich behalten, was ihm gehört oder ihm etwas nützt. Man könne die Verantwortung dann nicht mehr abgeben. Er weiß nicht, was sie damit meint, weil er gar nicht das Gefühl hat, irgendetwas zu besitzen, das ihm wirklich gehört, ihm *nützt*. Auf seine guten Schuhe, die ihm nach jahrelangem Tragen endlich wie maßgeschneidert passen, ist er aber stolz, hat er doch anfangs Blasen bekommen und sich die Fersen wundgerieben. Durch jede Wunde ist leicht einzudringen ins Innenleben. Die Schwester hat ihm das gesagt und ihm Angst gemacht. Krankheiten aller Art, auch unheilbare. Während Alex einen Platz in der Straßenbahn bekommen hat, steht sie neben ihm, die linke Hand in der Halteschlaufe baumelnd, merkwürdig leblos, es ist die andere Hand, mit der sie sich an der Rückenlehne des Sitzes festhält, auf dem der Bruder sitzt. Der Junge kommt sich plötzlich ausgeliefert vor, als schaukelte er selbst an einem langen Seil über einer Schlucht. Und da wird ihm vielleicht zum ersten Mal bewusst, dass er nicht frei entscheiden kann, auch seine Schwester nicht und womöglich niemand, den er kennt. Das Gefühl, die Wahl zu haben – nur ein nicht zu löschender, fliehender Funke im Gehirn.

»Da waren wir einmal, kannst du dich erinnern?«, fragt seine Schwester und zeigt hinaus auf die bescheidene Grünfläche hinter den Restaurants, ohne Alex anzusehen, der so zusammengesunken auf der hölzernen Sitzfläche kauert und seinen Körper pendeln lässt mit den Bewegungen des Gefährts. Er starrt nur so vor sich hin und dreht den Kopf nicht zum Fenster. Ihm gegenüber haben sich eine alte Frau und ein glatzköpfiger Mann niedergelassen, er vielleicht ein bisschen jünger als sie. Sie halten einander an der Hand und stützen sich, obwohl sie beide sitzen. Halb geschlossen sind die Augen der Frau, die Lider hängen schlapp über die Pupillen, die Haare bilden einen grauen Flaum um die Silhouette des Kopfes, wie bei manchen jungen Tieren, und Alex stellt sich vor, dass sie plötzlich die Augen aufreißen würde, weil sie ihn erkennt, und ihm all die Geschichten erzählen würde, die unter dem merkwürdigen Flaum in ihrem Kopf wohnen. Nachts fühlt Alex sich oft allein.

»Dort drüben beginnt der Vergnügungspark mit dem Karussell und den vielen Eisverkäufern«, sinniert die Schwester weiter und lächelt zu ihrem Bruder hinunter, aber sieht ihm nicht ins Gesicht dabei, verfehlt es absichtlich ganz knapp. Sie weiß, wohin sie ihn bringt. »Du darfst nicht so schüchtern sein, es wird schon alles.« Und froh darüber, etwas Zuverlässiges sagen zu können, fügt sie schnell hinzu: »Komm, wir steigen hier aus!« Alex wirft vom Trottoir aus noch einen Blick auf die alte Frau und den Mann hinter der Glasscheibe, die noch sitzen bleiben für einige weitere Stationen, und Alex ist sich sicher, dass in Wahrheit *die Frau* es ist, die den glatzköpfigen Mann führt, wohin auch immer, mit halb geschlossenen Augen, aber vollkommen sicher.

Das Haus, auf das sie zugehen, ist weiß wie die Windräder, nicht schmutzig, eine unwirklich reine Insel im Stadtstaub und obwohl Alex die Gegend vage wiedererkennt von früheren Ausflügen, kann er sich nicht an dieses riesige Grundstück mit den Mauern und dem mehrere Meter hohen Gittertor erinnern, dahinter ein gesichtsloses Gebäude. Sie gehen die Stufen zur Eingangstür hinauf. Die Tür ist so schwer, dass die Schwester zuerst annimmt, sie sei verschlossen. Hinter den dicken Mauern ist es kühler als draußen, bedrückend wegen der kurzen Säulen, die eine viel zu niedrige Decke stützen. Ratlos bleiben die beiden stehen und schauen sich um, bis die Schwester eine trotz ihres enormen Körperumfangs in dem dunklen Schummer kaum auszumachende Damensilhouette hinter einem Schreibtisch erkennt. Das Möbelstück steht wie ein zufälliger Fremdkörper im Raum und die sich darauf Abstützende verteidigt seinen und damit ihren eigenen Platz mit einem Stift in der Hand. In ihrem Blick, der zuerst die Schwester getroffen hat, liest Alex Misstrauen und Argwohn, doch ihre Stimme klingt anders. Die Schwester entzieht sich dem Griff ihres Bruders und schreitet entschlossen zum Tisch. Die rechte Hand reicht sie der Fremden, die noch im Begrüßungssatz nach Ausweisen verlangt. Stets ihre erste, auswendig gelernte Frage. Sie betrachtet die Pässe dann länger als nötig, weil sie sich wohl erst eingestehen muss, dass das Mädchen wirklich volljährig ist. Es stimmt, dass sie viel jünger aussieht auf einen ersten Blick. Alex versucht, in den mehrfärbigen Fliesen ein Muster zu erkennen, doch Teile des Bodens sind offensichtlich so oft erneuert worden, dass nichts von dem Ursprungsgedanken mehr übriggeblieben ist. Er würde sich gern noch einmal an der Schwester festhalten, doch die hantiert nun mit Formularen und zeichnet kunstvolle Unterschriften auf die Blätter, die die Dame ihr nacheinander aushändigt. Diese Papiere – etwas Wichtiges? Alex muss wieder daran denken, was seine Schwester damit gemeint hat. Die Frauen sprechen über den Unterricht, die Zimmer, Betreuung, Mitbewohner, Allergien und Unverträglichkeiten, Religion und leichten Schlaf, sie sprechen über das Sprechen an sich, vor allem in der Nacht.

Keine Vorhänge. Der Boden ist grau. Die Frau mit den breiten Schultern und noch breiteren Hüften führt die Geschwister jetzt im Haus herum. Die Wände sind irgendwann einmal gelb gestrichen worden, doch die Gänge und Zimmer starren aus dem Schmutz, es riecht nach Moder. Von den Fenstern im Flur aus kann man auf den Hof hinaussehen, wo Kinder im Nieselregen mit einem Ball spielen. Alex versucht, die Regeln zu verstehen. Ein Mädchen schaut kurz in seine Richtung, genau dorthin, wo er hinter der Fensterscheibe steht. Dann klatscht der weiche, orange Ball wieder am Boden auf und alle Kinder rufen Namen durcheinander. Branko, Maja, Alex – er kann es durchs dünne Glas hören, es gibt schon ein Kind mit seinem Namen. Wie auf Kommando rennen dann einige Buben und Mädchen in der Mitte des Hofes zusammen, die anderen stellen sich schnell mit dem Rücken an die Wand des Gebäudes, einer bleibt dazwischen stehen und hält den Ball in Angriffsposition, sucht nach einem Auffälligen in den Reihen. Alex kennt dieses Spiel nicht. Er bekommt Angst davor.

Die Schwester hat etwas zu ihm gesagt, aber er hat nicht zugehört und geht schweigend an ihrer ziehenden Hand weiter ins Treppenhaus und Stufe für Stufe nach oben, wo sich die Wohnräumlichkeiten der Waisen befinden. Er hat nun begriffen, wo er ist. Auch da grauer Boden, keine Vorhänge, versiffte gelbe Wände. Die Dame, die wie aufgezogen vor ihnen hergeht und ab und zu mit den breiten Hüften an den Wänden streift, öffnet eine Zimmertür. Sie ist nicht abgesperrt. Das Wichtige und Nützliche solle er bei und für sich behalten, aber Alex sorgt sich, weil er keine Verstecke ausmachen kann, und leise beginnt er rückwärts zu zählen und den Raum mit den Augen abzusuchen, *vier, drei, zwei.* Das Fenster ist geschlossen. Die Betten in dem kleinen Raum sind gemacht, aber die Kleidungsstücke liegen darauf verstreut, als gäbe es eine Lücke im Regelwerk. In der Luft latenter Schweißgeruch. Er würde unten im Stockbett schlafen, neben dem Tisch, es ist das einzige noch freie Bett. Die Schwester stellt die Tasche mit den Sachen des Bruders ab und richtet sich wieder auf, als müsste sie sich selbst zu der einstudierten Bewegung des Abschieds zwingen. Geradezu unnatürlich aufrecht steht sie mit einem Mal im Zimmer, klug und schön und bereit, sodass selbst die fremde Dame einen Moment so etwas wie ehrliche Aufmerksamkeit für sie übrig hat. Dann aber erhebt die dicke Frau ihre Stimme und spricht weiter von den guten Gepflogenheiten, weil sie es doch nicht bemerken kann, wie ernsthaft Bruder und Schwester miteinander sind. Plötzlich überkommt die Schwester ein Gefühl von Ekel, nachdem sie längere Zeit die fremden Betten betrachtet hat. Man darf in der Nacht nicht sprechen, nichts endlos lang erzählen, was einen unter der Haut bedrängt und sie von innen aufkratzt. Die Regel, nachts nicht sprechen zu dürfen, existiert nicht, aber Alex hat sie sich ausgedacht und später wird auch niemand in der Dunkelheit mit ihm sprechen.

Ob es draußen nun noch nieselt oder nicht, ist schwer zu sagen. Irgendwann verlässt die Schwester ihn dann, geht hinaus, aber nicht ins Freie, denn dieses Wort ist trügerisch. Mit ihren feuchten Haaren und Schultern hätte sie jemanden vom Regen überzeugen können, der in seinem Innenraum sitzt und nicht daran glaubt. Die Schwester steigt in die Straßenbahn und nachher in den Zug. Der vermeintliche Weg zurück. Alex sitzt auf seiner Matratze, die er makellos überzogen hat, und wartet auf die anderen Kinder, die gleich vom Sport kommen werden. Nun muss er sie kennenlernen. Er blickt auf seine Hände – und nach innen, denkt an die Zugfahrt und sieht wieder die vorbeiziehenden Birken, die etwas für ihn unter ihrer Rinde verstecken, eine Berührung der Schwester, eine Erinnerung an gestern. Wie man das Fenster öffnet, weiß er nicht. Er traut sich nicht, es zu versuchen.

Als Alex vor dem Einschlafen an sie denkt und den anderen Knaben beim Atmen zuhört, sitzt seine Schwester rauchend am Fenster, allein in ihrer winzigen Wohnung, für die sie die Miete nicht mehr zahlen kann. In fremden Betten hat sie mehr verdient. Sie hat vergessen, das Fenster aufzumachen, dabei heißt es doch, es wäre besser, die Wege nach draußen ins Bekannte und Unbekannte stets offen zu halten. Es klopft an der Eingangstür, während sie den süßlichen Rauch in die Lungen zieht. Das Klopfen bricht nicht ab und wird immer lauter, jemand ruft ihren Namen, ihren falschen Namen, den sie sich einst aus einer Liste mit zweisilbigen Frauennamen ausgesucht hat, ganz einfach weil er einer von denen war, die noch frei waren, und weil er so anders klingt als ihr echter. Sie geht nicht zur Tür, denn draußen schreit die Stimme nach einem Teil von ihr, den sie vergessen will, an den sie niemand je erinnern soll, dann würde sie es schaffen, einen Weg ins Versprechen zu finden, das sie ihrem Bruder gegeben hat. *Ich komme nach*, hat sie gesagt. Jetzt ist es kein Klopfen mehr, das sie stört, sondern Schlagen und Hämmern von Metall auf Holz. Das Schloss zittert in der Eingangstür und als diese wenig später mit einem plötzlichen Ruck aufgestoßen wird, hat die Schwester das Fenster doch geöffnet – … *eins, ich komme!* – und springt in die Nacht, in der heute niemand ein Wort mehr spricht.

Die letzte Partie

Prüfend legt Ivan eine Hand auf den grauen Stein. Die Wärme des bereits erloschenen Feuers ist in ihm noch eine unbestimmte Weile gespeichert. Keine Lampe erleuchtet das Haus, aber durch die großen Fenster ohne Vorhänge lässt das Mondlicht sich ins Zimmer fallen wie ein müder Geist. Er selbst setzt keinen Fuß in das Licht, betrachtet seinen Lebensmittelpunkt aus der Finsternis heraus. Hier die Silhouette des großen Kleiderschranks, dort in der Ecke das verschlissene Canapé, das unbemerkt in den Jahrzehnten seine Farbe von lindgrün hin zu einem nichtssagenden Grau gewechselt hat. Schon als Kind lag er darauf in so manch schlafloser Nacht, den Blick starr auf die Zimmerdecke gerichtet. Sein Kinderbett stand im Schlafzimmer der Eltern und manchmal hatten diese sich vor dem Zubettgehen so voll Bitterkeit gestritten, dass er sie lieber allein ließ, um nicht auch etwas Verletzendes zu sagen. Samt Polster und Decke übersiedelte er aufs Canapé, denn die Eltern schliefen trotz ihrer Streitigkeiten stets in einem Bett, was er insgeheim bewunderte, aber nicht verstand. Und die Schuld war immer ein gehütetes Gut im Haus, sie wurde gewissenhaft verteilt und jedem so viel davon aufgeladen, als er tragen konnte.

Es riecht nach Asche und ungelesenen Büchern, auf denen der Staub wächst. Ivans Mutter schläft schon seit mehreren Stunden. Und wäre Ivan nicht angereist, dann wäre es für die Mutter wahrscheinlich die erste Nacht allein in diesem Haus.

Die Müdigkeit drückt auf seine Schultern, aber noch immer steht er verloren im Raum, eine Hand am Ofen ruhend. Er hat sich vor ein paar Tagen dazu entschlossen, wieder Briefe zu schreiben, hat auch schon dreieinhalb an der Zahl verfasst, sie allerdings nicht abgesandt. Das hat er gar nicht wirklich vor, er behält sie lieber für sich. Auf die gelblichen Kuverts hat er die Adresse seines einstigen Schulfreunds geschrieben, der wahrscheinlich längst nicht mehr dort wohnt, obwohl die alte Villa am Eibenweg 23 ein verwunschener Ort sondergleichen ist, und er selbst es nicht nachvollziehen könnte, ihn freiwillig zu verlassen. Wer sollte sonst dort wohnen? In seiner Vorstellung passt keine andere Familie in das Haus. Die Vorfahren verwachsen in dicken Efeuranken, die die Fassade zuerst gesprengt haben, um sie danach wieder zusammenzuhalten, so haben sie sich gewaltsam zu etwas Unersetzbarem gemacht.

Einst im Gymnasium waren die Haare seines Freundes Ludwig, der von allen nur Lu genannt wurde, strohblond und die Haut war stets von der Sonne gebräunt, ein Hauch von Sommersprossen über den noch jugendlichen Gesichtszügen. Ein Antlitz voller Reize. Wenn sie einander im Spiel ganz nahekamen oder an Sommerabenden auf die hohe Steinmauer kletterten, die die Villa umgab, und in die letzten Strahlen, die noch durch die Eiben- und Wacholderäste fielen, ihre nackten Füße baumeln ließen, war Ivan glücklich. Wann kann man das schon von sich sagen. Fast alle Gefühle, deren ein Mensch fähig ist, hat Ivan in ihrer stärksten Ausprägung mit seinem damaligen besten Freund erlebt. Nach der Schule, die meistens in den ersten Nachmittagsstunden zu Ende gegangen ist, haben sie sich gemeinsam auf den Heimweg gemacht. Es war stets Ivan, der Lu bis zum Eibenweg 23 begleitete und sich dort verabschiedete, indem er den Schmerz, den diese Trennung jedes Mal bei ihm verursachte, so gut wie möglich hinter einem schnellen *Bis dann* zu verstecken versuchte. Der sommersprossige Lu war nicht nur beliebt bei den Klassenkameraden, sondern auch bei den Erwachsenen. Weil sein Vater das Lebensmittelgeschäft am Dorfplatz führte, kannte jeder seinen Namen und die, die ihn auf der Straße schon nicht grüßten, nickten ihm im Vorübergehen wenigstens freundlich – ja, fast anerkennend – zu. An manchen Wochenenden kam Lu zu Ivan nach Hause. Obwohl er eigentlich zu fast jeder Zeit willkommen gewesen wäre, ließ er sich dann doch gern bitten. Ivans immer müder Vater behandelte den Schulfreund wie einen zweiten Sohn. Der hatte keine Schuld zu tragen, war gewitzt und charmant und erfreute mit seiner Leichtigkeit jeden, der ihm begegnete. Die Jungen spielten im Garten mit Pfeil und Bogen und schossen auf Ivans selbstgebaute Zielscheibe. Er hatte das hölzerne Konstrukt eigenhändig überdacht, um es witterungsbeständiger zu machen, obwohl er über keinerlei handwerkliche Begabung verfügte. Es galt bloß, einen weiteren Anreiz für Lu zu schaffen, ihn besuchen zu kommen. Was ist eigentlich aus seinem Pfeilfang geworden nach so vielen Jahren? Ihm fehlt die Erinnerung an ein Zwischenstadium des Verfalls.

Bei dem Gedanken nimmt Ivan endlich die Hand vom Ofen und geht durch den dunklen Raum zum Fenster. Draußen wird der Garten vom Mondlicht zart beschienen. Ivan kann nun sogar die Umrisse der großen hölzernen Balken erkennen, die er einst in den Boden geschlagen hat, die jetzt, Jahrzehnte später, umgekippt und zusammengesunken noch immer an dieser Stelle aus der Erde ragen. Das Herbstgras so hoch, dass man auch in hellen Nächten wie dieser darüber stolpern würde, wenn man nicht wüsste, dass jemand hier einmal etwas in den Boden geschlagen hat. Er hat schon damals auf Beständigkeit geachtet, und trotzdem hält nichts ewig. Kurz nachdem Ivan aus seinem Elternhaus ausgezogen ist, hat der Vater den Garten kein einziges Mal mehr betreten. Überhaupt nichts mehr mit eigenen Füßen wahrhaftig betreten, nach einem Arbeitsunfall im Wald und der Querschnittslähmung. Die Mutter ist bei ihrem Mann geblieben, ist dann doch geblieben, obwohl sie sich so gehasst haben, es sich zumindest oft gesagt haben. Die Mutter hat sich um den Vater gekümmert. Weiterhin haben sie im selben Bett geschlafen, in das die Mutter den Vater jeden Abend mit ihren starken Armen gehoben hat. Sehr lange Jahre, bis gestern. Ivans Mutter ist nie eine Frau gewesen, die andere fragt, ob sie ihnen noch etwas bringen könne, etwas tun könne, um ihr Wohlbefinden zu steigern. Für irgendeine Form von kurzfristiger Dankbarkeit und Anerkennung. Aber als es ums Leben ging bei ihrem Mann, da blieb die Mutter doch bei ihm und opferte auch ihr eigenes, weil sie ja sonst keines hatte.

Plötzlich ist ein leises Knarren zu hören, die Wohnzimmertür hat sich geöffnet und dahinter erkennt Ivan die Silhouette der alten Frau. Sie ist im Alter noch um ein paar Zentimeter kleiner geworden, aber er weiß, dass unvermutete Kraft in ihren Armen und Beinen steckt. Wer würde das besser wissen als er. »Schläfst du nicht«, sagt sie, als sie den Sohn vor dem Fenster erblickt, mehr Feststellung als Frage. Und kurz wundert sie sich, wie groß er nicht ist, erwachsen, in der Mitte seines Lebens. Als hätte sie vergessen, wie man da aussieht.

»Wie du«, erwidert er viel zu laut für diese Dunkelheit und das Geisterlicht. Er merkt es selbst und zuckt zusammen beim Klang der eigenen Stimme. Auch die Mutter streicht jetzt mit der Hand über den Ofen, ehe sie langsam den Raum durchquert und sich auf das Canapé setzt. Ihre linke Gesichtshälfte ist mondhell, der schwarze Stoff ihres Wintermantels, den sie sich Gott weiß warum übergeworfen hat, scheint gierig danach zu verlangen. Der Kragen schmiegt sich um den faltigen Hals wie ein Tier. Sie friert. Immer friert sie. Ivan steht am Fenster und wartet, vielleicht darauf, dass sie etwas sagt, oder nur auf den richtigen Augenblick, selbst etwas zu sagen. Sie ist ihm so fremd in ihrer Traurigkeit, so hat er sie nie gesehen. Die Schultern hängen kraftlos nach unten, der Rücken gekrümmt, als sei er ein Panzer. Absichtslose Bewegungen und diese Tonlosigkeit. Am Dachboden laufen wieder die Mäuse umher und knabbern an den alten Schachteln, und weil in dieser Nacht Totenstille herrscht im Haus, hört man ihre schnellen Tritte und die hohen Stimmen, wie sie nach einander rufen. An dem auf Brusthöhe aufgestickten Emblem des Mantels, dessen seidiger Stoff das Licht besser reflektiert, erkennt Ivan jetzt, dass es gar kein Kleidungsstück der Mutter ist, das sie trägt, sondern der Wintermantel des Vaters, den er seit Ewigkeiten nicht mehr gesehen hat – zuletzt auf dem Dachboden. Die Mutter hat ihn in eine der Schachteln gelegt – ihr Ort für Dinge, die nicht mehr verwendet, aber vielleicht noch gebraucht werden, zu einer Zeit, die dann schon einem anderen gehört, dem alles vererbt ist. Ab und zu denkt sie nicht an sich selbst.

Manchmal spielte Ivan mit Lu auf diesem Dachboden Schach, als sie beide Teenager waren. Der verstaubte dreieckige Raum war Ivans Rückzugsort und nur mit Lu genoss er diese seltene Intimität, wenn sie oben beieinandersaßen und spielten. Eine Pappschachtel ist ihr Tisch gewesen, und gesessen sind sie auf großen roten Pölstern, die der Vater einmal der Mutter geschenkt hat, die sie aber nicht wirklich gemocht hat. Sie hat nie einen Hehl daraus gemacht, wenn ihr etwas nicht gefallen hat.

Lu war ein hitziger Schachspieler, der es verstand, ein guter Gewinner zu sein, im Verlieren jedoch nicht geübt war. Eines Nachmittags, nachdem er schon das zweite Spiel in Folge gegen Ivan verloren hatte, sprang er wutentbrannt in die Höhe und stieß sich den Kopf so heftig an einem Dachbalken, dass er zu bluten begann. Augenblicklich veränderte sich Lus Gesichtsausdruck und der Schmerz stieg ihm in die schönen blauen Augen. Ivan sah ihn mit offenem Mund an, schockiert und zutiefst betroffen. Wieder auf die Pölster gesunken, hielt Lu sich mit der einen Hand den Kopf und fegte in einer letzten Bewegung des Zornes alle Figuren vom Schachbrett, sodass sie wild am Dachboden herumhüpften und sich in alle Ecken verloren. Die weißen Figuren hoben sich gegen die dunklen Holzbretter ab, die schwarzen verschwanden. Seine feinen Haare klebten in der frischen Wunde. Ivan war von einem heftigen Gefühl der Schuld ergriffen. Wo er doch nur von kleinen Unaufmerksamkeiten seines Gegners profitiert hatte, der von einer solch hitzigen Leidenschaft beseelt war, dass der Verlust ihn auch körperlich traf. Fast traute er sich gar nicht, etwas zu sagen oder zu tun, berührte seinen Freund dann aber leicht am Knie und bedeutete ihm, die Treppen nach unten zu klettern. Die Eltern waren noch nicht zu Hause. Ivan kniete sich nach ein paar unschlüssigen Momenten vor Lu auf den Boden und begann damit, sanft die einzelnen Haarsträhnen aus der verklebten Wunde zu pflücken, zu streichen, zu streicheln. Er arbeitete gewissenhaft an der Säuberung der Wunde, indem er mit einem feuchten Waschlappen darauf tupfte, so wie er dachte, dass es richtig war. In ihm pochte ein starkes Gefühl fast beängstigend laut, er war nur der Resonanzkörper für sein Herz. Keiner der Freunde sagte ein Wort in diesen Minuten. Lu ließ Ivan ganz nahe an sich herankommen und schaute mit wässrigen Augen auf die Badezimmerfließen. In seinem Kopf pulsierte es. Da drückte Ivan plötzlich seine Lippen auf den Haaransatz seines besten Freundes, während er noch immer zärtlich das nasse Tuch auf die Wunde presste. Der warme Mund neben dem kalten Lappen. Die Mutter, die eben nach Hause gekommen war und in diesem Augenblick die Tür zum Badezimmer aufstieß, sagte zuerst kein Wort. Dann warf sie die Tür so heftig gegen die Wand, dass der Griff eine schwarze Einkerbung im Putz hinterließ. Die ist bis heute dort zu sehen. Lu wurde zum Arzt gebracht, wo man seine Wunde nähte, Ivan durfte das Haus nicht verlassen. Er dachte schon, er dürfte es nie mehr verlassen, so niedergeschlagen fühlte er sich. Am selben Abend verprügelte die Mutter ihn mit solcher Heftigkeit, dass er letztlich am Boden lag und seine Knie an die Brust zog wie ein kleines Kind. Sie hat ihn öfters geschlagen, aber nie mit dieser enormen Wut. Wenn er sich heute daran erinnert, erscheint ihm die Frau, die jetzt vor ihm sitzt, noch fremder, weil sie etwas Schwächliches an sich hat. An jenem Abend vor Jahren sperrte sie ihn auf den Dachboden, wohin sie ihm später kommentarlos sein Abendessen und ein paar Decken hinaufreichte. Auf den Knien ist er damals gekrochen und hat nach den Schachfiguren gesucht, um sie wieder an ihren Platz auf das Brett zu stellen. Die einzigartige Ordnung auf einem Schachbrett in der Ausgangslage des Spiels, die perfekte Ausrichtung der einzelnen Figuren, die Symmetrie haben schon immer eine beruhigende Wirkung auf ihn gehabt. Auch während des Spiels faszinierte es ihn, dass die Krieger in unmittelbarer Nähe zum Feind verweilten, ganz ruhig und gelassen sich an alle erfundenen Regeln hielten. Doch das Figurenkabinett blieb unvollständig seither und Ivan fror zwischen seinen Decken und hasste sich selbst dafür, was er getan hatte, denn nun hatte er alles zerstört, und auch keinen Freund mehr. Das war nun verboten, eine neue Regel. Zur Schule zu gehen, war ihm ein Gräuel, die anderen Mitschüler hatten nur Ignoranz für ihn übrig. Lu war anders, er hatte auch ihn angestrahlt. Vielleicht konnte er auch gar nicht anders – das hatte Ivan sich später überlegt und war ein wenig traurig gewesen deswegen – wahrscheinlich begegnete Lu jedem mit seiner überwältigenden Lebensfreude. Der zweite weiße Turm blieb unauffindbar.

»Ich möchte nicht über deinen Vater sprechen«, hört Ivan seine Mutter neben sich plötzlich sagen. Sie reißt ihn vollends aus seiner Erinnerung und stürzt ihn doch gleich in die nächste. Und dann sagt sie: »Ich bin froh, dass du da bist.« Er schaut sie unverwandt an, kann nicht erkennen, dass sich ihre Lippen bei diesen Worten überhaupt bewegen. Vorsichtig macht er ein paar Schritte auf sie zu und setzt sich auf das andere Ende des Canapés. Zwischen ihm und ihr würde noch eine Person Platz finden, doch sie sind jetzt allein im Haus. Der Vater ruft in seinem Zimmer nach niemandem mehr, darum können sie sitzen bleiben, solange sie wollen. Der Rollstuhl steht mitten im Wohnzimmer, als würde er noch gebraucht, aber auch den wird Ivan morgen auf den Dachboden bringen. Die Mutter wird den Befehl dazu geben. Der Sohn betrachtet die dunkle Gesichtshälfte seiner Mutter und kann plötzlich Feinheiten erkennen, die ihn fast überraschen. Die Wimpern des oberen Augenlids sind lang und scheinen brüchig. Die Augenbraue ist nur ein feiner Strich in ungewöhnlich großem Abstand zum Auge. Darüber eine hohe Stirn mit welligen Falten, wie ein ungespanntes Laken. Vom Nasenflügel zieht sich eine tiefe Falte nach unten, die kurz vor dem Mundwinkel endet. Dann betrachtet Ivan die trockenen Lippen, die ein Lächeln andeuten, das man nur als traurig oder sanft beschreiben kann. Etwas, das er nicht versteht. Es wird ihm wieder bewusst, dass er jahrelang nicht mehr hier gewesen ist, er hat seine Eltern nicht besucht und auch nicht das Gefühl gehabt, sie zu vermissen. Die Mutter wendet sich plötzlich zu ihm. Eine unerwartet schnelle und kraftvolle Bewegung, sodass sich die Muskeln seines Körpers unwillkürlich anspannen. Ein Reflex, so etwas ist nicht abzulegen. »Du kannst nicht für immer davonlaufen«, sagt sie und sieht Ivan plötzlich mitten ins Gesicht. Er senkt den Blick und fühlt eine alte Wut in sich aufschäumen. »Wovor bitte laufe ich denn davon?«, schreit er ungewollt heftig und schlägt mit der flachen Hand auf den kleinen Tisch vor seinen Knien. Er zittert. »Versucht ihr bloß nicht immer, mir eure Probleme umzuhängen«, fügt er hinzu und bemerkt beim Schließen der Lippen, dass er den Vater noch mitgedacht hat, auch wenn es seine Berechtigung hat. Ausnahmsweise schweigt die Mutter, die Ivan gar nicht wiedererkennt in der heutigen Nacht. Die auch nur eine andere Frau sein könnte, irgendeine alte Frau in der Dunkelheit, die ihm nichts anhaben kann, weil er nichts an ihr wiederzuerkennen glaubt.

Lautstark atmet Ivan aus, erhebt sich und stellt sich erneut an die Stelle, an der er vorhin noch gestanden ist und von wo aus er die Überreste seines Pfeilfangs, seiner Kindheit, unter dem Gras gesucht hat. Der Blick aus dem Fenster eine Flucht? Unter dem spröden Wimpernkranz der alten Frau flüchten ein paar Tränen hervor. Ivan bemerkt es im Stillen, obwohl er nicht versteht, woher sie kommen, diese Tränen, dass es sie geben kann. Er betrachtet die kleine Silhouette der alten Frau und einen Moment lang, oder in Wahrheit vielleicht sogar länger, will er sie trösten und in seine Arme nehmen.

Die Schatulle

Durch die dünnen Schuhsohlen kann ich die Kieselsteine spüren, die Erde und die Wurzeln. Zu dieser frühen Tageszeit bin ich allein im Wald. Nur die Buchen flüstern über meinen Kopf hinweg, als träfen sie Entscheidungen über Dinge, die mich nichts angehen. Der Weg, dem ich folge, ist nicht der einzige, der die Anhöhe hinaufführt. Ich kenne noch einen anderen, aber wahrscheinlich gibt es viele mehr, es ist ein heller Wald. Wer diesem Pfad folgt, gelangt zu einer Wiese mit einer Aussichtswarte. Bald wird deren schmale Treppe, die sich um den Turm windet und über die man zu einer kleinen Plattform in einundreißig Metern Höhe gelangt, wieder mit einer Stahlkette verhängt sein. Im Winter ist das Begehen nicht gestattet und ich stelle mir vor, dass oben dann jemand wohnt, sich einrichtet auf der Plattform und nicht gestört werden möchte. Derjenige muss die Kälte lieben und das Ausgesetztsein. Von der Warte aus sieht die Großstadt gepflegter und vornehmer aus, wahrscheinlich kommt das von der Stille und dem Wind in den Augen. Die Leute blicken auf ihren Wohnort und wollen stolz darauf sein, auf all die Häuser, nichts als irgendwelche Häuser. Weil sie nicht genau erkennen können, in welchem davon sie selbst sich eingenistet haben wie kleine Parasiten, sind sie stolz auf alle. Auf der anderen Seite besteht der Horizont aus weichgezeichneten Bergsilhouetten, im Vordergrund greifbare Hügel und Wälder, deren Namen ich nicht kenne. Heute wandere ich nicht bis zu dieser Lichtung, nicht zur Warte.

Rechts neben dem Waldweg verläuft ein hoher Zaun, von dem niemand, den ich je gefragt habe, so ich überhaupt jemals gefragt habe, weiß, was er denn begrenzt. Dahinter ist das Unterholz dichter und zwischen diesen noch jungen Buchen sind in ein paar Steinwürfen Entfernung weiße Säulen auszumachen. Sie tragen ein türkises Kuppeldach. Es ist eine Art Pavillon oder Rundtempel, der zeitlos und ebenso vergessen wirkt. Das Bild dieses ungewöhnlichen Baus übt eine eigenartige Faszination auf mich aus und es wäre mir vermutlich unangenehm, würde mich jemand dabei ertappen, wie ich diesen Tempel aus der Entfernung betrachte. Dort geht vielleicht ein Obdachloser oder ein Dichter im Kreis, wenn das nicht dasselbe ist, lehnt manchmal an einer der Säulen und schaut in den Wald. Einmal habe ich auch wirklich den Eindruck gehabt, dort hätte sich etwas bewegt, sich schnell hinter einer Säule versteckt, aber der Tempel ist zu weit weg, um nicht eher an eine Täuschung zu glauben, wenn man bei Verstand ist. Es ist mir jedoch eine Stelle bekannt, wo sich unter dem Zaun eine kleine Mulde befindet, sodass man mit dem Bauch gegen den Boden gepresst unter ihm hindurchkriechen kann. Sie liegt nicht sehr weit abseits des Weges. Haselnusssträucher wachsen vor dem Drahtgeflecht. Ich habe die Stelle im Frühling entdeckt, als die Bäume erst ihre Knospen zersprengt haben. Da trafen sie wieder eine Entscheidung.

Die Erde ist weich. Eine Spinne huscht über meine Hand. Ich schiebe die alten Blätter, die in der Senke liegen, beiseite und wickle dann meine Haare zu einem festen Dutt zusammen, damit sie sich nicht im Draht verfangen.

Nun lege ich den Kopf zur Seite, strecke die Arme voran und schiebe mich unter der Absperrung hindurch. Mit dem rechten Hosenbein an einem abstehenden Drahtende hängengeblieben, ziehe ich einfach daran, der Stoff ist ohnehin schon löchrig. In keiner Richtung ist ein anderer Mensch zu sehen, als ich mich umblicke und meine Kleidung abklopfe. Langsam gehe ich in Richtung des Pavillons, unter mir raschelt das Laub. Der Geruch von mit Pilzen übersätem Holz liegt in der Luft und unwillkürlich muss ich an einen Keller denken. Die Sonne steht nun höher, doch als ich bei dem Tempel ankomme, spüre ich, dass es schon Herbst wird, denn ich fröstle, die Erde ist in den letzten Tagen plötzlich abgekühlt und im September schleichen sich in Wahrheit die Tage nur noch in die Nächte ein, auch wenn man es nicht wissentlich bemerkt. Der Tempel ist höher, als ich ihn aus der Ferne beschrieben hätte, die schlichten Säulen weiß und fast unnatürlich rein, das Türkis des Daches scheint zu leuchten, obwohl das Sonnenlicht nur durch die Buchenblätter splittert. Immer ein Blatt, das fällt für einen neuen Strahl.

Ich beschreite meine erste Runde unter diesem Dach, da fällt mir ein kleines Holzkästchen auf, das neben einer der Säulen am Boden liegt, gerade so, als hätte es eben erst jemand dort vergessen. Es ist alt und schmucklos, mit rostigen Scharnieren. Als ich es vorsichtig öffne, kommen hölzerne Spielfiguren zum Vorschein, alle abgegriffen und keine zwei, die exakt gleich aussehen würden. Ich nehme eine der Figuren heraus und drehe sie zwischen den Fingern. Zweifelsfrei selbst geschnitzt. Einmal habe ich so etwas auch versucht, aber das halbfertige Stück Holz schließlich wütend in den Garten geschleudert, misslungen, in eine der Ecken, in denen man das Gras nicht gestutzt und die man ohnehin nie betreten hat. Umso behutsamer lege ich jetzt die Spielfigur wieder zurück zu den anderen, schließe die Schatulle und platziere sie auf dem Boden, wo ich sie gefunden habe. So wie man lernt, fremde Dinge zurückzugeben, als wäre man nie in sie eingedrungen. Dann setze ich mich auf eine der weißen Stufen und lehne mich gegen eine Säule. Die Hände ruhen im Schoß, sie sind schmutzig, und hinter einem Ohr spüre ich ein sprödes altes Blatt. Vorsichtig reibt es sich auf an meiner Haut, da ist es aber schon tot.

Immer wieder rascheln leise die obersten trockenen Blätter am Waldboden und als der Wind stärker wird und ich bemerke, dass meine Finger sehr kalt sind, stehe ich auf und mache mich auf den Weg zurück. Es fühlt sich seltsam an, betreten zu haben, was man so lange aus der Ferne beobachtet hat. In diesem Moment sind die Turbinen eines Flugzeugs zu hören. Sie fliegen hier nie tief, der Flughafen liegt auf der anderen Seite der Stadt. Durch die Bäume kann ich den Himmel nur ausschnittweise erkennen und diese Ausschnitte sind einen Moment reizvoll, aber merkwürdig leer. Ich spüre ein Schneckenhaus zerbrechen, als ich zum zweiten Mal unter dem Zaun hindurchkrieche, bin unabsichtlich zu einem Zerstörer geworden, doch niemand, der mich ermahnt. Weil nicht viel Zeit vergangen sein kann, gehe ich die Anhöhe weiter hinauf, ich will nun doch noch auf die Warte.

Da höre ich eine fremde Stimme und sehe mich um. Zur Lichtung ist es nicht mehr weit. Seitlich des Weges entdecke ich eine alte Frau, sie sitzt inmitten ein paar großer Steine, die aussehen wie ein Trümmerhaufen. Sie schaut nicht in meine Richtung. Bei näherem Betrachten wird mir bewusst, dass es sich nicht um Steine handelt, sondern um zerbrochene Platten Betons. Aus einer anderen Zeit. Dort ist einmal der Eingang zu einem unterirdischen Stollen gewesen. Ein Gefechtsstand, ein Bunker, ich bin nicht sicher, bin nur ein Spaziergänger, der in Wahrheit nichts weiß von den Dingen, durch die er bei Schönwetter tänzelt. Der Rücken der Frau ist gekrümmt. Sie flüstert etwas und unentwegt starrt sie nach oben wie von fremden Händen gezogen, starrt in Richtungen, in denen ich nichts Besonderes erkennen kann. Vielleicht stellt sie sich etwas Besonderes vor. Als ich langsam auf sie zugehe, verstummt sie. Ich folge ihrem Blick. Längere Zeit dreht sie nicht den Kopf. Sie ist sehr alt, sodass man ihr Weisheit oder gar Schwachheit des Geistes unterstellen möchte. Was stellt sie sich vor?

»Ich muss Meldung geben, wenn die Flugzeuge kommen. Muss die Routen bestimmen. Alles weitergeben. Dann gibt es Alarm.« Mir ist zuerst nicht klar, ob sie zu mir spricht oder zu jemanden, den ich nicht sehen kann, der aber neben mir stehen muss oder direkt vor mir. Die Stimme der Alten ist die eines Mädchens, fast kindlich, ihre Bewegungen sind unverbraucht und dennoch wirkt es, als hätte sie schon tausende Male ihre Augenbrauen so eng zusammengezogen, dass dazwischen diese ungeheuer tiefe Falte entstanden ist, ihre Hände nervös ineinander verkrampft. »Die Kälte hat sich unter die Haut gefressen. Die Gänge sind lang und dunkel. Und modrig.«

Und in dem Augenblick verstehe ich. Sie muss von den Gängen des Bunkers sprechen, die hier vor Jahrzehnten in die Erde geführt haben. Man hat nach dem Krieg versucht, alle Spuren auszulöschen, damit niemand je wieder unter die weiche Erde gehen muss, dorthin, wo es von den Wänden tropft. Vom alten Jahrhundert sind nur noch

Betonblöcke und Schutthaufen unter dem Laub zu erkennen. Sie haben etwas Unantastbares.

»Die Eingänge sind gesprengt«, sage ich langsam, »der Bunker ist unzugänglich. Es ist ein Relikt. Worauf warten Sie?« Ich greife nach ihrer Hand, weil man Kinder an der Hand nimmt, und hoffe, sie werde mich nicht verscheuchen wie eine lästige Fliege. Ihre Haut ist kühl und furchig, erinnert an einen Eichenstamm, in Wirklichkeit ist auch sie unantastbar. Ihr Körper ist voller Angst, die dünnen weißen Haare hat sie zu einem Dutt zusammengefasst, der im Begriff ist sich aufzulösen. Die Gestalt der Gekrümmten kommt mir hin und wieder fast durchsichtig vor, ja, mir ist, als könne ich das alte Laub auf dem Boden durch sie hindurchschimmern sehen. Sie trägt alltägliche Kleidung und saubere Schuhe, man könnte sie für eine senile Frau halten, die morgens aufgebrochen ist, um einen Weg zu gehen, den sie jeden Morgen geht, einfach um ein kleines bisschen beweglich zu bleiben. Man sollte sie nach Hause begleiten, in ein Altenheim womöglich oder in ein stilles Haus, wo vielleicht jemand wartet, vielleicht auch nicht.

»Ich muss warten, darf nicht weggehen.« Sie wiederholt das noch einige Male leiser, dann flüstert sie und ich gebe endlich ein Zeichen, dass ich sie noch hören kann: »Wie lange warten Sie denn schon?«

»Ich bin jeden Tag hier. Ich muss auf die Flugzeuge schauen.« Sie blickt mir nun direkt ins Gesicht und drückt meine Hand mit einem Mal ganz fest. So stark macht nur die Not. »Drinnen ist es feucht, die Nässe ist in die Knochen gekrochen.«

Ich schaue auf ihre dünnen Beine und den gekrümmten Rücken und mir wird klar, dass sie ohne Hilfe nicht auf dem Waldboden gehen kann. Vielleicht nicht einmal aufstehen. Sie sieht weich und zeitlos aus und sie ist unbeweglich. Das Wort *Knochen*, wie sie es ausgesprochen hat, nistet sich da schon ein in meinem Kopf in einer angstbehafteten Ecke, wo keiner das Gras stutzt und die man nicht betritt. Wie die Frau hierhergekommen ist, ist ein Rätsel.

»Warum sind Sie allein?« Meine Stimme klingt klirrend, aber plötzlich habe ich das Gefühl, sprechen zu müssen.

»Ich weiß nicht, wo Elsa und die anderen stecken, aber sie müssen gleich da sein«, antwortet die Alte jetzt beinahe in einem vertraulichen Ton. Nach einer Pause fügt sie hinzu: »Wir können uns nicht einmal mehr die Zeit vertreiben, ein bisschen spielen. Ich habe das Kästchen verloren.« Sie blickt in ihren Schoß, wo ihre linke Hand von dem hellblauen Stoff der zu langen Bluse aufgefangen wird. Es sieht sehr sanft aus. Der Rücken ist stark gekrümmt.

Als sie den Satz gesprochen hat, fällt mir die hölzerne Schatulle ein, die ich eben noch in der Hand gehalten und geöffnet habe. Sie muss noch immer in dem Rundtempel auf dem weißen Boden neben einer der Säulen liegen. Der dringliche Blick der Frau haftet in meinem Gesicht, hin und wieder durchsichtig, dann kann man sehen, was unter den Oberflächen liegt. Da ist Erwartung zu erkennen. In einer Iris von hellem Grau, einfach wie Beton. Die Eingänge gesprengt. Sie lässt meine Hand los. Unvermittelt atme ich auf. Ich werde ihr das Kästchen bringen, für mich besteht kein Zweifel daran, dass es ihr gehört, sind sie doch beide in einer anderen Zeit geschnitzt und fühlen sich sehr ähnlich an in den Händen.

»Ich bringe Ihnen die Schatulle. Warten Sie noch ein bisschen«, sage ich und mache mich im nächsten Augenblick schon auf den Weg zurück zu dem Pavillon, ohne mich umzudrehen. Diesmal kommt mir der Spalt zwischen Zaun und Erde noch enger vor als die Male zuvor. Ich habe Mühe, darunter hindurch zu kommen, meine Kleidung ist verdreckt und feucht, unter meinen Fingernägeln schwarze Erde. Das türkisfarbene Kuppeldach hebt sich hinter den Blättern ab, das Weiß der Säulen bietet einen scharfen Kontrast, auf den ich zulaufe.

Als ich aufwache, fallen vereinzelt Regentropfen durch die Bäume. Ich sitze auf dem Steinboden, mit dem Rücken lehne ich an einer der Säulen des Tempels. Ein kühler Wind streicht über den Waldboden. Ich weile hier wie ausgesetzt, schaue einen Moment lang auf meine Hände, dann blicke ich mich um, aber ich bin allein. Nachdem ich aufgestanden und schon ein paar Schritte gegangen bin, drehe ich mich noch einmal um und hebe die die hölzerne Spielschatulle vom Boden auf. Mit ihr in der Hand gehe ich zurück zu jener Stelle im Zaun, an der ich übergetreten bin, jedoch kann ich sie kaum wiederfinden. Einmal haste ich an ihr vorbei, ohne es zu merken. Unter der obersten Laubschicht ist der Boden nass. Wie viele Blätter wohl gefallen sind in der letzten Stunde. Ich habe das Gefühl, mich beeilen zu müssen und laufe trotzdem nicht, bin unsicher, und schließlich finde ich die Mulde doch wieder, lege das Kästchen mit den Figuren behutsam auf die andere Seite, fast als wären die Insassen lebendig und sensibel, ehe ich mich selbst unter dem Maschendrahtzaun hindurchwinde. Bevor ich es wieder in die Hand nehme, drehe ich mich noch einmal um. Der Tempel ist in die gewohnte Entfernung gerückt. Ich marschiere jetzt weiter den Berg hinauf. Mit langen Schritten. Als ich den Ort mit den zerbrochenen und im Waldboden verwachsenen Betonplatten erreiche, ist niemand dort. Ich halte die alte Schatulle noch immer fest in den Händen. Das ist einmal der Eingang gewesen, einer von vielen. Ein paar erste Regentropfen streifen mein Gesicht und von irgendwoher sind Flugzeugmotoren zu hören. In großer Entfernung über mir und doch nicht sehr weit weg. Viel zu nah. Dabei fliegen sie hier nie tief.

Lenka

Der transparente Gardinenstoff streift im Vorübergehen seinen Kopf, die rechte Schulter und den Bauch. Irgendwo im Haus schlägt eine Tür zu. Durch das Fenster flieht der Wind ins Zimmer und lässt den bodenlangen Vorhang die Hälfte des Raumes einnehmen, auch über die Bettdecke streicht er, zärtlich sieht es aus, als würde noch jemand darunterliegen. Dabei ist diese Seite des Bettes nun schon jahrelang unbenützt, Lenka ist daraus verschwunden. Als hätte der Vorhang das plötzlich bemerkt, fällt er in sich zusammen, doch Ruhe gibt er nicht, der Hauch von Tüll bewegt sich immer noch, wirkt lebendig. Keine Form, die das wellenartige Gebilde ein zweites Mal annimmt.

Das Haus kommt ihm jeden Morgen ein bisschen größer vor, obwohl er manche Teile davon gar nicht mehr betritt. Im Laufe des voranschreitenden Tages, wenn das Licht von Mittag an ins Wohnzimmer fällt und die Küche verlässt, scheint es wieder eine Spur zu schrumpfen, aber nicht auf die ursprüngliche Größe zurück, ein bisschen größer bleibt es immer.

Wenn es dunkel wird, geht er nur noch ganz bestimmte Wege im Haus. Die letzten Monate haben zwei Glühbirnen gekostet und die seither unbeleuchteten Gegenstände scheinen ihm schon gänzlich so unvertraut, darum betritt er nachts nicht mehr die Küche und setzt sich nicht mehr wie früher im Wohnzimmer aufs Sofa, wo er manchmal eingeschlafen ist. Jetzt lässt er sich auf den Sessel sinken, die Kniegelenke knacken kurz nacheinander. Das Fenster im Schlafzimmer knarrt. Es ist immer gekippt, Lenka wollte das so.

Der spröde Flechtkorb mit der Holzwolle steht im Eck neben dem Schwedenofen. Er hatte eigentlich vorgehabt, ihn vergangenen Winter auseinanderzubrechen und endlich ins Feuer zu werfen, doch hat er es nicht einmal zustande gebracht, die dreckige Holzwolle darin einzuheizen, und weil der Winter mild und kurz war, blieb ihm nicht die Zeit, sich zu überwinden. Gestern hat er schon fast daran geglaubt, dass sie mit ihm zurückkommen würde, Lenkas Katze, die früher in diesem Weidenkorb gedöst hat. Es ist ihr Platz gewesen neben dem Ofen. Sie war Freigängerin, doch entfernte sie sich nie weit vom Haus, zumindest glaubten das alle, bis er eines Tages auf der Terrasse gestanden war und vergebens nach ihr rief, in einen kalten Nebel hinein. *Am 10. November nicht mehr nach Hause gekommen* – das klingt für ihn wie der Beginn einer Zeitungsannonce, eine jener, die völlig vergebens sind, und manchmal ertappt er sich dabei, wie er diese Worte vor sich hin flüstert, während er einen Punkt im Raum fixiert. Auch jetzt sitzt er im Wohnzimmer am runden Tisch mit dem speckigen Tischtuch, das er seit Jahren nicht gewaschen hat, und schaut durch die offenstehende Schlafzimmertür auf das Bett und den Vorhang, der Wellen schlägt wie unruhiges Wasser. Mit den Fingern streicht er über die frischen Male an seiner rechten Hand und ruft sich wieder und wieder den gestrigen Morgen in Erinnerung. Es ist jetzt kurz nach sieben, genau um diese Uhrzeit ist es wohl passiert. Eigentlich wäre er heute da, wo er gestern gewesen ist, hätte schon die erste

Weggabelung im Wald hinter sich, an der er immer links abbiegt, weil das der längere Weg ist, doch was ihm dort widerfahren ist, lässt ihn zögern, stundenlang zögern, bis es zu spät ist aufzubrechen, sich auf den gewohnten Spaziergang Richtung Laurenziberg zu machen, der längst zur täglichen Routine geworden ist.

Weil er sehr langsam und vorsichtig geht und ständig das Gefühl hat, alle Dinge würden sich von ihm entfernen, braucht er für den Weg auf die Anhöhe und zurück mehrere Stunden. Beinahe oben angekommen, aber noch vor den Rosengärten und dem kleinen Eiffelturm, der seines Erachtens wenig Ähnlichkeit mit seiner Vorlage hat, obwohl er selbst nie in Paris war, hat er gestern plötzlich ein Geräusch gehört, eine Stimme. Sie klang seltsam vertraut. Ein paar sehr hohe Töne aus dem Gebüsch, fast menschlich, und er hat sich gewundert, dass er sie überhaupt bemerkt hat, so schwerhörig wie er geworden ist. Doch die Stille um die frühe Zeit so gewohnt, musste dieses fremde Klagen ihm wohl auffallen. Er drehte sich nach rechts und lauschte, musste an Lenka denken, wie sie nachmittags auf die Terrasse gekommen war, die Schürze, die sie auch noch während des Essens trug, gerade erst abgelegt, und der Katze, die um ihre Beine schlich, einen Plastikteller mit Essensresten hingestellt hatte. In den Sekunden, bevor der Teller in seine Reichweite gekommen war, stieß das Tier klägliche Laute aus, eindringlich, ähnlich wie sie nun aus dem Gebüsch am Wegrand tönten, aber nicht in dieser Verzweiflung. Als er sich hinkniete und das Blätterwerk des Hartriegels beiseiteschob, lag sie tatsächlich vor ihm, Lenkas Katze, gealtert, kauernd am trockenen Waldboden hinter der Weggabelung. Er traute sich kaum, eine Bewegung zu machen, dieses rätselhafte Bild schien schon in Auflösung begriffen, wie ein Traum am Morgen, nachdem man bereits einmal die Augen geöffnet hatte. Doch die Katze, die an dieser Stelle auf der Erde saß unter den Zweigen, war klein und echt, ihr Fell hatte die gleiche Zeichnung wie Lenkas *bessere Hälfte* – so hatte er das Haustier genannt, wenn er seine Frau ärgern wollte. Ein bisschen länger schienen ihm die Nackenhaare zwar und durchsetzt mit weißen Haaren, doch besonders die Stimme des Tieres meinte er wiederzuerkennen. So lange war das her. Sie war vielleicht vier Jahre alt, als Lenka starb, aber ein paar Wochen später war sie auch verschwunden, hatte sich nie wieder in dem Haus blicken lassen, in dem sie aufgewachsen war. Dabei hatte er sie gerngehabt, ließ es sich nur nicht anmerken. Sie bewahrten das Geheimnis ihrer Zuneigung für sich. Nachts hatte er manchmal in dem weichen Fell der Katze seine rauen Hände vergraben, wenn Lenka schlief, seine Sorgen in den dichten Haaren versucht abzustreifen. Manche klebten später noch an seinem Gewand, andere flogen im Zimmer umher wie Pflanzensamen, die durch das offene Fenster hinaus auf fremde Balkone gelangten, wo sie irgendwann, längst vergessen in den Ritzen zwischen den Steinplatten, aufgingen. Offenbar war Lenkas Katze nur wohlwollend ihm gegenüber gewesen und hatte ihn verlassen, als die Trauer zu groß für ihr Fell wurde. Nun lag sie da, kauernd und schreiend im Gestrüpp, sah ausgezehrt aus. Er wollte etwas sagen, aber wusste nicht was und ging stattdessen umständlich in die Knie, die knackten. Er streckte der Katze, die augenblicklich ihre Nackenhaare sträubte, langsam die Hand entgegen. Ihr Klagen verwandelte sich in ein absurdes Kreischen, wie man es eher einem Kind zugeordnet hätte. Die

Augen des Tieres schienen ihm trüb und blass, als spiegelte sich der Frühnebel noch in ihnen, ganz ähnlich wie Lenkas Iris sich in den letzten Jahren ihres Lebens gefärbt hatten. Vielleicht zeichnete sich im hohen Alter einfach das Dahinterliegende ab, die unerfüllten Wünsche und Sehnsüchte, die man nun hätte schemenhaft von den Augen ablesen können, der Körper, der aber bereits zu schwach und ortsgebunden war, um seinem erkennenden Gegenüber noch irgendwohin folgen zu wollen oder können.

Er nahm das Fauchen der alten Katze gar nicht wahr, dachte an Lenka und die Terrasse, an die Essensreste und die Nächte, die er auf dem Sofa mit den Händen in diesem Fell verbracht hatte. Morgens war das Tier immer rechtzeitig von seinem Schoß verschwunden und niemand hatte die beiden je so erwischt. Es war eben nicht so, wie es aussah. Er dachte wieder an Lenka, die im Bett halbe Nächte allein geschlafen hatte. Das Tier zog die kleinen Lefzen hoch, als er sich weiter darauf zubewegte, und ehe er die Finger auf seinen Kopf legen und das erinnerte, vertraute Fell berühren konnte, biss es ihn kräftig in die Hand. Für ihn kam das völlig unerwartet. Und obwohl schon ein paar Tropfen Blut seine Handkante hinabrannen und die Katze noch einmal mit den Krallen nach ihm langte, verharrte er in seiner Position und starrte der Vermissten noch nach, als sie sich nach ein paar Sekunden mühsam aufrappelte und davonhumpelte. Das linke Hinterbein war gelähmt, sie zog es nach wie einen Fremdkörper. Etwa zwei Zentimeter unter seinem kleinen Finger hatte sie zugebissen. Es dauerte noch einige Zeit, bis er sich aus seiner Erstarrung lösen konnte und langsam weiter bergan schritt, und weil er aus dem Rhythmus gekommen war, schien der Weg mühsamer denn je. Alles entfernte sich von ihm. Millimeterweise verlängerte sich der Aufstieg jede Nacht, wie die Wege, die durch die Zimmer im Haus führten.

Lenka hätte ihn zuerst geschimpft, ihm Vorwürfe gemacht, warum er ihrer Katze nicht gefolgt sei, dann hätte sie die Hoffnung sehr schnell aufgegeben, wie sie es immer getan hat. Hätte er ihr folgen sollen? Aber wozu? Sie hat ihn gebissen, ihn gar nicht wiedererkannt und wie kann er überhaupt so sicher sein, dass es die vor Jahren entlaufene eigene Katze gewesen ist? Er hätte sie nicht lebendig und so nahe geglaubt. Und andererseits: Erkennt er selbst denn jemanden nicht wieder, mit dem er so lange Zeit Haus, Schoß und Essen geteilt hat? Gerade er, der von Tieren offensichtlich so wenig Ahnung hat, wollte es seinen Freunden damals gleichtun und Jäger sein! Er legte sich sogar zwei Waffen zu, ging mit den anderen auf die Pirsch, doch nie hatte er ein Tier getötet, sein Ziel immer verfehlt. Und trotzdem ist er nicht bloß Mitläufer gewesen. Manchmal fuhr er allein in die Dämmerung, ging in den Wald und machte es sich auf einem Hochstand bequem. Er las dann stundenlang mit dem Licht seiner Taschenlampe in seinen alten Comicheften, deren Seiten vom vielen Anfassen schon ganz weich und lasch geworden waren, umgeben von den nächtlichen Geräuschen des Waldes, und trank hin und wieder einen Schluck Tee aus der mitgebrachten Thermoskanne. Das waren seine Abenteuer. Lenka hat das verstanden und wahrscheinlich deshalb ließ sie ihn Jäger sein.

Seine damaligen Bekannten, zu denen er den Kontakt nach Lenkas Tod vollends abgebrochen hat, würden über seine Zuneigung zu dieser Katze amüsiert lachen. Und Lenka selbst würde ihn, da er nun schon stundenlang in dieser nachdenklichen Pose am Wohnzimmertisch sitzend verharrt, ebenfalls rügen, wie sie es immer getan hat, wenn er in starkem Zweifel begriffen war. Sie wünschte sich einen Mann, der eine Richtung bestimmen konnte, der sagen konnte *Ja, so ist es* oder *Nein, du irrst dich*, doch niemanden, der so wie er herumdruckste, mit den Blicken die kahlen Wände abtastend und zu keinen Worten findend, denen er selbst Glauben hätte schenken können. Vielleicht werde das besser mit dem Alter, hat er früher gedacht, und vielleicht werde er sich in einen Sturkopf verwandeln, bei dem man immer weiß, woran man ist, doch stattdessen stützt er jetzt zerstreut wie eh und je die Ellbogen auf das dunkelblaue Tischtuch und legt seinen Kopf in die linke Hand. Langsam schleicht sich in dieser Position eine Gewissheit ein und er genießt das ungewohnte Gefühl, sich endlich bei etwas sicher zu sein. Nach und nach pirscht es sich heran: Sie muss krank sein. Lenkas Katze hätte ihn nie gebissen, ihn nicht noch mehr verletzt, als sie es durch ihr Verschwinden damals getan hat, immerhin hat sie ihn dann auch wieder allein gelassen. Sie ist wie Lenka.

Er lässt den Kopf sinken, sieht nur noch das von Flecken übersäte Dunkelblau des alten Tischtuchs, und plötzlich ist ihm, als sitze Lenka mit ihm am Tisch. Die letzten Jahre, in denen sie nur noch im Bett gelegen ist, sind in seinem Gedächtnis nicht präsent. In den Monaten unmittelbar davor sind ihr die täglichen Bewegungen aber schon fremd geworden und daran erinnert er sich gut. Sie sitzt am Tisch mit einem blutenden Finger, ist mit dem Messer vom Kohl abgerutscht, hat sich in die Fingerkuppe geschnitten, die Wunde unters Wasser gehalten. Mit einem Blatt Küchenrolle um die rötende Stelle geschlagen sitzt sie ihm gegenüber und ist böse auf sich selbst. Er will ihr das ausreden mit den üblichen gut gemeinten Argumenten, redet von Ungeschicken, die jedem hin und wieder passieren, doch wissen sie in Wahrheit ja beide, wie ohnmächtig sie sind, und dass man ab einem gewissen Alter wieder verletzlicher wird. Lenka ist vielleicht die verletzlichste Frau überhaupt gewesen und hat sich dennoch von niemandem helfen lassen. Sie stürzte oder verbrannte sich, aber auch jedes unbedachte Wort einer Bekannten und jeder Brief von Hilfsorganisationen, der ihr unterstellte, die Kinder verhungern zu lassen, verletzte und kränkte sie. Irgendwann ist sie dann einfach nicht mehr aufgestanden. Trotzdem hätte sie vom Bett aus mit Blick auf die kleine Bisswunde der Katze noch gesagt: *Reiß dich zusammen.*

In dem Blick des Tieres zeichnete sich eine unmissverständliche Gewissheit ab, doch weil er selbst stets zweifelte, konnte er es nicht sofort erkennen. Sie muss gewusst haben, dass sie nicht mehr viel Zeit hat. Mit gelähmtem Hinterbein hat sie sich davongestohlen. Nun stellen sich die Härchen auf seinen Armen auf, wenn er daran denkt und die übertragene Bestimmtheit spürt, die seinen ewigen Zweifel auslöscht. Vielleicht vier, fünf Wochen stehen ihm jetzt noch bevor, bis die tödliche Krankheit ausbricht. Zeit, um was zu tun? Seit Jahren hat er dieselben Tagesabläufe, morgens der Gang auf den Laurenziberg, das Einkaufen ein paar weniger Lebensmittel im Geschäft, von denen er daheim gleich das meiste verzehrt, das Rauchen auf der Terrasse, das Radiohören am späten Nachmittag.

Noch immer sitzt er hier und fixiert einen dunklen Fleck auf dem Tischtuch, von dem er meint, er könne von Lenkas blutendem Finger stammen. Das gekippte Fenster im

Schlafzimmer knarrt in den Scharnieren, der Vorhang reicht wieder bis über die Decke und fast sieht es jetzt wirklich so aus, als würde jemand darunterliegen. Er spürt die kühle Luft im Gesicht und reißt sich schließlich los. Beim Aufstehen knacken die Knie, zuerst das linke, dann das rechte, und beim Weg in den Keller spürt er dieses altvertraute Stechen in den Gelenken. Ausgerechnet Lenkas Katze hat ihm eine nie dagewesene Gewissheit beschert an einem Tag nach Jahren des Verschwunden- und Alleinseins.

Beim Öffnen des Waffenschranks kommt für einen kurzen Augenblick die Unsicherheit zurück, doch ruft er sich die nebligen Augen und das Schreien seiner alten Freundin ins Gedächtnis, umfasst mit der Hand einen kalten Lauf, findet auf dem dritten Regalbrett die passende Munition, entsichert die Waffe, als hätte er diese Handgriffe aus Überzeugung erlernt. Vielleicht sind es die missbilligenden Blicke seiner Frau, die er auf sich spürt, die ihn tadelt, weil es ihm einst wichtig gewesen ist, was seine Freunde von ihm denken, und weil er sich deswegen die Hände schmutzig gemacht hat. Alles aus Zweifel. Und umgekehrt hätte sie sich einen Mann gewünscht, der das kann. Aus Überzeugung. »Am zehnten November nicht mehr nach Hause gekommen«, flüstert er und schlagartig entfernt sich alles von ihm.

Die Ginkgofrau

Wie jeden Tag um diese Zeit macht sie ein paar Schritte in den Garten hinaus. Das Gras ist noch nass am kühlen Morgen, noch für ein paar Minuten. Es trocknet viel schneller in der Stadt, auf unterhöhltem Boden. Zwei Meter rechts von ihr beginnt bereits das Grundstück des Nachbarn, seine dreißig Quadratmeter Grün im Sommer, unbelebtes Besitztum im Winter, gerade nur für das Gefühl, dass der nächste Schritt nach dem Übertreten der Türschwelle noch einem selbst gehört. Im Winter ist dieser Nachbar, der entweder Herr Hilder oder Hülder heißt, eines Abends zu ungewöhnlicher Stunde hinausgetreten, und ohne Jacke, aber mit einer Pudelhaube auf dem Kopf, die paar Schritte bis ans Ende seines Grundstücks gegangen. Er hat dann zu den Dächern hinaufgeschaut. Vielleicht weil es schneite. Schön, diese harmlose Abwechslung in seinem Leben, hat Nihal sich gedacht, als sie ihn von ihrem Wohnzimmer aus beobachtete. Von ihrem Platz hinter dem Vorhang aus sah sie eine Zeitlang zu, bis der Nachbar ging, und danach noch ein bisschen dem Schnee, wie er fiel. Für ihn muss das ein Moment Winter gewesen sein, wie er ihn gern hätte, kalt und schön und angreifbar. Auch Nihal mag den Schnee, nur schmilzt der in einer Großstadt wie dieser sofort. Und jetzt ist es schon Frühling und viel zu warm und überhaupt inakzeptabel, an den Winter mit Sehnsucht zu denken.

Die Sonne wärmt Nihals Finger und ihr Gesicht. Von drinnen kann sie Patrick fluchen hören, der seine Schlüssel sucht. Sie fühlt sich entführt und wünscht sich wenigstens eine Schaukel, mit der sie Abstand gewinnen und sich vom Boden lösen könnte. Jemand schreit. Seit ein paar Wochen, vielleicht schon Monaten, liegt in dem Geräusch des starken nächtlichen Windes, der sich an den Hausecken aufreibt, etwas Schmerzliches.

Wahrscheinlich würde Patrick ihr sogar eine Schaukel kaufen, wenn sie ihn darum bäte. Aber eine, die das Gewicht einer erwachsenen Person nicht tragen kann. Der Gedanke ist noch immer ein fast undenkbarer für sie. Dieses Kind. Und – dafür jetzt alles tun?

»Nun sei doch nicht so«, sagt Patrick vor dem Gehen und gibt ihr einen merkwürdig komplizierten Kuss. »Mir geht es ja genauso wie dir«, meint er jetzt, greift noch nach seinem Schlüsselbund, der die gesamte Zeit über neben Nihal auf dem Verandatisch gelegen ist, und macht sich auf den Weg in die Arbeit. Ein bisschen hat sie hoffen dürfen, er würde endlich alle Türen für sie aufsperren. Sie will zumindest ins Büro mitkommen, hat aber keine Schuhe an, steht mit nackten Füßen im Gras, wie ausgesetzt, dabei ist das ja ihr Zuhause. Sie will *Patrick, warte* rufen, doch er ist längst weg. Früher hat sie seinen Vornamen nie verwendet, sie haben einander immer nur *du* genannt, man hat auf die Stimme und die Ohren des anderen vertraut, aber irgendwann ist er ihr so rausgerutscht, dieser Name, und Patrick hat den Wechsel gar nicht bemerkt. »Es geht nicht darum, was du willst«, hat Nihals Mutter früher gesagt. Sie hat diesen Satz nicht direkt an ihre Tochter gerichtet, ihr *Du* ist ein sehr allgemeines gewesen und Nihal versteht noch immer nicht, was sie einst damit hat sagen wollen. Hat sie überhaupt etwas gewollt? Sie konnte ihr nicht folgen. Dann nahm die Mutter, als Nihal noch klein war, schnell alle Geheimnisse mit ins Grab, und wieder konnte niemand folgen.

Das Telefon klingelt. Nihal muss bei dem Geräusch immer an jenen Teil ihrer Familie denken, der auf einem anderen Kontinent lebt. Obwohl sie nie mit ihren Verwandten telefoniert. Patrick tut einstweilen so, als ob seine Eltern auch für sie da wären, aber das ist Blödsinn. Er hat vorgeschlagen, sie am Wochenende besuchen zu fahren und auf dem Bauernhof zu übernachten, aber Nihal hat nur den Kopf geschüttelt, sie möchte das nicht. Sie sehnt sich nach einem echten Zuhause. Ihre Mutter und davor ihre Großmutter haben in ihrem Alter beide auf Reisplantagen gearbeitet, das Wasser, der Schlamm, die Pflanzen und Körner haben sich ihren Körpern eingeschrieben mit der Zeit. Nihal ist neugierig, wie es wohl sein würde, ein Leben wie das ihre zu leben. Wenn sie sich dafür entschieden hätte, zumindest einfach geblieben wäre. Mit ihren nur langsam ausheilenden Beinen, die so zerbrochen sind wie schmuckloses Geschirr, ist jedoch an langes Stehen, Bücken und Heben nicht zu denken. Sie wollte eben nicht mehr, hat keinen Sinn mehr gesehen. Dass sie hinter Patrick ausrutschte und den Hang hinunterfiel, ein Geröllfeld, passierte aber nur mit halber Absicht. Bitte nicht wieder zu den Verwandten übers Wochenende.

Patrick hat sich Familie gewünscht und sie den richtigen Moment versäumt, ihm klarzumachen, dass das mit ihr nicht geht. Als sie ein Kind gewesen ist, wäre ihr das nicht passiert, sie hätte geschrien wie am Spieß. Das Schreien ist wichtig, es zeigt, dass man lebt, dass man Luft bekommt, die Lungen funktionieren. Nihal setzt sich ins Gras, das jetzt schon trocken ist, und versucht, sie schön zu finden, die zurechtgeschnittenen kleinen Sträucher, die Zäune und Fassaden, die eckige Welt. Diese dreißig Quadratmeter Garten, die sie und Patrik ihr *abgekauft* haben, würde Nihal am liebsten zurückgeben, aber dafür ist es zu spät. Die Welt hat sich schon mit der Enteignung abgefunden. Drinnen winselt das Kind und will von allem mehr. »Es geht nicht darum …«, flüstert Nihal vor sich hin und gräbt die Finger wütend in die Erde. Das Telefon hat aufgehört zu klingeln. Sie fühlt sich unbeweglich, als könne sie keinen Schritt hier weitergehen.

In dem Moment stellt der Nachbar sich neben seinen zahmen Ginkgobaum, tritt fast schon auf Nihals Grund und Eigentum. Er hat sich damals, als sie und Patrick eingezogen sind, gleich für seinen Baum entschuldigt, weil er weiblich ist und im Frühjahr einen unangenehmen Geruch verströmt. »Da sind Sie ja, Frau Yadav«, ruft er jetzt, als wäre sie weit weg. Mit einer gewissen Erleichterung nimmt sie zur Kenntnis, dass ihn ihr Nachname auch ein bisschen verunsichert. »Wollen Sie nicht zu ihrem Kind schauen, es schreit doch jämmerlich!«, sagt er. Im Schnee mit der Pudelhaube auf dem Kopf und den weichen Augen hat er ihr besser gefallen als jetzt, da er im Morgenlicht die eine Hand in die fetten Hüften stemmt und sich mit der anderen die Stelle über seinem rechten Ohr kratzt. Schnell rappelt Nihal sich auf und zupft ein paar Blätter aus dem Stoff ihrer Weste. *Nein* würde sie gern antworten, nickt aber und läuft in die Wohnung, hinein ins Dunkle.

»Nun sei doch nicht so«, hat Patrick gesagt. Er ist der Meinung, sie sei ungerecht, und sie denkt, dass er recht hat. Im vor Sonnenlicht abgeschirmten Zimmer liegt ihr Kind, von dem sie nicht einmal weiß, wie es heißt, weil sie sich keinen Namen überlegt, und weint in einer Wiege, in der sie es nicht schaukeln möchte. Hin und her. Sie ist viel zu klein, wirklich nur für Babys gemacht. Nihal nimmt das Kind aus der Wiege und legt es an ihre Brust. Unter dem Busen eine Lunge, die nicht richtig funktioniert. In den Armen den warmen Fremdkörper zu halten, der doch aus ihrem Leib gewachsen war, fühlt sich so ungewohnt an, als wandere sie über eine Gletscherzunge ins Gebirge hinein. Die Leichen am Mount Everest haben mit der Zeit andere Namen bekommen, weil ihre Kleidung so grell in die Phantasie der Vorbeigehenden drängt. Nihals Großvater ist Bergsteiger aus Überzeugung gewesen, er hat mit den Gipfeln alle Ziele kompensiert, die er im Leben nicht erreicht hat. Das ist nur eine Vermutung, weil er zuletzt kaum noch gesprochen hat, aber die 84 Jahre davor noch seltener ein Wort über sich selbst verloren hat, weshalb alle seine Bekannten mit dem Gefühl verblieben sind, er habe ihnen nicht vertraut. Vielleicht war es auch Verschlossenheit oder außergewöhnliche Bescheidenheit, dabei hatte niemand ihn je gefragt, auf einem der Gipfel, als es vielleicht der richtige Moment gewesen war, etwas über sich preiszugeben. Patrick hat ihn noch kennengelernt – die beiden haben sich sofort gut verstanden bei einer Schale Reis und Nihal erinnert sich, dass sie gedacht hat, ihr Freund würde ihrem Großvater ähnlich sein, und aus irgendeinem Grund stolz darauf gewesen ist.

Das Kind hat endlich aufgehört zu schreien und Nihal sucht jetzt im großen Kasten im Schlafzimmer nach dem Tragetuch, das ihr eine Frau geschenkt hat, die plötzlich ihre Freundin hat sein wollen, nachdem sie von der

Schwangerschaft erfahren hat. »So macht ihr das in Nepal doch sicher auch!«, hat sie zu Nihal gesagt und so getan, als würde sie etwas auf dem Rücken tragen und dabei ausgesehen wie ein Affe. Unter den Rollkragenpullovern findet Nihal den karierten Stofffetzen, der nach Fair-Trade riecht, und versucht umständlich, das Kind darin einzuwickeln. Sich das schwere Bündel irgendwie an den Körper zu schnallen. Während dieses sie nur mitleidig ansieht, fängt Nihal an zu weinen. Mit dem Kind am Rücken tritt sie ein paar Minuten später und wieder halbwegs gefasst ins Wohnzimmer und wirft einen Blick zur Terrassentür. Und wieder hat der Nachbar seine Grundstücksgrenze übertreten, mit einer eindeutigen Handbewegung gibt sie ihm ein Zeichen, versucht ihn zu verscheuchen. Die Äste, die sein Baum über die Grenze auf ihren Grund wirft, gehören wohl zu ihr. Sie sagt ihm das mit ein paar Grammatikfehlern, er hat kein Recht, sie zu schneiden. Die Ginkgofrau neigt sich zu ihr und Nihal will zumindest einmal schützend die Hand über jemanden halten, einmal aus dem richtigen Gefühl heraus. Buttersäuregeruch liegt in der Luft.

Wenig später in der Bankfiliale nahe der nächsten Metrostation wird Nihal höflich empfangen, mit dieser gespielten Weltgewandtheit und Freundlichkeit, so als ginge es hier nicht ums Geld. »Ich möchte mein Konto schließen.« Der Angestellte versichert, dies sei kein Problem und auch sofort zu erledigen sei, sofern sie einen Moment Zeit hätte. Dabei wirft er einen demonstrativen Blick auf das Kind, dessen Kopfrundung hinter Nihals Hals und Nacken hervorragt. Noch döst es vor sich hin. Nachdem der Angestellte sie gebeten hat, Platz zu nehmen, spürt Nihal, dass sich ihre Beine für die Sitzmöglichkeit bedanken, die es nach dem

Oberschenkelbruch, den zerschmetterten Hüftknochen und vor allem dem rechten kaputten Kniegelenk noch nicht wieder gewohnt sind, das kleinste zusätzliche Gewicht zu tragen. Sie muss auf der Kante des Stuhles sitzen, um das Baby am Rücken nicht gegen die Lehne zu drücken. Unbemerkt streckt sie die Beine unter dem Tisch aus und lässt den rechten Fuß langsam kreisen. »Wenn Sie hier bitte die Daten Ihres neuen Kontos eintragen. Der Betrag wird dann von mir noch heute überwiesen«, sagt der junge Mann hinter seinem Schreibtisch zu Nihal, noch ehe der Drucker den besagten Zettel überhaupt ausgespuckt hat. Er scheint sich gern Zahlen anzusehen. »Aber ich brauche es bar, ich habe kein neues Konto.« Der junge Mann im Anzug hält in der Bewegung inne, plötzlich verunsichert, so als würde der Frau vor ihm mit einem Mal etwas Verbrecherisches anhaften, ihrer gerunzelten Stirn, ihren leicht zitternden Händen. Das ausländische Gesicht. Das Kind ein Opfer. »Wollen Sie zwei Konten zusammenlegen? Vielleicht mit dem Ihres Mannes?« Nihal schüttelt den Kopf, fast kommt sie sich vor wie in einem Verhör, man will sie aushorchen. Doch da ist nur Leere im Innern, damit kann niemand etwas anfangen. Selbst der geringe Betrag auf ihrem Konto ist mehr wert. Sie wirft einen Blick auf die Uhr. Zeit ist Geld. Der junge Mann verlässt den Raum, wahrscheinlich um einen Kollegen zu fragen, der schon länger im Dienst ist und keine solchen Skrupel mehr hat. Nachdem er wiedergekommen und auch sein freundlich unverbindliches Lächeln wieder aufgesetzt hat, verkündet er stolz zum wiederholten Male, das alles kein Problem sei, und schon stecken die Scheine im Kuvert.

Das Kind fängt wieder an zu schreien und Nihal versucht, es unter den hässlichen rot-schwarzen Karos des Tuches zu verstecken. Mit dem Umschlag in der Tasche macht sie sich auf den Weg zu Patricks Büro. Er hat ihr versprochen, heute früh Schluss zu machen und etwas mit dem Kind zu unternehmen. In seiner Kanzlei lässt er aber wieder auf sich warten und Nihal gibt dem Baby einstweilen die Brust, drückt sie ihm ungeschickt ins Gesicht und ekelt sich davor. Was ist nur aus ihr geworden? Da kommt ihr wieder der Nachbar mit der Pudelhaube in den Sinn, die großen Augen des Städters, der Schnee darin etwas irritierend Schönes, gefährlich Harmloses. Vielleicht sieht sie auch mit diesen Augen auf bestimmte Dinge, aber nicht auf den Schnee, der ihr ein wohlgesonnener Freund zu sein scheint und dessen Geheimnisse sie kennt und der zu ihr spricht, wenn sie einander treffen, öfter im Traum als irgendwo anders.

Erst als er sie leicht an der Schulter berührt, merkt Nihal, dass Patrick vor ihr steht mit seinem Notargesicht, das erst langsam den ihr vertrauten Ausdruck annimmt, zu seinem Nihalgesicht wird. »Du bist so überpünktlich immer«, sagt er und streift das Tuch nach unten, um über den kleinen Kopf mit den wenigen Haaren zu streichen. »Ich werde heute den Kinderwagen abholen, dann könnt ihr beide in Zukunft spazierenfahren. Mit wem triffst du dich?«, fragt er dann und überrumpelt Nihal damit. Sie sucht nach einem Namen. »Anna«, sagt sie schnell und erinnert sich, dass sie ihm erzählt hat, sie wolle heute mit einer Freundin ausgehen. Patrick nickt verständnisvoll und nimmt seiner Frau das Kind aus den Armen, das schon lange aufgehört hat zu trinken. Nihal ist sich gar nicht sicher, ob da überhaupt etwas aus ihrem Körper herauskommt, aber zumindest hat die Schreierei ein Ende. Sie werden durch den Park gehen und ein bisschen Eis essen, sagt Patrick gerade und zwinkert

Nihal schelmisch zu, als dürfte ein Baby noch kein Eis essen. Sie hat keine Ahnung. Langsam steht sie auf und streift etwas Unsichtbares von sich ab. Patrick verschwindet mit dem Kind in seinem Büro, um irgendetwas zu holen, und Nihal ruft »Schönen Abend!«, fast kann sie ein Echo vernehmen. Wie in den Bergen manchmal.

Heute wird sie fliegen. Bis eben ist sie sich darüber noch ganz klar gewesen. Patrick ist mit dem Kind außer Haus, der Flug seit Langem gebucht, das Konto geschlossen. Heute hätte sie fliegen wollen. Draußen kann sie nicht konzentriert denken, deshalb sitzt sie in der Mitte des Wohnzimmers auf dem ungemütlichen Designerstuhl, den Patrick irgendwann von seinem Bruder bekommen hat. Der schon seit Wochen vorbereitete kleine Koffer nur mit dem Nötigsten darin liegt neben ihr auf dem Teppich. Das rechte Knie verursacht wieder höllische Schmerzen und sie will es am liebsten noch einmal zertrümmern, aber sie will es wieder nicht genug, das ist ja das Problem. Auch damals ist es nur mit halber Absicht passiert, als sie vom Weg abgekommen ist. *Es geht nicht darum, was du willst*, hört sie ihre Mutter sagen und würde ihr am liebsten den Mund verbieten. Aber worum geht es dann? Alle glauben sie, es sei ein Unfall gewesen – Nihals Schritt abseits des Weges auf einer Wanderung mit Patrick und dessen Eltern, ihr Schritt in das Nichts. Dabei hat sie nur an den Großvater gedacht, die Berge und den Schnee, in Wahrheit egoistische Gedanken. Es wäre ihr rechtgewesen, als eine der grellen Phantasien in den Köpfen fremder Wanderer zu enden, die im Vorbeigehen einen Blick auf das mahnende Beispiel werfen. Aber es geht nicht darum, was einem recht ist oder was man will, sondern darum, dass man es kann.

»Es tut mir leid«, ruft der Nachbar jetzt durch die offenstehende Schiebetür vom Garten aus zu Nihal. Für einen Moment weiß sie gar nicht, wo sie ist und wer zu ihr spricht. Der Nachbar hat sie beobachtet und steht gut drei Meter hinter der Glastür. Sie fühlt Wut in sich aufsteigen. »Was tut Ihnen leid?«, ruft sie und geht trotz des schmerzenden Knies nach draußen, wo sie nicht mehr denken kann – es ist Frühling, aber schon ein merkwürdig warmer Abend. »Der Baum, er riecht nach faulen Eiern«, lacht der dicke Mann und sein Körper vibriert, »sind Sie sicher, dass ich ihn nicht ein bisschen zurechtschneiden soll hier drüben?« Nihal sucht nach dem Pudelhaubenbild in ihrem Kopf, aber Herr Hülder oder Hilder ist ein anderer ohne Schnee, und sie ist irgendwie unsicher deswegen. »Der Ginkgo ist eine fremde Art. Lassen Sie die Finger von ihm, bitte.« Das ganze Überlegen, das Hin und Her, sie hat gedacht, ihren Lebensentwurf zurückzulassen, sei nicht so schwer. Eben einmal falsch vorgezeichnet, dann ausradiert. Patrick könne sie noch vergessen, es sei noch nicht zu spät. Das Kind hat noch keinen Namen. Sie werde einfach heimlich verschwinden und nach Hause fliegen. Aber nun stellt sie fest, dass sie selbst es eben nicht kann, zurücklassen und vergessen, was sie hier an Zukunft versucht hat, die jetzt schon Geschichte ist, ganz verhunzt. Sie wendet dem Nachbarn den Rücken zu und er verzieht sich wie ein davongejagter Straßenköter. Drinnen öffnet sich die Wohnungstür und Nihal rennt zu dem sich auftuenden Spalt. So spät ist es schon. Patrick trägt das Kind, als sei es von unschätzbarem Wert. Er weiß stets alles besser.

»Baust du mir eine Schaukel?«, schreit Nihal ihn nahezu an. Patrick fühlt sich von seiner Frau überfallen, er sieht sie ein bisschen so an, als würde er erahnen, dass ihre Taschen voller Geld sind, ein Platz im Flugzeug unbesetzt geblieben ist. Dass die Reisfelder, in die Nihals Großmutter und ihre Mutter ihre Körper getaucht haben, ihre Anziehungskraft nicht verloren haben, und dass sie geglaubt hat, er und das Kind würden ohne sie ebenso gut leben können. Dass sie auf einen Berg steigen und nicht mehr hinunterkommen will, wie der Großvater. Aber es geht nicht darum. Patrick hält in der Bewegung, seine Frau zu küssen inne, so als würde ihr etwas Verbrecherisches anhaften, der gerunzelten Stirn, den zitternden Händen, den Augen voller Schnee. Der Nachbar ruft den dreien von draußen etwas zu, er steht in ihrem Garten, auf ihrem Grund. Kann man sich denn gegen die Übergriffe nicht schützen? Patrick bemerkt es genauso wütend wie Nihal. »Ja, warum nicht«, antwortet er endlich. Diese Schaukel!

Monsieur Palmaro

M. Palmaro sitzt heute Morgen zum ersten Mal auf dieser Bank, an der er in den letzten Jahren täglich achtlos vorübergegangen ist. Es ist Freitag. Das hohe Schulgebäude, in dem sich sein Büro befindet, weilt noch gänzlich im Schatten der Hügel, die Luft ist kühl und frisch, als sei er der Erste, der sie je eingeatmet hat. Der Herbst hat sich in den Platanen eingelebt, in den gebrechlichen Blättern, die hin und wieder zu Boden fallen und unter den Schuhsohlen Vorbeigehender zerrieben werden. Hinter M. Palmaro liegt eine jener seltsam durchwachten Nächte, in denen eine zwanghafte Unruhe seinen Körper befällt und er nicht länger als ein paar Minuten stillzuliegen vermag. Gegen drei Uhr morgens hat er es im Bett nicht mehr ausgehalten und sich zur offenen Balkontür gesetzt, mit den Beinen draußen in der Nacht, linksseitig im Schreibtischlampenlicht. Kühl, aber noch nicht kalt ist es gewesen. In diesem Moment hat er sich plötzlich an seine Zeit in Venedig erinnert, wo er mit Mitte zwanzig ein halbes Jahr seines Lebens der Einbildung anheimfiel, Schriftsteller zu sein, verkannt und einer der besten. Damals fand er Unterschlupf bei seiner Tante väterlicherseits, die seit ihren Jugendjahren fast blind war und allein in einer bescheidenen Wohnung in Cannaregio lebte, die einst ihrem Mann gehört hatte. Sie sprach nicht viel, aber wenn sie einmal zu erzählen anfing, dann benetzten die Leute deren Füße an ihren feuchten Lippen und blieben kleben wie Fruchtfliegen im Zuckerwasser. Und wer nicht aufpasste, ertrank in den Leidenschaften und Landschaften ihrer Geschichten. Kaum schien es begründbar, wie sie zu solch detailreichen Beschreibungen fähig war, wo sie doch ihre beiden Brüder nicht hätte voneinander unterscheiden können, solange jene nur stumm vor ihr standen. Sie sagte immer, sie könne sehen, wo es hell ist und wo dunkel, und M. Palmaro war sich damals sicher, sie könne ihn klarer sehen als jeder andere Mensch.

In Venedig verbrachte er den Großteil der Tage in ihrem winzigen Gästezimmer und arbeitete so leise an etlichen Manuskripten, dass seine Tante ihn oft außer Haus glaubte und förmlich erschrak, wenn sie ihn zum Abendessen die schmale Wendeltreppe nach unten in die Küche kommen hörte. Nur manchmal zerriss er zornentbrannt ein paar der beschriebenen Seiten, mitten hindurch, durch zu lange Sätze, pathetische Ausschmückungen, und diese Wut im Auseinanderreißen der Blätter hörte die Tante jedes Mal, und sagte nichts, sondern gab ihm die Stille, die man einem Schriftsteller eben zugestehen musste. Nach sechs Monaten gab M. Palmaro das Schreiben auf. All die penibel in Reinschrift überführten Manuskripte landeten zerrissen noch im Papierkorb des Venediger Gästezimmers. Er kann sich noch an den Gesichtsausdruck seiner Tante erinnern, als er die Wohnungstür zum Treppenhaus geöffnet und sich noch einmal zu ihr umgewandt hat. In den eng zueinander stehenden, fast blinden Augen war etwas von Enttäuschung zu erkennen, als hätte sie sagen wollen *Schade, dass du so schnell aufgegeben hast*, als wäre er nicht der Einzige gewesen, der an sich glaubte, doch hatte sie in Wahrheit nur »Lebwohl« gesagt und ihn geküsst wie ihren eigenen Sohn. Sie war ihm doch so ähnlich.

Die Sonne hat das Dach des Schulgebäudes in eine golden reflektierende Rüstung verwandelt und M. Palmaro nimmt diesen ersten Gedanken zum Zeichen, dass er sich für etwas wappnen müsse. Vor ein paar Tagen hat er die Nachricht erhalten, dass seine Tante tot in ihrer Wohnung gefunden worden sei. Ein Blatt fällt von der höchsten Platane und gibt ein Herbstgeräusch von sich in dem Spalt zwischen seinen Knien. Einfach am Alter gestorben, an ihren 79 Jahren. Er schließt die Augen und wartet. Wofür noch wappnen? In der Sonne fangen die Bäume an zu duften und das Rostbraun des alten Laubes versucht, M. Palmaro unter die Haut zu kriechen, ganz unbemerkt. Seit etlichen Jahren leitet er das schuleigene Internat, reserviert Zimmer, empfängt Schüler, kündigt und stellt neues Personal ein oder hält der dicken Köchin Standpauken, wenn man sie erneut rauchend in der Küche beobachtet hat. Schall und Rauch gehören für sie ins gute Essen und in Wahrheit ist es ihm egal, womit sie kocht. Seit Johanna ihn zurückgelassen hat wie einen Koffer mit zu viel Eigengewicht, übernachtet er deutlich öfter selbst im Internat und gibt sich mit jedem Frühstück zufrieden – weil er sich bis spätabends nicht vom Schreibtisch hat losmachen können, oder weil er nicht allein in seinem Doppelbett schlafen möchte, eine Leere im Nacken, die er nicht ausfüllen und nicht erwärmen kann. Die Nächte werden nun schon kühl, es wohnt der Herbst in den dunkleren Stellen der Zeit. Gedankenverloren streicht M. Palmaro mit der Handfläche immer wieder über das furchige Holz der Bank. Der Lack hat sich über die Jahre in Luft aufgelöst. Er mag diese Redensart, die einzig richtige Art und Weise zu verschwinden. Die Sonne fällt auf seine Stirn und wie durch einen Schleier des fehlenden Schlafes sieht er Gerlinde, die Sekretärin, über den Vorplatz gehen und in der Schule verschwinden. Sie hat ihn gar nicht erst bemerkt, weil er ganz reglos dasitzt, in seinem Inneren längst zu Luft geworden.

»Guten Morgen, Monsieur Palmaro.« Ihre Stimme verträgt er heute nur schlecht, diesen stets säuerlichen Unterton. Dass Gerlinde in regelmäßigen Abständen kleine, schmatzende Seufzer von sich gibt, bemerkt sie selbst gar nicht und als M. Palmaro einmal eine Anspielung darauf gemacht hat, hat sie ihn wie versteinert angestarrt, bis er die Flucht ergriffen hat. Die Sekretärin steht jetzt vor ihm in ihrem dunkelgrünen Kleid, das er schon allzu oft an ihr gesehen hat. Sie hat eine samtige Haut, ähnlich wie der Stoff, der matt das Licht einfängt und bei Bewegung in sanften Wellen reflektiert, zu schön für ihre Stimme. Mit einer verschwenderisch großen Handbewegung legt sie ein paar zusammengeheftete Zettel vor ihn auf den Tisch. Als M. Palmaro darauf den Namen einer neuen Schülerin – *Ambre Isetta* – liest, hat Gerlinde sein Büro bereits wieder verlassen. Für einen Moment lehnt er sich in seinem Sessel zurück und legt die Hände in den Schoß. Aus dem Augenwinkel kann er durch das Fenster den alten M. Moreau beobachten, der den Vorplatz mit einem Reisigbesen kehrt. Sein Rücken ist krumm, aber dass er zu viel ertragen hat müssen in seinem Leben, würde ihm nicht nur deswegen jeder glauben. In seiner hölzernen Art liegt unaussprechlicher Gram. Langsam setzt sich der Alte zum Verschnaufen auf die Bank, auf der vor ein paar Minuten noch M. Palmaro gesessen ist. Der blättert nun wieder in seinen Unterlagen, die er stets mit größter Sorgfalt behandelt, als hielte er wertvolles Kartenmaterial des Pazifikgrundes in den Händen. Dabei gibt es nichts mehr zu entdecken für ihn und dieses Wissen zwingt ihn manchmal in die Knie. Um neue Welten oder Abgründe zu erkunden, ist er zu feige und zu gebrechlich. Der Mariannengraben bloß ein bodenloses Geheimnis, benannt nach irgendeiner Frau, die dort einmal verschwunden ist, oder plötzlich von dort verschwunden ist – ähnlich wie Johanna aus seinem Leben.

Die neue Schülerin bekommt Zimmer 112, sein Inselzimmer. Diesen Raum, der etwas kleiner ist und anders eingerichtet als alle anderen Wohnräume für die Schüler, hält er normalerweise frei für sich selbst – dort schläft er, wenn ihm vor Müdigkeit die Gedanken entgleiten. Mit Johanna ist auch die Unberechenbarkeit aus seinem Appartement verschwunden, was er zutiefst vermisst. Das Kommen und Gehen ist er wohl gewohnt, er lebt davon, aber dass Johanna eines Nachmittags wirklich für immer gehen würde, wie sie es sich beide hin und wieder gewünscht und gesagt haben, damit hat er nicht gerechnet.

M. Palmaro öffnet die Tür seines Büros und wirft einen Blick auf den Gang, wo zwischen dem Lehrerzimmer und Klasse B103 ein Mädchen mit dunklen Haaren an der aschgrauen Wand lehnt. Mit ausdruckslosem Gesicht blickt sie auf den Boden, als stünde sie direkt vor einem Abgrund, ungewiss, ob sie sich vor ihm ängstigt oder sich von ihm angezogen fühlt. Sie trägt eine dunkelblaue Bluse, eine Erinnerung an bewölkte Nächte, und diese eigentümliche Kühle fällt auch aus ihren geöffneten Händen. Ein schwarzer Hartschalenkoffer steht neben ihr. M. Palmaro verweilt ein paar Sekunden unbeweglich in seiner Position, er spürt wieder diesen Schmerz in den Knien, das Gefühl, kaum aufrecht stehen zu können, macht sich bemerkbar.

Das Mädchen bewegt sich nicht von der Stelle, bis er es endlich schafft, mit dem Kopf zu nicken und es in sein Büro zu bitten, wo er in den Sessel sinkt. Ambre Isetta schließt hinter sich die Tür und wartet. Auf M. Palmaros Oberlippe und der Stirn bilden sich Schweißperlen und verwirrt sucht er in seinen Schubladen nach den richtigen Formularen, obwohl sie sich seit Jahrzehnten an demselben Ort stapeln. Aus unerfindlichen Gründen ist er nervös. Vor dem Fenster kehrt der alte M. Moreau nun wieder, versucht, den Herbst zu vertuschen und zur nächsten Jahreszeit zu springen – ein Rascheln dringt nach drinnen wie nach draußen. Das Reisig scheuert über den Asphalt. Plötzlich so etwas wie Ekel, wenn er an M. Moreau denkt und an sein kränkliches Stöhnen. Ambre setzt sich ohne Aufforderung an die andere Seite des Tisches und legt die Hände so ruhig in den Schoß, es lässt sie erwachsen wirken. Als M. Palmaro um ihre Unterschrift bittet und ihr einen Stift reicht, bedauert er einen Augenblick die Auflösung dieser feinen Handhaltung, der sich voneinander loslösenden Finger. Wären sie sich nur länger schweigend gegenübergesessen.

In Venedig hat er sich zum ersten Mal in eine Frau verliebt. Zu Beginn liebte er nur ihre Art, zügig zu gehen und einen schnellen Blick über die Schulter zurück zu ihm zu werfen, dann später ihre Schlüsselbeine und fast alles, was er von ihr kannte. Sie arbeitete als Servierkraft in einem Café und studierte Kunstgeschichte oder Politikwissenschaft. Wann immer er damals in der belebten Straße auf einem der Aluminiumstühle des Cafés Platz nahm, hatte er keine Augen für das bunte Treiben der Stadt, sondern nur für diese Frau.

Während Ambre die Papiere eilig überfliegt, fällt ihm das Nebelgrau ihrer Iris auf und wieder verstummt das

Rascheln draußen für ein paar Minuten, weil M. Moreau erschöpft auf der Bank sitzt. Einige Platanenblätter befreien sich aus dem Haufen vor seinen Schuhspitzen und er schaut ihnen nach. Wie ein Vater seinem Kind. »Ich zeige dir unser Haus«, sagt M. Palmaro, reißt sich von seinem Sessel los und Ambre folgt ihm durch den Gang hinaus ins Freie, einmal quer über den Schulhof und ins Internatsgebäude. In Venedig hätte er sie gern in seine Wohnung entführt, Nicole – ihr Name stand stets auf seinen Rechnungen unter seinem *caffè latte*. Er kritzelte Herzen dazu und Berge und Spiralen, wenn sie sich einmal nicht mit ihm unterhalten konnte, weil zu viele Gäste im Café waren. Er kam fast jeden Tag, richtete sich nach ihren Arbeitszeiten, war ihr persönlicher Stammgast. Ein schneller Blick über die Schulter, Ambre geht drei Schrittlängen hinter ihm den Korridor entlang. Die Rollen ihres Koffers bewegen sich kaum hörbar über den glatten Boden. »Das ist der Aufenthaltsraum. Es gibt in jedem Stockwerk einen, aber der im Erdgeschoß ist der schönste, hier steht das Pianino. Leider absurd verstimmt, wahrscheinlich ist die Luft zu trocken … ganz am Ende«, M. Palmaro deutet mit einem Finger den Flur entlang, »… ist dein Zimmer.« Die glatten Haare hängen dem Mädchen ins Gesicht und lassen es noch schmäler wirken. Als hätte jemand den sich schließenden Vorhang nach dem Schlussapplaus mitten in der Bewegung angehalten. *Es ist noch nicht zu Ende mit mir*, hat auch M. Palmaro sich in Venedig gesagt, als er einen letzten flüchtigen Blick – einen solchen wie ihm stets Nicole zugeworfen hat – auf seine Manuskripte im Papierkorb geworfen und sich von seiner Tante verabschiedet hat. Aber er hat unrecht gehabt. Hier bleibt er an der Schwelle zu seinem Inselzimmer stehen, das er nun an Ambre weitergibt und mit sanften Augen betrachtet. Die neue Schülerin geht an ihm vorüber in den kleinen Raum. Im Vorbeigehen streift ihre Hand seinen Oberschenkel. Ihren Koffer hat sie am Gang stehenlassen. Ein paar Momente verweilt Ambre stumm in der Mitte des Raums, dann lässt sie sich aufs Bett fallen und sieht aus dem Fenster, als wären die zierlichen Gliedmaßen mit einem Mal untragbar schwer geworden. M. Palmaro betrachtet sie, wie sie auf seiner Decke mit der dunkelblauen Bettwäsche sitzt und spürt gar kein Gefühl der Peinlichkeit, weil er vergessen hat, Laken und Bettzeug abzuziehen. Weil er einfach sofort mit ihr in *sein* Zimmer gegangen ist. Ambre sitzt auf dem Bett und ihre langen Haare berühren fast die Decke. Die Ellbogen hat sie auf ihren Oberschenkeln abgelegt, die fast weißen Hände hängen zwischen den Knien hinunter, sodass sich die Fingerspitzen von rechter und linker Hand berühren. M. Palmaro würde sich am liebsten in Luft auflösen, um unbemerkt im Raum bleiben zu können. Das Gesicht von Nicole ist eigentlich ein verschlossenes gewesen, doch M. Palmaro hat gelernt, so darin zu lesen, dass er Eingänge gefunden und sie auch etwas an ihm zu lieben begonnen hat, aber es hat nicht gereicht. Hin und wieder und dann immer öfter spendierte er ihr an ihrem Arbeitsplatz ein Heißgetränk, obwohl sie ihn, bevor sie sich bedankte, immer auf die Unsinnigkeit hinwies, da sie doch selbst nur den halben Preis bezahlen müsste. Einmal gingen sie ins Kino und ein anderes Mal spazieren und ein einziges Mal endete ihr Weg an der Haustür zur Wohnung seiner Tante, wo er schließlich den Mut fasste, sie hereinzubitten. Als die fast blinde Dame zwei Stimmen hörte und vielleicht einen zarten Umriss neben dem ihres Neffen erkannte, sagte sie freundlich: »So ein helles Kind.« Dann ließ sie die beiden allein, die sich ins Gästezimmer zurückzogen. Nicole saß damals auf dem Venediger Gästebett und schaute aus dem Fenster wie jetzt Ambre, geräuschlos und voller Anmut. Da begehrte er sie plötzlich in einem Maße, dass er nicht länger an sich halten konnte, ließ sich hinter sie aufs Bett fallen, vergrub sein Gesicht in ihren Haaren, die nach schwarzem Tee rochen, und umschlang ihren kindlich schlanken Körper mit seinen Armen. Er küsste ihren Nacken und gestand ihr, was er fühlte, in wirren Halbsätzen zwischen den brünetten Strähnen. In seiner Leidenschaft und dem Glück des gelüfteten Geheimnisses merkte er gar nicht, wie steif Nicole am Bett saß und sich keinen Deut zu ihm hinwandte. Erst als sie sich abrupt aus seiner Umarmung befreite, aufstand und ihm beim Verlassen des Zimmers noch einen schnellen Blick über die Schulter zuwarf, den letzten, und er das Glitzern in ihren Augen sah, war ihm klar, dass sie nie wieder in seinem Zimmer aus dem Fenster sehen würde, zusammen mit ihm. M. Palmaro erinnert sich, dass er geweint hat in dieser Nacht. Und am nächsten Morgen beschloss er, dass er kein Schriftsteller war, zerriss die Manuskripte und warf sie in den Papierkorb. Er packte die Koffer und verabschiedete sich von Venedig.

»Es ist schön«, sagt Ambre und M. Palmaro weiß einen Moment gar nicht, wovon sie spricht. »Das Zimmer gefällt mir.« M. Palmaro räuspert sich und legt den Schlüssel 112, den er bis jetzt in seiner Hand fest umschlossen gehalten hat, auf die Kommode neben dem Bett. Er versichert ihr, er würde sich umgehend um neue Bettwäsche kümmern und platziert auch die Hausordnung, die er vor etlichen Jahren verfasst hat, neben dem Schlüssel. Der letzte Satz auf dem zusammengefalteten Papier lautet: *Ab 10 Uhr wird Nachtruhe gehalten.* Die Phrase klingt vergilbt und ist es auch. Es ist Freitagvormittag, der Unterricht in der Schule beginnt für Ambre erst nach dem Wochenende. Als M. Palmaro ihr alles Gute wünscht und hinzufügt, sie solle nicht zögern, sich mit Problemen oder Fragen an ihn zu wenden, öffnet Ambre schon ihren Koffer. Sie hat ihn vor ihre Füße gezogen und hält ihn mit einer Hand geöffnet, während sie die andere schon in den Kleidern vergräbt. So, als mache es ihr gar nichts aus, dass M. Palmaro sieht, was sich in ihrem Koffer verbirgt, der alt und schwer aussieht. Vor dem Herbstlicht, das von draußen durchs Fenster in den Raum fällt, leuchten ein paar ihrer dunklen Haare weiß. Leise schließt M. Palmaro die Tür hinter sich und lässt das Mädchen allein in seinem Inselzimmer.

Der Schmerz in den Knien lässt nicht nach. M. Palmaro nimmt wieder hinter seinem Schreibtisch Platz und versucht, sich auf die Arbeit zu konzentrieren, doch es gelingt ihm nicht. Er beantwortet E-Mails und will immer wieder etwas zwischen die formellen Sätze schreiben, das dort nicht hingehört. Bei Johanna war er von dieser Leidenschaft frei gewesen, von Beginn an, er konnte weiter an seine Arbeit und seine Familie und über die Welt nachdenken, nachdem er sie kennengelernt hatte – die Frau fürs Leben, weil er mit ihr normal weiterleben konnte. »Monsieur Palmaro?« Er fasst sich mit der Hand an die Stirn und löst den Blick vom Computerbildschirm, versucht, zu sich zu kommen. Gerlinde steht vor ihm mit einem Paket in der Hand. »Das ist wohl für Sie«, fügt sie hinzu und streckt ihm ein in braunes Papier gehülltes Päckchen entgegen. Weil die Sekretärin neugierig ist und es nicht zu verbergen weiß, bleibt sie länger als notwendig vor dem Internatsleiter stehen, doch M. Palmaro macht keine Anstalten, seine Post zu öffnen, sondern legt das Paket einfach auf einen Stapel ausgefüllter Formulare, und schließlich lässt Gerlinde ihn allein. Immer wieder schaut er während des endlos scheinenden Tages aus dem Fenster, obwohl M. Moreau längst nicht mehr da ist und mit dem Herbst kämpft. Am kommenden Montag wird er schon verloren haben, aber etwas anderes scheint er ohnehin nicht zu kennen als das Verlieren. Es wird früh dunkel und auch M. Palmaro verliert das Gefühl für die Zeit, er ist der Letzte im Schulgebäude an diesem Freitagnachmittag, Freitagabend. In Zimmer 112 legt sich nun Ambre zu Bett, vielleicht liegt sie unter der Decke und liest. Vielleicht hat sie Heimweh? Sehnsucht. Vielleicht hat sie die Bettwäsche nicht gewechselt, obwohl ihr eine frische zur Verfügung gestellt worden ist, weil sie wissen wollte, wonach die alte riecht? Man könnte M. Palmaro etwas unterstellen, das nicht richtig wäre, wenn er so denkt. *Ein helles Kind* hat seine Venediger Tante Nicole damals genannt, und im Augenblick seines größten Glücks hat er kurz danach alles verloren. Ambre hat keine Ähnlichkeit mit Nicole, oder doch? Hat sie ihm nicht auch einen flüchtigen Blick über die Schulter zugeworfen, bevor er sie in seinem – in ihrem – Zimmer allein mit dem geöffneten Koffer zurückgelassen hat? Ein Lächeln und durchschauende Augen. Die Zeiger der Uhr über der Tür stehen auf zehn vor Neun. Nachts, wenn er ganz allein ist, kann er die Minuten springen hören. Unentschlossen sitzt er auf seinem Stuhl und schließt für einen Moment die Augen, um sich Ambre in ihrem Zimmer zu vergegenwärtigen. Sie weilt noch auf der Bettkante und schaut in die Nacht.

Aber die Vorstellung reicht nicht weiter, als gäbe es kein Bild danach. Da öffnet er wieder die Augen und erinnert sich an das Paket, das Gerlinde ihm heute überbracht hat. Rasch greift er zur Schere in der rechten Ecke seines großen Schreibtisches und zerschneidet das Paketband, als wolle er es schnell hinter sich bringen. Dann reißt er das braune Papier einfach entzwei. Es dauert ein paar lange Augenblicke, bis er erkennt, was darunter zum Vorschein gekommen ist, doch endlich begreift er. Das sind seine Manuskripte, alle seine Versuche, die Zeugnisse seiner Schriftstellerei. Die Verwunderung macht ihn unbeweglich. Seine Tante muss damals alles aufgehoben haben, was er vor seiner überstürzten Abreise aus Venedig nicht zerrissen und noch als Ganzes in den Papierkorb gestopft hat. Jahrzehntelang aufbewahrt, obwohl sie kein Wort lesen konnte. Auf dem Paket ist kein Absender zu finden. Seine Hände zittern und mit wässrigen Augen beginnt er auf einem der halben Blätter zu lesen: *Nicole, wenn du mich sehen könntest, wie ich innerlich vor dir stehe, nackt und immer noch blutjung. Ich weiß nicht, ob du merkst, dass ich für dich aus dem Schatten meiner selbst treten will, ins rechte Licht.* Aus ihm wäre kein Schriftsteller geworden, zu stark empfunden sind die Sätze, doch während er sie liest, fühlt er wieder so wie damals, als er allein zurückgeblieben ist, in den Armen noch ein Hauch von Wärme des entschwundenen Körpers, im Kopf schon die Gewissheit, dass das ein Ende gewesen ist. Er atmet tief ein und bläst die verbrauchte Luft durch den Mund aus. Draußen tobt ein heftiger Wind und M. Palmaro denkt nicht daran, nach Hause zu gehen. Erschöpft lässt er den Kopf auf seine Unterarme sinken, die auf seinen Manuskripten liegen, und lauscht den springenden Minuten.

Der Korridor ist menschenleer, nur die Nachtlichter in den Ecken, wo die Gänge sich verzweigen, leuchten bläulich von der Decke. Von irgendwoher erklingt das übermütige Gelächter eines Burschen und ein paar unwirklich fröhliche Stimmen aus dem ersten Stockwerk dringen an M. Palmaros Ohr, doch ansonsten ist es erstaunlich ruhig für einen Freitagabend. Seine Fingerspitzen kribbeln und er reibt sie aneinander, während er sich langsam durchs Gebäude bewegt und dann vor Raum 112 stehen bleibt. Er legt die flache Hand an die Tür. Die Nachtruhe liegt tatsächlich schon über diesem hintersten Teil des Internatsgebäudes und M. Palmaro möchte vielleicht nur noch einmal in das stille Zimmer hineinrufen *Willkommen in unserem Haus*, wo das Mädchen auf ihrem Bett sitzt und nicht schlafen kann. M. Palmaro klopft so leise an die Tür, dass niemand es würde hören können, wenn diejenige nicht auf ihn gewartet hätte.

Das Blau in dem Gesicht von Miloš

Sie hat sich heimlich aus dem Staub gemacht. Genau genommen sind es aber die anderen Schwestern und Pflegekräfte, die sich zurückziehen zum gemeinsamen Mittagessen, hinter einem Vorhang sitzen und leise kichern, sich dann nicht die Hand vor den Mund halten dabei. Jana ist so gesehen einfach sichtbar geblieben, hat sich nicht in den letzten weißen Winkel der Station zurückgezogen, der um diese Tageszeit gar nicht weiß ist, weil das Licht, das durch die hellblauen Vorhänge dringt, auch die Wände färbt. Dieser Abglanz von Himmel findet sich in allen Zimmern, deren Fenster zur Parkseite ausgerichtet sind, auf den Bettdecken, den Armen und Gesichtern. Die Räume sind kahl, unangenehm blendend, wenn jemand stirbt, kurzzeitig dunkler vielleicht – oder das Gegenteil davon, wenn man sich nicht täuschen lässt, noch heller und noch bläulicher. Jana denkt an die Landschaften in Gemälden, wie die Hügel in der Ferne unauffällig die Farbe ändern, verblassen. Was fern ist, ist heller und blauer.

In einem dieser Räume hält Jana die Hand von Miloš so lange sie kann und wundert sich selbst darüber. Auch auf seinem Gesicht schon dieser bläuliche Schimmer. Ihr fällt das auf, aber wohl niemandem fiele es ein, sie als besonders empfindsame und feinfühlige Frau zu beschreiben. Doch seit Miloš vor gut einer Woche in dieses Einzelzimmer verlegt worden ist und sie mehrmals täglich hereinkommt, um ihm das Essen zu bringen, von dem er, sich darüber beklagend, ein paar wenige Bissen nimmt, um ihm dann Tee anzubieten oder ihm den Schweiß von der Haut zu wischen, hat sie ihn in keiner Minute vergessen. Dabei lächelt er nicht einmal mehr. Umständlich dreht er sich zur Seite, schaut Jana an, als wäre sie nicht echt, als würde sie nicht zurückblicken. Manchmal fühlt sie sich wirklich so steinern. Er mustert ihre buschigen Augenbrauen und die breite Nase, die vielen kleinen Narben im Gesicht, die sie seit ihrer Jugend hat und für die sie irgendwann aufgehört hat sich zu schämen. Nicht jeder weiße Punkt und Strich einer geheilten Verletzung hat eine Bedeutung, auch das Bedeutungslose gehört zu ihr. Ihre Schultern beschreiben eine gleichmäßige Kurve nach unten, als wäre es Absicht, als bezwecke sie, dass alles auf sie Herabfallende an ihrem runden, glatten Körper ungehindert abfließe, nichts hängenbliebe. Es ist eine Art Selbstschutz wahrscheinlich. Ihre raue Stimme passt nicht ganz zu diesem Bild, sie ist ungeschliffen, wohl deshalb, weil sie zu schweigsam ist. Die dunklen Haare sind zu einem tiefen Zopf geflochten, der sie streng wirken lässt. Wenn man genau hinsieht, fällt es auf, dass er ein wenig verfilzt ist, so als hätte sie ihn bei der letzten Haarwäsche gar nicht aufgetrennt – ob das den Eindruck der Strenge verstärkt? Sie hat sich diese Mühe nicht gemacht für sich. Der Zopf wie ein raues Stimmband in den Nacken hängend. Vieles ist ihr gleichgültig geworden, aber niemand macht es ihr zum Vorwurf, nur das Gewissen manchmal, wenn sie nachts daheim in ihrem Bett liegt und irgendwann die Tür zum Gang leise knarrt, wenn ihr Sohn Willi hereinkommt und zu ihr unter die Decke kriecht. Er macht das, seitdem sein Großvater, Janas Vater, vor einiger

Zeit an einem Infarkt gestorben ist. In seine Wohnung ist Jana kurz vor Willis Geburt eingezogen, sie waren dann ein Dreierhaushalt, ja, in der Erinnerung und Vorstellung ihres Sohnes sind sie immer zu dritt gewesen. Willi denkt insgeheim viele *Immer*, obwohl er noch so jung ist – *Das soll immer so bleiben.* Ab sechs Uhr abends ist Janas Vater *immer* vor dem Fernseher im Wohnzimmer gesessen. Aus Rücksichtnahme stellte er die Lautstärke nicht auf das Maximum, damit es für ihn Stummfilme blieben, die er sah. Zuletzt, weil er sich auch gar nicht mehr auf das Verstehen konzentrierte, tonlose Bildfolgen, die Orte dieser Welt zeigten, die er nie betreten hatte, von denen er also nicht sicher sein konnte, dass sie echt waren. Und dass er genau daran zweifelte, war sicher. Er sagte oft, er hätte im Leben den falschen Menschen vertraut, das wären grobe Fehler gewesen, er hätte auch manchmal zu voreilig sich selbst vertraut, das wären die bittersten Enttäuschungen gewesen. *Das Unbekannte ist immer größer als das Vertraute* – das hatte er einmal hinzugefügt und seine Tochter musste kurz überlegen, was das bedeutete, sich den Satz erst für sich übersetzen. Der Vater konnte dabei nicht helfen, denn er hatte das ukrainische Sprechen schon verlernt, die Wörter, die Janas Mutter ihm immer wieder vorgesagt hatte, alle hatte er sie vergessen.

Jana ist an einem anderen Ort mit Schwarzmeerblick aufgewachsen, die ersten zehn Jahre noch mit dem Vater zusammen, der sich einst als ausländischer Hafenarbeiter in die Mutter verliebt hat. Damals an der Küste. In einer Stadt mit klingendem Namen. Ohne jemals heimisch zu werden, lebte er dort mit Frau und Kind, als hätte er keine Wahl. Und dann eines Tages mit strahlend blauem Himmel verließ er die Stadt, als ob jeder sich irgendwann im

Leben davonstehlen müsste. Er behauptete später, sie hätte ihn weggeschickt, und Janas Mutter sagte, er hätte sich geschämt, nach so langer Zeit noch immer fremd zu sein, fremd gegenüber den Menschen, den Gezeiten, dem Meer. Niemand hätte ihm vertraut und das vielleicht zurecht, wie er selbst meinte. Jana weiß nicht, wer von beiden sich näher an die Wahrheit gehalten hat. Jetzt steht auf ewig Aussage gegen Aussage. Sie ist schon immer Fels in der Brandung gewesen, an ihr spalten sich die Versprechungen.

Erst nach dem Tod der Mutter folgte Jana dem Geflohenen und kam als geschiedene Frau in das Land des Vaters, hatte ihn letztlich also doch nicht entkommen lassen. Jana sieht den Vater in ihrer Vorstellung mit den Schultern zucken und nach seinen bedeutungsschweren Worten die Bühne verlassen. Er, der so gern wenig, aber inbrünstig gesprochen hat. Sie weiß, dass er ein Selbstdarsteller gewesen ist, und sie vermutet, dass ihrer Mutter das gefallen hat, einst am Schwarzmeerstrand.

Sie vermisst ihr altes Zuhause nur wenig, viel weniger als sie befürchtet hat. So viel hat sie nicht an die Kindheitslandschaft gebunden, wie sie davon überzeugt gewesen ist als junge Frau. Über dreizehn Jahre ist das jetzt her. Manchmal bereut sie das auch und möchte ein Mensch sein mit einer großen Sehnsucht, die womöglich eine Begabung in ihr erwachsen ließe. Die Mutter wäre nie von daheim fortgegangen, auch nicht für ihren Mann, der sie angeblich nie darum gebeten hatte. Es war ein merkwürdiges Gefühl, als Jana ihn im Schwarzwald wiedertraf, doch sie sah, dass er viel besser dorthin passte, nur die Farbe im Landschaftsnamen verband ihn noch mit dem Meer. Er sank leicht ein beim Gehen, damals schon, als ginge er auf moosigem

Boden, rasierte sich jeden Morgen penibel das Gesicht und ärgerte sich über den starken Wind, der gegen die Fensterläden peitschte, auch wenn er so schlecht hörte zum Schluss und er die Schläge eher nur gefühlt haben musste. Da bröckelte nach und nach die Farbe von dem Holz. Er hatte es einmal blau gestrichen.

Miloš hat es in seinem Leben nie gesehen. Das Meer. Er ist ein fremder Kranker, auffindbar für die anderen Schwestern und Pfleger durch das kleine Namensschildchen am Bettende. Er will nach nichts mehr gefragt werden, nur Jana erlaubt er manchmal einen fragenden Blick. Schon nach ein paar Tagen in der fremden, sterilen Umgebung hat er kaum noch die Kraft, etwas zu erzählen, zu kauen und zu schlucken. Aber nun bemüht er sich trotzdem, seitdem Jana in sein Zimmer kommt. Sie tut ihm gut. Wenn sie bei ihm an seinem Bett sitzt, spricht er hin und wieder von sich selbst, von dem, was er am besten kennt, nicht von schönen Orten und Begegnungen in der Welt. Seit Miloš im Mehrbettzimmer die anderen Patienten beleidigt hat, liegt er in diesem Raum nur für sich, und Jana denkt, es sei ein Zeichen von Schwäche, sie denkt das, obwohl sie selbst noch nie kurz vorm Sterben war. Aber ein Ende ist immer ein merkwürdiger Moment. Würde Miloš es nicht in jeder Faser des Körpers spüren, dann wäre es ihm gelungen, die anderen auszuhalten, so wie all die Jahre davor, aber er kann diese Kraft nicht mehr aufbringen, die wenigstens ein Zusammensein fordert. Janas steinerne Anwesenheit ist keine zusätzliche Anstrengung, das wenige Sprechen mit ihr gerade nicht zu viel. Sie reicht ihm stumm die Hand. Macht er dann den Mund auf, beginnt er Worte im Geiste zu ordnen, wenn sie ein paar Minuten allein sind, dann glaubt Jana zwischen wahren Anekdoten und Einbildungen unterscheiden zu können, doch selbst, wenn es ihr nicht gelingt, spielt das eigentlich keine Rolle. Machmal sagt er, da liege jemand auf seiner Brust, der solle sich nicht so schwer machen, und Jana fragt dann, wer das sei. »Na, wer wohl?« Meistens aber schaut Miloš sie einfach an, und sie streicht mit dem Daumen über seinen Handrücken. Da kann Jana nicht einfach aufstehen und weggehen, zur Station zurückkehren, obwohl ihre Schicht schon aus ist, denn er hält sich noch fest an ihr.

Ein bisschen flieht sie dann schon an das Schwarze Meer und zu den Wellen zurück. Die Mutter hatte sich nicht ins Wasser getraut, sie konnte zwar schwimmen, hatte sie jeden Sommer beteuert, aber im entscheidenden Moment doch nie daran geglaubt. Janas Vater hatte das besser als jeder andere verstanden. Er saß in seinem Fernsehstuhl, als ihm das Herz stehen blieb und er einen der fernen flimmernden Orte wirklich betreten hatte. Es war am späten Abend, zu einer Zeit, zu der er normalerweise längst im Bett war. Als Jana ins Wohnzimmer kam, fiel ihr Blick zuerst auf den Bildschirm, wo gerade eine Dokumentation über den Altai lief, dann erst auf den Mann im Sessel, der aussah, als wäre er eingeschlafen. Jana wusste es aber noch im selben Moment. Sie wählte den Notruf ruhig und ohne Hektik, sprach so klare deutsche Wörter, wie es ihr vorher und nachher nicht wieder gelungen war. Die Sprache ist für jeden ein unvollständiges Puzzle. Ihr Sohn Willi hat nie mit Puzzleteilen gespielt und sie hat das bedauert, wie man eben manchmal bedauert, dass das Kind einem selbst so wenig ähnelt. Er ist überhaupt nicht sehr verspielt, aber laut und draufgängerisch, jetzt fehlt ihm als ruhiger Gegenspieler und anerkennender Schweigepartner der Großvater mit dem Moos unter den Füßen. Jana ist besonders stolz darauf, wie gut ihr Sohn tauchen kann, er glaubt an das Wasser, die Bewegung und an sich selbst, und Jana hätte das gern ihrer Mutter erzählt – in drei verschiedenen Sprachen, damit wenige Leerstellen bleiben.

Es ist Freitag und der Dreizehnjährige sitzt mit einer Fertigpizza auf dem Schoß zu Hause vor seinem Computer oder vor dem Fernseher. Das darf er immer, wenn Jana Nachtschicht hat, weil sie es ohnehin nicht kontrollieren kann. Allzu streng hat sie ihn auch nicht erzogen. Er soll spüren, dass sie Vertrauen zu ihm hat. Trotzdem ruft sie um einundzwanzig Uhr einmal an und fragt, ob er den Schulaufsatz für morgen fertig geschrieben hat. Jana selbst fühlt sich schläfrig und schwer. Während des kurzen Telefonats bleibt sie direkt neben Miloš sitzen, dem es immer schlechter geht, der jetzt die Augen ständig offen hat und in alle Ecken hineinstarrt, auf das dunkle Kreuz an der Wand, das Jana so furchteinflößend findet, auf die Vorhänge, die sich im Luftzug des gekippten Fensters bewegen. Sie denkt an die Fensterläden, daran dass ihr Vater noch Farbe gekauft hat, um sie neu zu streichen. Genau denselben Farbton hat er allerdings nicht wiedergefunden. Den Eimer hat er ins Kellerabteil gestellt. Vielleicht weil er zu schwer für ihn war, um ihn in den zweiten Stock zu tragen. Die neu gekaufte Farbe hat er nie erwähnt. Jana hat sie vor ein paar Tagen erst entdeckt, die Rechnung ordentlich auf den Deckel gelegt. Wahrscheinlich hat der Vater es auch bemerkt, dass er dieses alte Blau nicht einfach so ersetzen kann.

Irgendwo wird gerade eine Tür geschlossen und Jana hört Schritte im Gang, aber niemand betritt dieses Zimmer, in dem Miloš jetzt auch an den Wind denkt, weil Jana ihm von ihm erzählt. Dann noch ein paar Sätze Meer, weil Miloš sie darum gebeten hat. Statt seiner Verwandten sitzt weiterhin die fremde Krankenpflegerin mit dem strengen Zopf bei ihm, seine Blicke schmerzen in ihrem Gesicht. Jana kommt kein Mensch in den Sinn, der sich nicht vor ihm verbergen würde in diesen Minuten. So ist es eben, denkt sie, ist wieder ein bisschen Fels in der Brandung und antwortet Miloš auf eine Frage, die er gar nicht gestellt hat: *Das Unbekannte ist immer größer als das Vertraute.* Die Falten in seinem Gesicht, obwohl verzerrt, lassen ihn immer noch gütig wirken. Er muss ein guter Mensch sein, denkt Jana, ohne zu hinterfragen, was man damit eigentlich meint. Der Sauerstoff blubbert über dem Bett und Jana stellt sich vor, es sei das Geräusch, das die Nacht von sich gibt, wenn sie sich im Sommer zu später Stunde breitmacht, eine Nacht, die man einatmen kann. Die Haut auf ihren Armen und über den Schlüsselbeinen kribbelt leicht. Leben und Tod sind sich nachts noch näher. Eigentlich müsste sie sich längst auf die Stationszentrale begeben und den Papierkram abarbeiten, ihre Schicht geht zu Ende, aber Jana kann Miloš nicht allein lassen, die anderen müssen warten. Sie hat sich davongestohlen, als ob das jeder müsste, mindestens einmal im Leben. Ihre Beine fühlen sich so schwer an, nur der Zopf im Nacken wird leichter. Nachdem Miloš ihre Hand loslässt, weil er sie nicht mitnehmen kann, legt sie die Unterarme auf die Bettstange und die Stirn darauf. So werden die beiden Menschen im Raum zu zwei kühlen Steinen, der eine rundgeschliffen und glänzend, der andere kantig und bläulich schimmernd. Blass und blauer in der Ferne.

Zu unbestimmbarer Zeit knarrt eine Tür und öffnet sich langsam einen Spalt breit. Ein bisschen Licht rutscht über die Schwelle. Willi im Schlafanzug, er schiebt sich schüchtern ins Zimmer, taucht in den Raum mit kräftigen Zügen, vorbei an den Felsen, wo die Wellen auseinanderbrechen. Er kriecht noch nass und salzig unter die Decke, in seiner Erinnerung und Vorstellung sind sie immer zu dritt. Das hat er sich selbst versprochen und er glaubt an sich.

NGC457 nicht gefunden

Hinter den Fingerabdrücken schwimmt ein Zierfisch ganz nah an die Glaswand heran und sieht seinen Beobachter an. Der Mosaikfadenfisch betrachtet mit einem Auge das Gesicht des Professors. Besonders auffällig sind die schwarzen Härchen im Gegensatz zu dem schütteren Haar und dem fast schon völlig weißen Bart, dessen Härchen wie Drähte in alle Richtungen zeigen. In dem runden Fischauge macht Noel die ersten Schritte im Meer der Ruhe. Er will noch warten, bis auch die andere Seite seines im Grunde unbekannten Mitbewohners sichtbar wird, aber der Zierfisch dreht sich nicht, steht still im Wasser. Nur hin und wieder ein leises Gluckern des Aquariums. Professor Noel macht Notizen in ein orangefarbenes Büchlein, als Marlene nach Hause kommt. Die junge Frau, die seine Tochter sein könnte, zieht sich die Haube vom Kopf. »Ich habe schon Karten für morgen gekauft«, sagt sie, »aber ich glaube, es wäre nicht notwendig gewesen. Es macht wirklich nicht den Anschein, als seien sie gut besucht – um es freundlich zu sagen. Wer außer ein paar hoffnungslosen Romantikern interessiert sich heute noch für so etwas? Noel, hörst du zu?«

Der Professor wendet sich von Marlenes Aquarium ab, als sie seinen Namen sagt, und sieht jetzt sie an. Sie steht mitten im Raum, wie ein großer Anziehungspunkt, als würden sich die Möbelstücke und auch der am Boden kniende Professor unmerklich langsam um sie herumbewegen.

»Natürlich höre ich zu«, sagt Noel zu Marlene, die gerade ihre Haube auf den Garderobenständer wirft. »Das Planetarium, meinst du.« Sie nickt ihm wohlwollend zu und wünscht sich, dass er sofort vom Boden aufsteht, aber äußert nichts dergleichen. Der Fadenfisch dreht sich in diesem Augenblick der Ablenkung um, schwimmt in das Flammenmoos und wird unsichtbar. In manchen Momenten ist er nicht er selbst, kein Fisch, er ist dann auch nicht wirklich hier, sondern nur eine von diesen Erinnerungen, dass es ihn geben müsste, dass er in seinem silbern schimmernden Schuppenkleid doch eben noch hier gewesen ist, wo jetzt nichts und niemand sich regt. Seine Flossen kribbeln und er fühlt sich leichter als sonst, als sei er nur aus Luft gemacht. So müsse er sofort aufsteigen an die Wasseroberfläche und wegfliegen.

Der am Boden vor dem Aquarium kniende Mann ist Marlenes Nederlandistik-Professor. Sie hat sich eigentlich nur eingebildet, eine Sprache lernen zu wollen, weil alle ihre Bekannten studieren, und weil sie schließlich nicht dümmer ist. Dann hat sie sich für das Niederländische entschieden, immerhin ist sie ein paar Male in Amsterdam und Den Haag, auch in Utrecht, gewesen und hat sich ausprobiert. Aber da war ein Zeitpunkt im Studium, von dem an sie die Universität nur noch wegen eines Menschen betrat, der es verstanden hatte, ihr kleine Flöhe in den Kopf zu setzen, und in Rätseln sprach, von denen sie nie das Gefühl hatte, die Einzige zu sein, die sie nicht durchschaute, sich also auch nicht mehr dumm vorkam. Wie aber kommt es, dass der Professor seit einigen Monaten bei ihr wohnt? Vielleicht könnte sie es irgendwie als Flüchtlingshilfe vor Ort erklären, denn dann würde niemand das Thema großartig vertiefen wollen. Marlene spricht nicht gern über sich. Es stimmt, dass der Professor wunderlich geworden ist mit der Zeit und sich im Laufe der Semester immer mehr Studenten über ihn beschwert haben. Nicht zeitgemäß, keine transparenten Methoden, kaum Material für die Prüfungsvorbereitung, beliebige Inhalte, manchmal nicht einmal von facheinschlägiger Relevanz, politisch am Scheideweg. Der alte Professor wurde schließlich suspendiert und als Trotzreaktion kündigte er noch am selben Tag auch seinen Mietvertrag. In der Stadt hielt ihn nichts mehr, er war fest entschlossen, zurück nach Utrecht zu gehen, aber Marlene, die da ihr Studium schon beendet hatte, und zu seiner einzigen Freundin geworden war, wollte ihn um jeden Preis davon abhalten. Sie hat sich durchgesetzt, sich im Endeffekt aber doch wieder nur für sich selbst eingesetzt.

Am nächsten Abend gehen Marlene und Noel ins Planetarium, wo man die Wolken aus dem Programm genommen hat, die sich draußen vor den Nachthimmel schieben. Die eingefangene Milchstraße dreht sich über den Köpfen der Besucher wie ein Tier im Käfig. Beinahe hat Marlene ein wenig Mitleid mit ihr und möchte sie gern zu sich nehmen. Die künstlichen Sterne funkeln nicht, sie sind auch keine Lichtjahre entfernt, die Vergangenheit liegt nicht in ihnen, keiner dieser heißen Gasriesen ist längst gestorben, explodiert, eingesogen oder erloschen, allesamt sind es nur Projektionen an einer Zimmerdecke. Marlenes Name ist nicht darunter, sie ist nach keinem Stern benannt und keiner nach ihr, obwohl es so viele gibt. Auch in der Unendlichkeit kein Platz für sie, denkt sie kurz und schaut hinüber zu Noel, der fasziniert nach oben starrt mit offenem Mund. Seine Barthaare reflektieren das Licht, er hat sich tagelang nicht rasiert. »Sie können sich auch auf den Boden legen.« – Das hat die Stimme des Studenten noch gesagt, der irgendwo im runden Raum hinter einem schwarzen Paravent stehen muss und zu den Leuten spricht, bevor der Mond sich halbiert. Niemand legt sich auf den Boden. Noel will nach dem unechten Himmel greifen, sich nur zwischen die Sterne legen. Er hat einen Sinn für die langsamen Bewegungen und für Muster in Wegen und Verbindungen und Abständen, in denen andere nichts als Zufall erkennen können. Vielleicht müssen sie sich einfach mehr anstrengen, aber es ist schließlich ein altes Problem der Menschen, das immer wieder voreilige Aufgeben und Ablegen. Irgendwann flüstert Marlene Noel zu: »Hast du gewusst, dass es Sternfinsternisse gibt?« In diesem Moment wird die dunkle Materie an der gewölbten Decke sichtbar gemacht und alle schauen sie fasziniert an, obwohl da nichts ist außer einer Projektion und großen Gedanken. »Nein. Ich habe nicht daran gedacht, dass sich ein heller hinter einem dunklen Stern versteckt«, antwortet er nach einer Weile und sie hat schon ganz vergessen, was sie den Professor überhaupt gefragt hat. Am Anfang war sie stets ganz stolz darauf, ihm irgendeine Frage stellen zu können, einfach weil von ihr sonst immer nur Antworten verlangt wurden. Doch an diesem Abend erkennt sie einen noch nie gehörten Tonfall in seiner Stimme. Im Saal bricht die Dämmerung an und es wird hell, das Universum ist wieder die Zimmerdecke. Professor Noel und Marlene verlassen den Vorstellungsraum und treten in die kleine Eingangshalle hinaus. Sie wird seine Blicke nie vergessen, Noels besondere Blicke, die er auf eine kleine Schatulle in einer Vitrine vor dem Ausgang wirft. Es ist, als hätte er mit einem Mal ein neues Faszinosum entdeckt und dahinter eine neue Aufgabe. Später wird Marlene diesen Moment im Planetarium *den Schlüsselmoment* nennen. Alles nimmt seinen Lauf mit dem Meteoriten, ein polierter Eisenmeteorit vom Asteroidengürtel. Zwischen Mars und Jupiter. Von dort ist er Professor Noel in den Schoß gefallen. Er lässt die Vitrine öffnen und kauft den fingernagelgroßen Eisenmeteoriten, ohne ihn noch einmal aus der Hand zu geben. Noel hält ihn wie etwas, das ihn leichter macht. *Metéōros* bedeutet *in der Luft befindlich.* Er hat sich eine Sternschnuppe gewünscht und sie bekommen, Marlene ist Augenzeugin. Noel legt jetzt seine Finger um das ovale, polierte Stück Universum, das er an diesem Abend erworben hat. »Is het niet leuk?« Für Marlene war es mehr etwas anderes, etwas, mit dem jemand auf ihren Planeten geschossen hatte.

Von da an werden Noel die Nächte lieber als die Tage. Marlene sieht ihn abends das Haus verlassen, zurückkommen hört sie ihn nicht mehr. Morgens ist sie dann erleichtert, wenn sie den Professor wiederfindet, wenn er aussieht wie fast verglüht, mit vor Kälte roten Wangen und rissiger trockener Haut an den Händen. Die fortschreitende Abnutzung in der zweiten Hälfte des Lebens, die noch dazu kommt, erschreckt sie ein bisschen. Mit seinem Teleskop schaut Professor Noel ins Universum, während der Fadenfisch im Flammenmoos die Nächte durchwacht, weil er nicht schlafen kann. Und Marlene. Noel fährt an Orte ohne verschmutzendes Licht, Orte, die im reinen Sternenlicht liegen. Von dort aus schaut er mit seinem Fernrohrauge zu Jupiter und Saturn und alle ihre Monde schauen zurück. Er zeichnet Sucherkarten und vergleicht den Nachthimmel immer wieder mit seinen Zetteln, als würde zwischen den beiden irgendeine Ähnlichkeit bestehen, zwischen dem

Firmament und den Bleistiftkritzeleien, den Punkten und Linien auf weißem Papier. Aber Noel erkennt die Muster wieder, sogar wenn Fragmente fehlen. Sein orangefarbenes Buch wird von Tag zu Tag abgegriffener, wie eine Frucht, die man nicht aus der Hand geben will. Die Steine am Grund von Marlenes Aquarium sehen jede Nacht mehr aus wie Meteoriten, vielleicht tauscht der Professor sie heimlich aus – ihr läuft ein Schauder über den Rücken bei dem Gedanken. Sie füttert den Fadenfisch mit den kleinen Würmern, die im Eisfach im Kühlschrank aufbewahrt werden müssen, und betrachtet ihn von oben herab. Der Fadenfisch hat tatsächlich Ähnlichkeit mit dem Mond, weil er Noel immer nur eine seiner Seiten zeigt. Selbst Marlene fühlt sich in ihren Bewegungen, aber auch im Ruhigsein, von dem Professor ertappt. Würde sie ihn jetzt selbst als *wunderlich* bezeichnen? Es scheint, der Professor angle sich nur noch durchs Leben mit Blickfängen. Schreibt er da auch etwas über sie in seine Notizbücher? Kann sie ihn das laut fragen?

Kommt er in der Früh nach Hause, hat Noel den Sternwind im Haar. Marlene muss ihn dem Professor aus den Haaren bürsten, sie besteht darauf, auch von der Kleidung, Reste des stellaren Windes werden oft mitgewaschen und sie hofft immer, dass das frische Gewand ein bisschen wie eine neue Haut wirkt, die Noel sich dann anlegen kann, doch dem ist nicht so. Marlene fühlt sich wie seine Schwerkraft, versucht ihn mit allem, was sie hat, am Boden und hier zu behalten. Als wäre er ihr Schicksalsgefährte. Aber er wird gefährlich und spielt mit ihrem Namen in seinem Buch, obwohl sie nicht wie ein Stern heißt und keiner nach ihr benannt ist, und bald kann sie mit keinem ihrer Worte mehr zu Noel durchdringen, kann in seiner Atmosphäre nicht atmen. Alle Ablenkungen, die sie für ihn platziert, auch facheinschlägige und in niederländischer Sprache verfasste, lässt er unbeachtet liegen. *Verrückt* haben sie damals gesagt, ja, jemand hat ihn sogar *wahnsinnig* genannt, und Marlene gleich mit. Er sei ja kein Flüchtling, es war nur recht, ihn zu verweisen und fortzuschicken. Marlene liegt in bewölkten Nächten lange wach. Noel bleibt dann zu Hause, aber schläft kaum. Würde Marlene die Augen schließen, würde er in ihr Zimmer treten, das nur durch einen Vorhang vom Wohnzimmer und der Couch abgetrennt ist, die sie ihm jeden Abend wieder aufs Neue auszieht. Er würde alles genau verzeichnen, würde aufschreiben, wann sie sich umdreht, dann würde er ihre andere Seite sehen und sie abzeichnen. Würde sie die Augen öffnen, er würde zurückschauen und irgendwo die Zeit notieren, zu der es passiert. Sie spürt seine Fingerabdrücke auf ihrer Haut, durch die er schaut, obwohl er sie nie berührt hat. Seine Aufzeichnungen werden zwanghaft und schließlich viel zu schnell zu einer obskuren Normalität, aber Noel fällt das nicht auf, ihm fällt nur auf, dass der Fadenfisch den Gleichgewichtssinn verliert – auch er leidet, oder vereinsamt – und der *Venustransit* rückt immer näher. Marlene hört es eines Abends in den Nachrichten, als Noel nicht zu Hause ist, und bekommt es mit der Angst zu tun. In den bewölkten Nächten greift der Beobachtungswahn des Professors jetzt zur Gänze auf Marlene über, ja, sie hat ihn mittlerweile benannt. Nachdem Marlene den Professor zu sich geholt hat, war sie dabei, ihn an sich zu binden und ihn dann langsam neu zu erziehen, nur so könne man richtig therapieren, hat sie sich gesagt, in Erziehung stecke alles, was man später werde. Doch jetzt wächst der Professor ihr über den Kopf. Er macht sie verrückt. Zu einem Teil aber, den sie zugeben muss und nicht abstreiten kann, beginnt sie auch, sich interessanter zu fühlen, sie beginnt, falsche Fährten zu legen und selbst ein bisschen zu spielen, sich auszuprobieren. Wer würde nicht einen Hauch Gefallen daran finden, ein Beobachtungsobjekt zu sein. Der Mosaikfadenfisch nickt ihr manchmal zu.

Marlene hat heimlich in Noels Buch gelesen. Neben datierten Skizzen von Himmelsausschnitten liest sie Notizen wie *Sinus Iridum am Terminator des Monds zu sehen, heute Andromeda, morgen Dreiecksnebel* oder *NGC457 nicht gefunden.* Sie hätte besser nicht umgeblättert, weil ihr eigener Name plötzlich in den Zeilen steht. Sie hat Angst vor ihrem Namen, da in kantigen grauen Buchstaben hervorgebracht, *Marlene*, da in seinem Buch. Noel führt Buch, auch über sie. Wen hat sie sich ins Haus geholt. Ein Blick zum Fadenfisch im Glaswasser, der das schon lange weiß, denn auch sein Name steht auf den Seiten. Noel hat sich unter Marlenes Augen verfinstert. Wann wird er wieder nahe am Horizont sein und voll und rötlich aussehen, als würde er zu ihr gehören? Marlene ist aus der Bahn geworfen und schlingert vor sich hin im leeren Raum. Im Zimmer dreht sie immer kleiner werdende Runden, schließt das Buch und wirft dem Fadenfisch ein paar Flocken ins Wasser, damit er wieder sattgefressen in dem Flammenmoos verschwinden kann. Sie will ihn nicht mehr sehen. Der Fisch rührt nichts an, sondern lässt die bunten Flocken unbeachtet versinken. Er blickt die Frau, die um ihn herum wohnt, mit einem traurigen Auge an. Seine Schwanzflosse – für ihn seine schönste Flosse – ist eines Morgens einen Millimeter eingerissen und er ist ängstlich, denn er weiß nicht, weshalb.

In dieser Nacht folgt Marlene dem Professor, als er das Haus verlässt, nicht heimlich, denn sein Schatten bedeckt sie nur zur Hälfte und sie tritt auch aus dieser Hälfte heraus, damit kein Zweifel mehr besteht. Im großen Wagen verlassen sie die milchigen Stadtlichter. Später, auf einer Wiese angekommen, betrachtet Marlene wie Noel das Firmament und fühlt sich verloren, als hätten die Eltern ihr als kleines Kind viele Geschichten erzählt, an die sie sich jetzt nicht mehr erinnern kann. Es ist ganz anders als ehemals im Planetarium, wo sie die Zimmerdecke mit eigenen Schritten hätte abgehen können. Der Professor hat sie zu einem Stern gemacht, doch sie findet sich am Himmel nicht wieder. Plötzlich erkennt sie Noel, den Satelliten, der beobachtet und verzeichnet. Er rast an ihr vorbei – sie atmet stellaren Wind – und verschwindet plötzlich im Erdschatten, lange vor dem Horizont. Er selbst viel zu schnell für Beobachtungen. Ein Schauer geht auf Marlene nieder, vielleicht fallen in diesem Moment auch Meteoriten irgendwo auf der Welt ins Gras. Auf dem Körper der jungen Frau entstehen kleine Krater. Als hätte man auf sie geschossen. *Ich brauche den richtigen Abstand zu dir, dass es überhaupt Leben geben kann in mir. Die Ozeane verdampfen sonst oder alles friert und erstarrt. Manchmal denke ich, dass du es aufschreibst, wenn ich die Luft anhalte, und wenn du schreibst, dass ich es für immer tue, dass ich ersticke.* Eine Ähnlichkeit mit den Skizzenzetteln ist gegeben. Ihr Atem geht seicht und schnell und ihre Gedanken überschlagen sich, als sie sich dann frühmorgens, kurz vor der Dämmerung, endlich zu Hause ins Bett legen kann.

Der nächste Tag beginnt später als üblich. Nachdem Noel mittags das Haus verlassen hat, läuft Marlene in sein Zimmer, greift sich seine Tasche, die er in der vergangenen

Nacht bei sich getragen hat, und fischt sein oranges Büchlein heraus. Es ist mittlerweile fast vollgeschrieben. Damit setzt sie sich auf den Boden, die Beine gekreuzt, die Ellenbogen auf die Knie gestützt. Das Seitenrascheln erfüllt ihren Kopf, gegen Ende der Aufzeichnungen zwängt sich ihr Name immer öfter in Noels enge Zeilen. Zeit und Raum. Sie muss ihn Noel wegnehmen. Mit einem Kugelschreiber reibt sie so oft über jene sieben Buchstaben, wo immer sie sie entdeckt, bis die Wörter zu tiefblauen Seen werden, zu Meeren der Ruhe müssen sie werden. Man kann nicht auf den Grund sehen. Es ist der Versuch, etwas zu ertränken. Der Zierfisch steht still im Wasser. Als wäre er Zierde, als hätte er seinen Faden verloren. Marlene ist schnell erschöpft von diesem Auslöschungsversuch. Schließlich schlägt sie das Buch zu, ohne bis zum Ende gekommen zu sein, und lässt sich im Badezimmer die Wanne ein. Sie legt sich in ihre Planetenfarbe und vergisst, wo oben und wo unten ist, wird schwerelos. Das Wasser beginnt schon auszukühlen und ihr wachsen die ersten silbernen Schuppen. Der Fadenfisch ist inzwischen still in seinem Meer ertrunken.

Nach einiger Zeit kehrt der Professor zurück, ganz leise öffnet er die Tür, aber Marlene kann hören, wie er die Schlüssel im Schloss dreht. Er muss sofort bemerkt haben, was sie in seinem Buch versucht hat. Dann ruft er nach ihr. Marlene steigt aus der Wanne und wickelt sich in ein Badetuch. Atemlosigkeit und Eifer liegen in Noels kehliger Stimme. Draußen ist es taghell, aber er hat das Teleskop auf dem Balkon aufgebaut. Das orange Büchlein liegt neben seinen nackten, rissigen Füßen aufgeschlagen am Boden. Es gibt sonst nichts zu sehen. Hätte er in die Sonne geschaut, wäre er vielleicht wirklich verglüht. Aber Noel kniet vor seinem Fernrohr und sucht mit seinen Händen Halt an sich selbst, um dann wieder loszulassen. Auf seiner Stirn steht das gestohlene Wasser der Venus. Durch sein Teleskop sieht er die Erde klar. Den blauen Planeten. »Schau, wir haben eine zweite gefunden, uns noch einmal gefunden!«, schreit er. Marlene tritt durch den Türrahmen, steht da, mit einem Mal viel sicherer und aufrechter, expandiert. Sie dreht sich mit dieser Welt und hält ihr Gleichgewicht.

»Jetzt kannst du dich selbst auch endlich sehen.«

Die Einweihung

Von einem Urwald weiß ich nichts, Sie meinen, es gäbe noch einen bei uns? Etwas anderes als Forstwälder habe ich jedenfalls nie betreten. Auch Sie sollten die Füße lassen von Böden, denen Sie nicht gewachsen sind. Sie haben mir noch nichts darüber erzählt, woher Sie kommen, aber Sie sehen mir nicht nach Wäldern aus.

Natürlich geht es mich nichts an, warum Sie sich für dieses Grundstück interessieren, als Nachbar sollten Sie mir vielleicht trotzdem ein bisschen zuhören, das Erzählen habe ich von meinem älteren Bruder gelernt und der vom Großvater, der nur mit ihm gesprochen hat. Also nehmen Sie schon Platz, auf das Hundertste folgt nicht immer das Tausendste, da auf der Bank liegen sonst die Katzen schneller als Sie sich zu irgendetwas entschließen können und mit Recht, muss ich sagen, die Tiere sind schließlich hier groß geworden in der Sonne vorm Hof, sie gehören dazu. Manchmal denke ich mir, ohne sie würde es auch keinen Hof geben. Aber zu dem Haus dort oben, für das Sie sich wohl so interessieren, streunen sie weder bei Tag noch bei Nacht. Wo die Straße im Wald verschwindet, wohnt Martha, *noch* wohnt sie dort. Vielleicht haben Sie schon die eine oder andere Geschichte über sie gehört, aber Sie werden sie ohnehin kennenlernen. Sie ist ein heikles Persönchen, nett gesprochen, und wenn wir auf diese Feinfühligkeit verzichten, würde ich einfach sagen, halten Sie sich besser von ihr fern und überlegen Sie sich gut, ob Sie das Haus tatsächlich kaufen und hierhin übersiedeln wollen. Ich glaube, Sie müssten es komplett renovieren, aber Sie denken an den Wald, ich kann das sehen in Ihrem Blick, scheinen mir ein wenig verträumt zu sein. An Flüche zu glauben, ist genauso unsinnig, nur wissen wir es? Ich will ein klein bisschen an Ihren Gedanken rütteln. Gar nichts wissen wir in Wahrheit, hören Sie nur zu.

Martha, ja. Sie sagen das, als würden Sie noch eine andere Frau mit diesem Namen kennen. Ich weiß nicht, es ist eben ein Name, den man heute seinen Kindern nicht mehr gibt, so ist das mit Namen, kommen aus der Mode wie samtene Hosen, wie alte Herren, sehen Sie mich doch an! Ich kenne lediglich diese Martha und sie ist wahrhaft keine Augenweide. Wenn Sie so wollen, können Sie sagen, der Name passe nicht zu ihr, es spielt nun aber keine Rolle und außerdem tragen viele die falschen Namen mit sich herum bis in den Tod, dann werden sie eingraviert und man ist sich nicht mehr so sicher, ob es nicht doch die richtigen waren, jetzt, wo sie in Stein gemeißelt sind. Sie haben mir gar nicht gesagt, wie Sie heißen, aber lassen Sie mich erst ausreden.

Es ist nämlich ein Glück, dass sie dort ganz am Waldrand wohnt, diese Frau, abgeschieden, möchte ich es nennen. Oder wird man erst so gespenstisch, wenn man derart viel allein ist, das kann Ihnen wohl niemand sagen. Als sie ein bisschen Ansprache hatte, da war sie noch verträglich, aber nachdem die alte Helene verstorben und Marthas Sohn ausgezogen war, ist sie komplett aus der Haut gefahren, manchmal schreit sie heute noch, sie ruft nach ihrem Jungen, sodass es einem durch Mark und Bein geht, als säße er irgendwo im hohen Gras versteckt und lebte nicht kilometerweit entfernt, wäre nicht längst erwachsen. Den Vater von dem Buben hat niemand je zu Gesicht bekommen, fast könnte ich glauben, dass es gar nicht ihr Kind sei, wüsste ich es nicht besser. Die Augen des Buben, der ja längst kein Bub mehr ist, sind mir ganz blau in Erinnerung und sein Kinn flieht zart nach hinten, ein bisschen wie bei einer jungen Frau, wie bei der ersten, die ich geküsst habe in meinem Leben. Entschuldigen Sie bitte, aber so etwas vergisst man eben nicht, und das drängt sich dann immer in den Kopf im falschen Moment. Jedenfalls, frage ich, wer weiß, was sich da wirklich hinter den Erzählungen verbirgt, es gibt viele Gerüchte. Dieser Mann, der Vater von dem Jungen, war vielleicht einfach schon am Ende, als das mit Martha erst begonnen hat. Doch ich habe Ihnen ja noch nicht vom Anfang erzählt. Zu lange will ich Sie nicht aufhalten. Das Haus hat der Schneiderin Helene gehört, die war eine so freundliche Frau, aber immer allein. Nicht für jeden ergibt sich so ein standardisiertes Leben. Eines Morgens ist ein schwangeres Mädchen in ihrem Garten gestanden, wie eine fremde Katze plötzlich vor der Tür sitzt und dann ins eigene Leben tritt, wenn sich der Spalt auftut. Das Gesicht von roten Flecken entstellt, die dann langsam die Farbe gewechselt haben. Martha wusste nicht wohin, war von zu Hause ausgerissen, angeblich war der Freund ein Schläger. Sie hat Helene leidgetan, und die wollte wahrscheinlich einmal verantwortlich sein für jemanden, dieses Gefühl nicht versäumen im Leben. Seitdem hat Martha bei der Schneiderin gewohnt. Sie half bei den Näharbeiten und im Garten und die jungen Leute in der Nachbarschaft haben später geglaubt, dass Martha Helenes Tochter gewesen ist. Das ist die neue Generation, die nicht mehr genau hinschaut und alles glaubt, wenn es nur schlüssig ist. Nachdem Martha ein paar Monate später ihren Sohn geboren hatte, war es ein Dreierhaushalt.

Jetzt wachsen dieser Frau, die für ihre Jahre schnell gealtert ist, die Rosen über den Kopf, die Äpfel liegen im Gras und verfaulen, sie rührt keinen Finger mehr. Martha hat nie Anschluss gefunden, müssen Sie wissen, hat sich in dem Haus verschanzt mit ihrem Sohn und Helene, und jetzt wo die beiden fort sind, zeigt sich, dass sie mit sich nichts anzufangen weiß. Irgendwann wird sie so im Gras liegen wie Fallobst, wir alle, nun, da sind wir wieder gleich. Oder im Winter im Wald. Nachts macht sie immer Licht im oberen Stockwerk, obwohl sie sich in diesen Räumen dann nicht aufhält. Im Haus gibt es nur dünne Gardinen, man ist schließlich am Land, und wenn sie wirklich da oben wäre, könnte ich das von hier aus sehen, genau von der Fensterbank, schauen Sie doch hier hinauf, zumindest ihre Silhouette müsste ich erkennen können. Meine Frau sagt, sie mache das vielleicht absichtlich, nun natürlich macht sie es absichtlich, nur warum? Stellt sich vielleicht vor, dass Helene dort oben noch die Zeitung liest vor dem Einschlafen oder der Sohn etwas spielt, als wäre er noch klein und ein glückliches Kind? Der Greinerbauer hat einmal erzählt, sie läge abends oft in der Badewanne in lauwarmem Wasser und sähe den Fliegen bei ihrem sinnlosen Kreisen zu, aber er erzählt ja nur wegen des Gefühls, das er bekommt, wenn ihm jemand zuhört, am besten staunend und mit offenem Mund. Ich bin sicher, er spricht in Wahrheit immer ein bisschen über sich selbst.

Warum ich es dann erzähle, als gäbe ich etwas auf seine Worte? Nun, sie können es natürlich nicht wissen, aber nicht alles ist nur Gerücht, ich muss hier ein paar Dinge auseinanderdividieren. Martha muss unzählige davon haben, allerlei Ungeziefer, meine ich, Fliegen. Wenn der Wind den Hang hinunterweht, dann schleicht sich da ein ganz merkwürdiger Geruch ein, der kommt von diesem Haus, das voll sein muss mit Gerümpel und Müll. Seitdem die Helene nicht mehr ist, lässt Martha passieren, was eben vor sich geht, wenn niemand mehr auf Ordnung und Wohnlichkeit etwas gibt. Ich habe meiner Tochter gesagt, sie solle, wenn der Wind so steht, die Fenster besser gar nicht aufmachen, nicht einen Spalt breit, ich könne sonst nicht schlafen oder essen oder sonst irgendetwas gewissenhaft tun, mir würde der Kopf vernebelt. Meine Frau sagt immer, sie könne gar nichts riechen, aber für mich liegt dann etwas in der Luft, das mich ganz komisch angreift und nicht in Ruhe lässt.

Worauf ich hinauswill? Auf gar nichts will ich hinaus, ich möchte Ihnen nur ein wenig erzählen, Sie einweihen, oder wie Sie es sonst nennen mögen. Marthas Sohn ist immer ein kleiner, schmächtiger Bursche gewesen. So hochgezogene Schultern hat er heute noch und geht leicht nach vornegebeugt, ein bisschen so, als wäre er schon ein sehr alter Mann, ohne je hart gearbeitet zu haben, oder als würde sich etwas in den Gelenken ablagern, sei es nur ein zu schweres Gefühl. Radfahren konnte er gut, fuhr stets mit Helenes altem Rad in die Schule, in vollem Schuss den Hang hinunter und dann am Nachmittag wieder hinauf, aber zügig, und das waren solche Momente, in denen er aussah wie ein normaler Junge auf seinem Rad, aber ich glaube, er fürchtete sich vor den Fremden, auch vor uns Nachbarn und wahrscheinlich befahl ihm die Martha, sofort nach Hause zu kommen, hatte ihn mit irgendwas gelockt, ihm gedroht, weiß der Teufel was, der Knabe sprach jedenfalls so gut wie kein Wort. An manchen Nachmittagen hat er sich mitten auf die Straße gesetzt und auf die andere Talseite gestarrt, der Gesichtsausdruck versteinert wie der seiner Mutter und seine Wimpern ganz weiß, als hätte er ewig in die Sonne geschaut. Als wäre er als Ganzes ausgeblichen. Ob man sowas vererbt oder das Kind sich das abschaut, ich habe keine Ahnung. Unheimlich hat ihn das wirken lassen und wahrscheinlich hat er deshalb keine Freunde gehabt. Auch weil er nicht viel von sich preisgab. Sagte ich schon, dass er Jonas heißt? Heute ist er natürlich schon ein junger Mann, den ich nicht weiter kenne. Aber wiedererkennen würde ich ihn. Als er vielleicht dreizehn, vierzehn Jahre alt war, bin ich einmal hinauf in den Wald spaziert mit meinem Hund, da saß er am heißen Asphalt. Ich hab ihm in die blauen Augen geschaut, die er riesig aufgerissen hat, als hätte er diese Welt noch nie gesehen oder als würde er sie zum letzten Mal sehen und davor erschrecken. Und die Hand hat er ausgestreckt. Ich dachte, das weiche Fell meiner Bracke wolle er streicheln, doch als sie ihn aufmerksam beschnüffelte, hat der Junge gar nicht reagiert, sondern einfach weiter seine Hand aufgehalten, und ich glaube, er hat gewartet, dass irgendjemand etwas hineinlegt, fast wie ein Bettler. Oder hätte ich ihn bei der Hand nehmen sollen und aufziehen, einmal richtig hinstellen ins Leben? Worauf er tatsächlich gewartet hat, mit seinen weit aufgerissenen Augen, das weiß ich bis heute nicht. Ich denke, ich habe ihn gefragt, aber sicher bin ich mir nicht mehr und an eine Antwort kann ich mich schon gar nicht erinnern. Hat er mich um etwas gebeten, das ich ihm hätte geben können? Ein Pflanzensamen, von einer Pappel etwa, hätte hineinsegeln können, das schon, ja, nur hält ein Mensch deswegen so lange die Hand offen in den Wind? Er war ein so komisches Kind und irgendwie hat seine Geste mir Leid verursacht und ich habe mich sehr unwohl gefühlt in diesen Minuten, dieser Pause im Alltag, pure Verständnislosigkeit. Vielleicht hat Martha heimlich aus dem Küchenfenster gespäht mit ihrem verkniffenen Blick. Die merkt gar nicht, wie traurig ihr Junge ist, hab ich mir da gedacht. Es gibt so viele arme Hunde auf der Welt. Natürlich, Jonas ist ein unzugängliches Kind gewesen, aber er hat nie etwas Böses gesagt oder angestellt. Helene hat nur Gutes erzählt. Ein Wort vom Vater hat sie aber auch nie erwähnt, sehr unwahrscheinlich, dass der Junge ihn gekannt hat, im ganzen Dorf hat niemand eine Ahnung davon, wer sich auf diese Frau eingelassen haben könnte.

Helene ist mit der Zeit sehr verwirrt geworden, auch ein Grund, warum man von ihr nicht viel erfahren hat, man konnte kaum ein klares Wort mehr mit ihr sprechen, weil sie am Satzende meist vergessen hat, worüber und mit wem sie überhaupt gesprochen hat, und darum hat fast nichts einen Sinn ergeben. Aber dieser Greinerbauer, er nahm das dankbar hin und verdrehte die Wörter noch weiter in ihrem Mund, bis sie wieder ein bisschen mehr zu seinen eigenen Geschichten wurden. Zum Schluss hat Helene kaum noch das Haus verlassen, Martha hat im Hintergrund die Schneidereiaufträge erledigt, die Einkäufe der Sohn. Jetzt könnte ich Ihnen gar nicht sagen, wovon Martha im Moment lebt. Niemand, der sich Kleider anfertigen oder etwas ändern lassen will, klingelt mehr an dieser Tür. Sie selbst sehe ich auch nie in den Ort hinuntergehen. Nach Helenes Tod ist das Haus in den Besitz ihrer jüngeren Schwester übergegangen, die in der Stadt wohnt. Die hat selbst erstmal nichts damit anfangen können und die Martha einfach drinnen wohnen lassen bis heute. Nun braucht sie aber anscheinend das Geld, deswegen will sie es ja verkaufen und Martha muss raus. Wohin sie dann zieht, weiß keiner. Vor vielen Jahren habe ich die Helene gefragt, was sie denn eigentlich an der Martha fände, warum sie sie bei ihr wohnen ließe, und da hat sie gesagt, sie hätte sie liebgewonnen und würde es selbst nicht verstehen. Helene war damals schon nicht jung, als Martha über den Berg gelaufen kam, durch den Wald und plötzlich in ihrem Garten stand. Als Helene ihre Not verstand, hat sie ihr einfach die Tür geöffnet und sie in einem der ungenutzten Zimmer wohnen lassen – weil es zu viele davon sind für eine müde Frau in einem großen Haus. Und angeblich erwies Martha sich schnell als sehr geschickt bei den Näharbeiten, hatte ein Händchen für Nadel und Faden, flickte Zerrissenes und Löchriges zusammen, als wäre es nicht bloß Stoff, der da in Auflösung begriffen war.

Ich kann mich selbst noch genau daran erinnern, als Martha eines Tages verschwunden ist, nicht lange nachdem Helene sie aufgenommen hat. Es ist im April gewesen und es gab einen Kälteeinbruch in jenen Tagen, da fiel vom Himmel wieder viel Schnee auf die Apfel- und Kirschblüten, die Ernte war dann kaputt, wie Sie sich vorstellen können. Als Helene am späten Nachmittag nach Hause kam, bemerkte sie erst gar nicht, dass Martha nicht da war, denn ihre Schuhe und ihr Mantel lagen am üblichen Platz, die Tür zu ihrem Zimmer war geschlossen, vielleicht wollte sie nur ungestört lesen oder arbeitete noch an einem Spitzenbesatz – die beiden Frauen hatten nämlich zu jener Zeit ein Brautkleid in Arbeit. Diese Geschichte hat Helene mir immer wieder aufgetischt, als sie noch klar denken konnte, es muss für sie ein ganz schrecklicher Tag gewesen sein. Erst ein oder zwei Stunden später rief Helene zum Abendessen und als Martha nicht erschien, warf sie einen Blick in ihr Zimmer. Ich kann mich gut erinnern, ich bin damals noch viel kräftiger gewesen und voller Energie, das müssen Sie mir glauben. Weil Helene sich bald große Sorgen gemacht und sie nicht gewusst hat, was zu tun sei, kam sie auf einen Sprung zu mir. Als sie noch im Türrahmen gestanden ist, mitten im Wintereinbruch, hat sie mir ganz aufgeregt erzählt, dass Martha verschwunden sei, aber ohne etwas überzuziehen, die Winterbekleidung würde noch am Haken im Vorzimmer hängen, ich solle sie doch bitte suchen gehen.

Sie dürfen nicht vergessen, dass Martha wie gesagt schwanger war in diesen Tagen mit dem armen Jungen. Wo trieb sie sich bloß herum an einem kalten Abend im Schnee? So gut kannte sie sich noch gar nicht aus hier im Tal. Dann hab ich meinen Hund genommen und bin sie suchen gegangen, Helene hat mir noch Marthas Weste in die Hand gedrückt für den Geruch und uns hinterhergeschaut. Ich ließ meine Bracke an dem Stoff Fährte nehmen, sie glaubte wohl, wir gingen auf die Pirsch. Dann verschwanden wir im Wald zwischen den Fichten. Helene ging derweil ins Dorf, um sich umzuschauen, aber dass sie dort die Martha nicht finden oder etwas erfahren würde, war uns beiden klar, freiwillig wäre das Mädchen nicht unter die Leute gegangen. Der Himmel ist aufgeklart in der Nacht und kalt ist es geworden. So lange mussten wir Gott sei Dank gar nicht suchen, mein Hund schlug kurz nach dem Hochstand auf der großen Lichtung an und im frischen Schnee, den Rücken an einen harzenden Stamm gelehnt, saß sie da, starrte mich durch die Dunkelheit an, Martha, ganz ähnlich wie später ihr Bub. Ihr Blick war angriffig einerseits, andererseits lag darin etwas Flehendes. Und doch war sie zum Teil schon gar nicht mehr da. Ich hatte die Taschenlampe auf sie gerichtet. Nur Socken hat sie angehabt und ein ganz normales Hauskleid mit Strümpfen, keine Weste, keinen Mantel, nichts. Es ist fast beschämend, das zuzugeben, aber ich selbst nehme es mir nicht übel – ich habe Angst bekommen in dem Moment, er war so außertourlich, dieser Anblick, dass es mir die Sprache verschlagen hat. Schließlich habe ich mich überwunden, sie gepackt und den ganzen Weg bergab getragen. Sie gab keinen Laut von sich. Ob sie noch richtig bei sich war, konnte ich gar nicht sagen, ich hielt es für genauso wahrscheinlich, dass sie mittlerweile erfroren war, ich sprach sie nicht an, alles passierte ganz leise. Wie so oft, wenn es schneit. Ja, Schneeknirschen, Wind hat man gehört, wir drei aber tonlos.

Sie haben Schnee*kirschen* verstanden? Auch das wäre in jenem Jahr gar nicht abwegig gewesen. Nachdem ich Martha also aus dem Wald getragen habe, hat sie sich wieder erholt und ist ein paar Monate später niedergekommen, zu Hause und ohne Hebamme, so wie es normal gewesen ist früher, darüber hat sich niemand gewundert. Nur Helene und ich, wir wunderten uns, dass die beiden diese Nacht überlebt hatten. Heute hasst Martha mich dafür, dass ich sie im Schnee sitzend gefunden habe, ich bin ganz sicher, sie wollte langsam auskühlen und sich ganz unbemerkt davonschleichen, hinübergleiten. Sie hätte mich sogar verflucht, hat später der Greinerbauer gesagt, der sich wieder etwas dazugedacht hat. Aber wann immer ich Martha seit jener Nacht wiedergesehen habe, hat sie mich mit einem eisigen Blick und diesem merkwürdigen Zucken um die

Mundwinkel bedacht. Absurd, anders kann ich es nicht nennen – es ist, als wäre für sie dennoch etwas zu Ende gegangen. Zerrissen.

Der Bursche – ich sage immer noch der Bursche, obwohl er ja schon ein erwachsener Mann und von Zu Hause ausgezogen ist – hat jedenfalls die Geschichte von dieser Aprilnacht nie zu Ohren bekommen. Vorausgesetzt natürlich, die Martha hat es ihm nicht selbst erzählt, was ich aber nicht glaube.

Nun noch einmal, was meinen Sie damit, dass Ihnen das nicht klar war? Sie haben Martha schon kennengelernt. Vor langer Zeit? Sie sind der Vater des Knaben? Diese blauen Augen … Ich … also, ich wollte nicht – schauen Sie mich bitte nicht so an.

Jonas hat damals auf mich gewartet.

Der Läufer

Seinen Sessel schiebt Lenja näher ans Fenster. Die Blumen nimmt sie mit in die Küche, wo sie ihnen wieder die Stängel kürzt. Er ist nicht ganz sicher, woher die junge Frau kommt und warum sie sich das antut. Aber vom Fenster aus kann er jetzt das Süßwarengeschäft auf der gegenüberliegenden Straßenseite sehen und daneben die Trafik. Den stillen Brunnen und das Kaffeehaus schräg dahinter, in dem er früher heimlich Kreuzworträtsel gelöst hat, weil das niemand von ihm wissen sollte und weil er ja auch selbst der Meinung war, er sei dafür zu jung mit nicht einmal dreißig. Kreuzworträtsel sind doch nur etwas für alte Knacker. Aber so gegensätzlich diese Beschäftigung zum Laufen war, so beruhigend wirkte es stets auf ihn, dieses stille Suchen nach Wörtern und die Gewissheit, dass es die richtigen Begriffe eben doch gab. In der langen letzten Zeit hat er kein einziges Kreuzworträtsel mehr gelöst. Lenja hat sie ihm eines Morgens gezeigt, ihm einen Stapel Rätsel, die er früher feinsäuberlich aus Zeitungen ausgeschnitten und in eine Klarsichtfolie gelegt hat, vors Gesicht gehalten. Sie hat *Schau!* gesagt und ihn mitleidig angesehen. Die schönen Baguettes liegen in großen Körben vor der Bäckerei, zweimal täglich werden sie ausgeliefert, nun ist es später Nachmittag. Weißer Dampf steigt von dem Brot in die Kälte auf. Er selbst nimmt seine Mahlzeiten im Bett zu sich, das hat er schon früher hin und wieder gemacht, auch bevor er das Laufen hat aufgeben müssen. Aber das Gefühl, dass einem nichts anderes übrigbleibt, macht sogar bitter, was in Wahrheit voll mit Zucker ist. Da liegt ein Mandelbogen am Beistelltisch, splittrig frisch, wahrscheinlich könnte er ihn geradeso mit den Fingerspitzen erreichen, streckte er nur die Hand danach aus, fiele ihm heute nicht alles so schwer. Er würde sich selbst am liebsten verheimlichen, so sehr schämt er sich für seinen Zustand.

Eltern ziehen ihre Kinder an den Händen durch die Straßen, manchmal umgekehrt, dann verschwinden die meisten im Süßwarengeschäft. Gelbe Seidenbonbons leuchten heraus, Pralinen und weiße Ringe für die abgeholzten und verschleppten Weihnachtstannen. Er hat nie Windbäckerei zu diesen Eischaumfabrikaten gesagt. Seine Blicke folgen einer der Familien. Ein kleines Mädchen, das hinter ihren Eltern geht, bricht einen Eiszapfen ab, der von einem Aushängeschild gewachsen ist. Vergnüglich lutscht es daran. Auch vor seinem Fenster hängen große Schwerter aus Eis. Unten an der Hausmauer lehnen deshalb Schilder, die vor Dachlawinen warnen, aber schon länger weichen die Menschen auch ihm aus, beschreiben mit ihren Schritten einen Bogen und tun so, als läge es nicht an seiner Krankheit.

Soeben kommt eine Frau aus dem Kaffeehaus gegenüber, die heute ausnahmsweise ihre Brille trägt, obwohl sie auch ohne die Gläser scharf genug sieht, um zu erkennen, wer sie nur verbraucht und wer sie wirklich liebt. Jede Faser ihres Körpers bebt vor Lebendigkeit, wenn sie einen ansieht, wie die Wimpern flattern und dabei überschüssige Energie abschütteln. Er erkennt sie genau daran, und an ihrem grünen Mantel, den er ihr geschenkt hat, an ihrer Art, sich so allgegenwärtig umzublicken, als wären auch die anderen

Menschen derart lebendig wie sie. Kiki, deren voller Name eigentlich länger ist, schaut hoch zu seinem Fenster, bemerkt ihn aber nicht. Im Zimmer ist es dunkler als draußen. Dann holt sie ein Feuerzeug aus ihrer Tasche, zündelt einmal damit und steckt es wieder ein, sie ist so schnell in ihren Entscheidungen, dass es auf andere merkwürdig wirken muss. Dass sie angefangen hat zu rauchen, das glaubt er nicht. Die Frau mit den schweren schwarzen Haaren macht ein paar Schritte auf die Straße, bleibt dann stehen, bläst ihren Atem in die Luft, legt kurz den Kopf schräg, als wäre er eine Waage, deren eine Seite plötzlich mit einem Gewicht beschwert ist. Dann dreht Kiki sich abrupt um und geht schnellen Schrittes davon. Fast stößt sie mit dem kleinen Mädchen zusammen, in dessen Fäustling der Eiszapfen zerrinnt. Die Eltern haben sich jetzt auch umgedreht und nehmen ihm das Eis aus der Hand, sodass der durchsichtige Fühler am Boden zerbricht. Er sitzt hinter seinem Fenster, kann den Fuß nicht vom Boden heben, dabei hätte er sich jetzt doch so gern eingemischt. Vielleicht auch nur, um ein Eisschwert zu pflücken und es dem Mädchen zu reichen.

Kiki hat also wieder kehrtgemacht, obwohl sie gesagt hat, sie werde bald wiederkommen. Gestern ist sie schon nicht dagewesen. Sie hat ihn zuletzt vor einigen Tagen besucht, er denkt kurz daran, wie sie in seinem Ohrensessel versunken ist und sich an den Bonbons bedient hat, die jemand auf den kleinen Beistelltisch genau in die Mitte gestellt hat. Er sei eine schwer zu erreichende Person, hat Kiki da zu ihm gesagt. Aber wieso ist das ein Problem für jemanden wie sie, die doch alles erreichen kann, was sie will, mit nur einem Wimpernschlag? Ein bisschen hätte er sie gern noch festgehalten an jenem Nachmittag, aber sie sind schon zu weit voneinander entfernt, sie läuft ihm jetzt davon.

Die Stunden drehen sich sehr langsam in den Abend, die Einschränkung wird immer größer, obwohl er sich mehr erlaubt denn jemals zuvor. Lenja, die ihn oft ansieht, als hätte er viel erlebt, als wolle sie ihn um jeden Preis verstehen, serviert ihm, wenn es draußen dunkler wird, einen Tee und er kommt sich dann Jahrzehnte älter vor. Doch ob der Art, wie sie schüchtern mit ihm spricht, obwohl er kaum zuhört, geschweige denn etwas fragt, verzeiht er ihr dieses für ihn so merkwürdige Ritual. Sie deutet wieder nach draußen, sie will mit ihm gern die Einkäufe erledigen oder nur durch die Stadt spazieren, weil sie allein doch gar nicht gern weit geht. Aber er will nicht nach draußen bewegt werden, er schaut nur durchs Fenster hinaus, wann immer sie das Haus verlässt, er fragt nicht, wohin sie geht. Heute ist es schon zu spät. Nicht zufällig fällt sein Blick auf die Uhr. Noch zwei Minuten, dann flackert die Straßenbeleuchtung einmal und der Abend ist in oranges Licht getaucht. Lenja hilft ihm ins Bett und zieht ihm die Decke bis zum Kinn. An sich ist es keine schwere körperliche Arbeit, die sie mit ihm hat, weil seine Glieder so leicht sind, er ist ja Läufer gewesen und durch die Wüste gerannt. Jetzt will er nicht, dass sie das weiße Licht im Zimmer einschaltet und ihm ein Buch oder die Fernbedienung in die eine Hand drückt, in der er heute mehr Kraft hat als in der anderen, darum sagt er, dass er müde sei. Unendlich müde. Und Lenja verlässt den Raum. Die Bettdecke glüht weiter orange. Durch die Fenster schauen die Straßenlaternen ins Schlafzimmer. Es ist, als hätte jemand das Fensterglas gegen Bernstein getauscht.

Wenig später fällt ihm auf, dass er träumt. Die Straße ist staubig, der Himmel von einem Kondensstreifen in zwei Hälften geteilt, von denen eine Kiki gehört, die andere ihm. Ihre Hälfte füllt sie mit ihren vielen Freunden rund um die Welt, die keine sind, den unzähligen chinesischen Zeichen, von denen sie sich ein paar auf den Körper tätowieren hat lassen im Glauben, es sei nur eine Oberflächlichkeit. Dabei wird die Farbe in den Lymphknoten gespeichert, geht viel tiefer unter die Haut, als man im ersten Moment glaubt. Er mäkelt an ihr herum und meint eigentlich sich selbst. Der Kondensstreifen markiert einen möglichen Weg um die Welt, dem er folgt, wie den Absteckungen eines viele tausende Kilometer langen Marathons. Eine Teilstrecke davon bildet der Wüstenlauf, von dem er noch heute gern hin und wieder jemandem erzählen würde. Und davon, wie er Kiki kennengelernt hat.

Sein Flugzeug war damals viel zu spät gelandet, und endlich einen Schritt ins Freie tretend, sprach er einen Mann an, der ungefähr sein Alter hatte und an einem Wagen lehnte, als hätte er alle Zeit der Welt und wüsste selbst nicht sicher, wofür. Irgendwie musste der Reisende sich in der Fremde zurechtfinden und wandte sich dabei an das, was ihm selbst ähnlich schien. Er erklärte sich in kurzen Sätzen und zeigte dabei auf seine ausgedruckten Zettel, dabei wollte er schon an etwas anderes denken, an den morgigen Lauf, für den er sich angemeldet hatte. Es hätte ihn jemand erwarten sollen, sagte er jetzt zu dem Fremden, er sei Läufer, er müsse in sein Quartier. Aslan, der junge Mann mit der kamelfarbenen Haut, der dann auf den Papieren etwas wiedererkannte, bedeutete ihm mit einer freundschaftlichen Geste, seinen Rucksack in den Kofferraum zu werfen und einzusteigen – kurzerhand wurde er zum Taxichauffeur. Die anschließende Fahrt dauerte fünf Stunden, ehe sie die kleine Herberge in einem Ort erreichten, dessen Namen mit einem C begann. Der Name will ihm auch jetzt nicht einfallen, fünf Buchstaben, vielleicht einer mehr. Jedenfalls war es da schon gegen zweiundzwanzig Uhr abends. Aslan übernachtete mit ihm zusammen in einer der kleinen Hütten, um den Läufer am nächsten Morgen zum Startpunkt des Marathons zu fahren. Für Aslan war das Ganze ein neuer abenteuerlicher Gelegenheitsjob, für den anderen vielleicht die Chance seines Lebens. Die beiden Männer hatten sich während der gesamten Fahrt über kaum miteinander unterhalten, aber Aslan hatte aus irgendeinem Grund eine Ahnung davon, dass der Läufer eigentlich kein Sportler war, sondern einfach auf irgendetwas zulief, das ihm so verlockend und darum jede Mühe wert schien, ein Amateur in Wahrheit. Und hierher war dieser Mensch nun gereist, an den Wüstenrand. Obwohl das Laufen für ihn nicht mehr so befreiend war wie früher, war es immer noch seine Medizin gegen die ihn langsam zerfressende Krankheit, von der er damals noch dachte, es gäbe keinen Namen dafür, von der er damals noch dachte, alles sei nur psychischer Natur.

Es war schon nächtlich kühl, als der Läufer sich in der Küche, die sich in einem halb offenen Pavillon befand, noch etwas zu essen machte, ausgezehrt und im Grunde nicht imstande, am nächsten Morgen dutzende Kilometer zu laufen, aber angetrieben von dem Wunsch nach einem Erfolg. Diese Anerkennung musste einmal kommen, einmal würde der Vater stolz sein müssen, wenn auch nur für einen Moment, und das würde reichen, dann hätte er es ihm bewiesen, dass er nicht nur *Fehler* war. Er zog ein Stück

Toastbrot aus einem Plastiksack, als plötzlich das Licht im ganzen Ort ausging. Im ersten Moment zuckte er erschrocken zusammen, doch war es nicht stockdunkel. Am Schottervorplatz steckten zwei kleine Solarlichter im Boden und auch die Wolken bedeckten nicht den gesamten Himmel. Mit dem Brot in der Hand setzte er sich auf die Bank vor dem Pavillon, die nackten Füße auf den scharfkantigen Steinen abgelegt, und schob sich das Brot stückchenweise in den Mund. Nicht weit entfernt hörte er Aslan in seiner Hütte fluchen. Ein leises Stöhnen vor Schmerzen mischte sich in das fremdsprachige Murmeln, wahrscheinlich war er in der Dunkelheit gegen irgendetwas gestoßen. Morgen um fünf Uhr ging es los, da würde der Startschuss fallen. Seine Knie fühlten sich jetzt schon mitgenommen an, dem Laufen in der Wüste ging ein jahrelanger sandiger Weg voraus. Er würde gewinnen müssen, nur das könnte ein bisschen etwas rechtfertigen. Aber ja, auch *er* hatte ein gutes Leben, er war glücklich damit, mehr brauchte er nicht und mehr brauchten andere nicht von ihm zu erwarten – stumm bewegte er die Lippen, sich vorsagend, woran er glauben wollte. Die Sterne am Himmel sahen in dieser Nacht verheißungsvoll aus, aber so empfand er das immer, wahrscheinlich auch deshalb, weil er sie so selten betrachtete und versuchte, darin irgendetwas zu erkennen. Und wenn er sie dann länger ansah, dichtete er ihnen gleich etwas an.

»Woher kommst du?« Die Stimme schien vom Boden aufzusteigen, aber in Wahrheit saß da schon seit Längerem eine andere Person neben ihm auf der Bank. Ohne überrascht zu wirken, als hätte er sie bereits bemerkt in dem Moment, als er sich auf den Holzlatten niedergelassen hatte, schwieg er nur zur Antwort und steckte sich ein Stück Brot in den Mund.

»Wie lange bleibst du?«, fragte sie dann, und weil er wieder nichts erwiderte, rückte sie näher an ihn heran. Er war schon immer schwer erreichbar.

»Du bist unhöflich.« Sie bedrängte ihn förmlich, schien keinen Deut müde und so interessiert wie eine Raubkatze am raschelnden Gras. Sein Vater hatte solche lauernden Züge – er hielt sich zurück und wartete auf Fehler, und fiel dem anderen dann etwas aus der Hand, zerschellte eine Hoffnung, ein Herz auf dem Boden, und musste dieser sich das Versagen eingestehen, sein Ungeschick, dann stand der Vater plötzlich im Raum, las ihm die Schuld vor, abgebildet in den Scherben.

»Ich bin Kiki.«

Es war ein Name wie aus einem Kinderfilm, aber er passte zur Stimme, so spitz und schnell. Es hätte auch der Name einer kleineren Schwester sein können, wenn er denn eine hätte, aber er ist der älteste von drei Söhnen, die mehr nach dem Vater kamen, die nicht schüchtern im Weg herumgestanden waren, wenn der erfahrene Anwalt seinen Kindern die Welt erklärt hatte, während er das Wohn- und Arbeitszimmer abschritt, dessen Wände ihre Grenzen und die Grenzen allen Sehnens waren.

»Morgen sehen wir uns im Ziel«, sagte die schöne Stimme. Aber wie konnte sie wissen, dass er Läufer war? So wie sie *Ziel* sagte, dachte sie dabei wirklich an einen Punkt der erlösenden Erschöpfung, wo er sich nicht mehr anstrengen musste, weil er schon etwas erreicht haben würde. »Du schaffst das«, hörte er noch ihre Stimme, dann stand Kiki auf und kurz nachdem sie gegangen war, flackerten die Lichter in den Hütten wieder auf.

In der Früh lief er los und schaute kein einziges Mal zurück, mit ihm zig andere *echte* Sportler in bunten Trikots.

Vor ihm flimmerten die Saxaulbäume im Morgengrauen und er versuchte sich im Geiste an ihnen festzuhalten und vorwärtszuziehen, als seine Beine sich wieder beängstigend taub anfühlten. Es gab Tage, da war es ihm bereits unmöglich, überhaupt nur aufrecht zu stehen, und nun lief er, um sein Leben zu rechtfertigen. Die anderen zogen an ihm vorbei, er war schon lange nicht mehr Erster, da stellte er es sich noch immer vor, an der Spitze zu sein, einmal zu gewinnen, hatte schon die Sprachlosigkeit seines Vaters in den Ohren, doch lange hielt dieses Gefühl nicht. Irgendwann wurden die Zweifel zu groß und er warf doch einen Blick zurück und konnte niemanden sehen und vor ihm begann sich die Luft am Horizont zu spiegeln. Die Hitze war unerträglich. Und als er wirklich nicht mehr konnte und sich eingestand, dass der Vater immer rechtbehalten würde, hörte er plötzlich eine Stimme vom Boden aufsteigen, die ihm Fragen stellte und von einem Ziel sprach, das er schließlich doch noch erreichte, bevor er zusammenbrach. Er fühlte, als er schon erschöpft im Sand lag, dass er nicht zufrieden sein konnte mit sich und flüsterte es leise vor sich hin. Aber Kiki kniete sich zu ihm nieder, sie sagte, es sei alles egal, denn er wäre im Ziel. Ihre schwarzen Haare fielen über sein Gesicht und klebten fest. Dort lernten sie einander kennen und Kiki entschied sich schnell für ihn, wie sie sich immer schnell entschied. Wenig später flog sie mit dem Läufer dorthin, wo sie noch nie gewesen war. Von der Wüste hatte sie in diesem Moment genug.

Lenja klopft leicht, aber schnell und unnachgiebig auf die Bettdecke, sie flüstert: »Aufwachen, aufwachen, Herr Balogh ist da.« Das echte Leben geht weiter, es kostet dem Träumer wie dem Läufer Mühe, die Augen zu öffnen. Es ist jetzt früher Morgen. Er hat sich gerade erst mit Lenjas Hilfe im Bett aufgesetzt, als sein Vater schon in seinem Schlafzimmer steht, in schlichtem Grau gekleidet, eine Hand seinen Stock umfassend, in der anderen hält er seinen Hut. Aufrecht und steif steht er da, wie es nicht in den Raum und in das Leben des Sohnes passt, immer bereit und in der Lage, Recht zu sprechen. Noch im Pyjama muss sein ältester Junge, der nie einen guten Rat angenommen hat, sich ihm gegenübersetzen. Lenja hebt ihn von seinem Bett in seinen Stuhl, der Vater hat schon Platz genommen im weichen Ohrensessel. Er versinkt nicht darin, wie jeder andere es täte. Zwischen den beiden nur der kleine Tisch mit der Bonbonschüssel, aus der Kiki sich bedient hat erst vor ein paar Tagen, aber auch für das nächste Mal sind noch genügend für sie da. Lenja achtet immer darauf.

»Um diese Zeit schläfst du noch, fast könnte man glauben, du bist älter als ich«, sagt der Vater statt einer Begrüßung und schaut auf den Pyjama des Sohnes und den sich darunter verlierenden schlanken Körper, der lange nicht mehr so trainiert ist wie früher. Er hat die Körper und Geschicke seiner Kinder stets eingehend studiert, wie es seine Aufgabe ist als Vater. »Was hast du vor? Du kannst nicht den Rest deiner Tage hier herumsitzen, ich werde das nicht länger unterstützen. Fang endlich etwas Neues an.«

Der Läufer, der keiner mehr ist, weiß nicht zu antworten, wie immer ist er sprachlos, was den Vater noch tiefer beschämt, dass nämlich sein Sohn nichts zu sagen weiß, stattdessen nur auf die glänzende Tischplatte starrt. Das hat er nicht aus ihm gemacht!

»Such dir eine neue Beschäftigung. Wenn dein Körper nicht mehr mitspielt, musst du wenigstens deinen Verstand behalten, sage ich.« Lenja stellt zwei Tassen Kaffee auf den Tisch, bringt auch noch Milch und Zucker. Das Geschirr klirrt anders als das Eis vor den Fenstern. In diesen ein, zwei Minuten schauen beide Männer auf die weichen Hände und Arme und die blonden Haarsträhnen, die fast die Milch berühren, und sagen kein Wort. Dann setzt Lenja sich auf den Sessel, der ganz an der Wand steht, auf dem eigentlich nie jemand sitzt, und beobachtet Vater und Sohn. Ihre Gefühle für den Kranken sind so geheim, dass nicht einmal sie selbst sich ganz sicher ist, wenn sie darüber nachdenkt. Der graue Anwalt verlangt nach einem Löffel, und sie springt wieder auf, hastet zurück in die Küche und kommt damit zurück, entschuldigt sich vorsichtshalber gleich für sich selbst und für den Sohn. Der Mann lässt den Löffel in der Tasse kreisen und wartet, nippt an dem Getränk und stellt es mit angewidertem Gesichtsausdruck zurück auf den Tisch. Er lauert, aber da sich kein Grashalm bewegt und sein Sohn wie so oft nicht zu ihm aufblickt, wie es sich gehören würde, holt er noch einmal aus.

»Was ist mit Kiki? Ist das zu Ende zwischen euch? Hat ja nicht lange gehalten, aber was soll's, ich sage nichts mehr. Das ist ihr wohl auch alles zu viel gewesen.« Während der elegante Mann mit Stock und Hut so spricht, beugt er sich vor, um ein Bonbon aus der Schüssel zu nehmen, da fährt sein Sohn ihn unerwartet an. Als der Abstand zwischen ihnen beiden am kleinsten ist, nutzt er die Gelegenheit.

»Ich will, dass du gehst!«, schreit er mit kratziger Stimme. Der Vater hält kurz in der Bewegung inne und schaut dem Kranken in die Augen, dann greift er mit der Hand in die Schüssel und zieht ein grünes Bonbon heraus. Er lehnt sich langsam wieder zurück, rollt die Süßigkeit aus dem raschelnden Papier und steckt sie sich in den Mund. Dabei gibt er ein Schmatzgeräusch von sich.

»Du willst die Wahrheit nicht akzeptieren«, sagt er mit erhobener Stimme und leiser fragend, aber nicht zu sich selbst: »Womit habe ich das verdient?« Gleich darauf spuckt er das Bonbon in ein Taschentuch. Zusammengefaltet und mit gerunzelter Stirn legt er es neben den untrinkbaren Kaffee. »Das kann ja kein Mensch essen.«

Da steht der kranke Läufer auf – steht tatsächlich auf und geht. Durchquert den gesamten Raum, marschiert weiter durch den Flur, öffnet die Wohnungstür mit der rechten Hand und zieht sie wieder fest hinter sich zu, mit so ungeheurer Wut und Wucht, dass es kracht. Bloßfüßig im Pyjama steht er an diesem Morgen nun auf seinem Fußabtreter im fünften Stock. Das erste Mal seit einer elendslangen Zeit *steht* er überhaupt an einem Ort. Im Schlafzimmer ist Lenja erschrocken von ihrem Stuhl aufgesprungen und sucht im Gesicht des Vaters nach Hilfe, nach einer Anweisung, wofür sie jetzt am besten zu gebrauchen sei, als Pflegerin, als Frau. Im Treppenhaus versagen dem Sohn nach ein paar weiteren Schritten die Beine und er fällt zu Boden. Gegen die betonierten Kanten schlagen die leicht gewordenen Knochen. Hinter ihm läuft niemand, ist er wirklich Letzter? Am staubigen Horizont, den er aus der Erinnerung kennt, den er von hier noch gar nicht sieht, beginnt die Luft zu flimmern, sich zu verspiegeln, und innerlich läuft er noch weiter, zieht sich nach vorn mit aller Kraft, und Kiki steht schon im Ziel und feuert ihn an.

Marianne

Sie muss ausgesehen haben wie eine verwitwete, spröde Frau, zerfressen vom Neid auf die Leben der anderen, die sich abends in hell erleuchteten Räumen im Innenhof ausstellen. Jetzt traut sie sich nicht mehr, die Tür zum französischen Balkon in der Küche zu öffnen, die zu diesem Hof hinausführt. Dabei lässt sie sie normalerweise immer einen Spalt weit offen, auch wenn der kalte Spätsommerregen fällt. Es ist einer dieser kleinen Fluchtpunkte. Sie versucht dann an der zum Trocknen aufgehängten Wäsche abzulesen, wie alt die Kinder der Nachbarin sind, oder fragt sich, warum der Mieter ein Stockwerk darunter die Vorhänge nicht vorzieht, wenn er nachts nackt vor seinem Schreibtisch hockt. So sitzt sie oft mit einer Tasse Tee oder einem Glas Wein in der Hand hinter ihrem Sichtspalt, wie sie es nennen würde, und flüchtet sich in den Alltag ihrer Nachbarn. Wie lange wird es dauern, bis ihr das wieder gelingt? Mit den nackten Zehenspitzen berührt sie die weiß gestrichene Tür von innen, ein bisschen Farbe splittert ab und beim Blick auf die unregelmäßige dunkle Stelle muss sie an eine aufgekratzte Wunde denken. Wenn der Körper sich heilen möchte, aber man ihn nicht lässt. Das ist das letzte Mal gewesen, dass sie jemanden in ihrer Wohnung hat übernachten lassen, jemandem ihre Schlüssel anvertraut hat, während sie übers Wochenende zu Christoph in das andere Land gefahren ist.

Als sie heimkam und ihren Koffer neben der Eingangstür abgestellt hatte, fiel ihr zuerst der fremde Geruch auf. Sie hatte einen Moment lang das Bild der zahlreichen Hyazinthen vom Topkapı-Palast im Kopf, aber so weit weg war sie schon lange nicht gewesen. Die Türen zu Wohnzimmer und Küche, die sie immer offen lässt, weil sie sich nie lange in demselben Raum aufhält, waren geschlossen, als hätte da jemand besonders ordentlich sein wollen, aber eben nichts verstanden. Auf dem Tisch im Wohnzimmer ein Strauß Lilien, sicher eines dieser unkreativen Geschenke von einem der Liebhaber von Marianne – und sogar den hat ihre Freundin hier vergessen! Aber sie konnte ihn auch schlecht nach Hause zu Mann und Kindern mitbringen. Und dann ausgerechnet weiße Lilien, die für die Unschuld stehen, entweder das oder für Tod und Verlust. Sie musste schmunzeln, als ihr die Ironie in den Sinn kam. Wieder einmal die Unschuld verloren? Beim Blick ins Schlafzimmer war es schon nicht mehr überraschend für sie, dass ihre Freundin auch das Bett nicht frisch überzogen hatte. Sie schlug die Decke zurück und musterte misstrauisch die Leintücher, die unzählige Falten über den Matratzen schlugen, als hätte jemand darauf das Schwimmen geübt. Sie kann sich bis jetzt nicht daran erinnern, wann sie das letzte Mal geschwommen ist, so richtig, obwohl sie erst gestern darüber nachgedacht hat. Die Vorstellung, im Schweiß einer anderen Person zu schlafen, verursachte ihr Ekel in der Kehle. Sie stand noch immer nachdenklich im Schlafzimmer, in dem es jetzt ebenfalls nach Lilien roch, da erhielt sie eine Nachricht von Marianne auf ihr Telefon: *Bist du schon daheim? Danke für die Übernachtungsmöglichkeit! David.und ich frühstücken bei Don Giovanni.*

Wenn du kommen magst? Dieser versehentliche Punkt hinter dem Wort David fiel ihr gar nicht als Fehler ins Auge. *David.und?*, hätte sie Marianne gern gefragt, deren Mann unmöglich nichts von ihren Seitensprüngen – sie würde lieber Hechtsprünge sagen – mitbekommen konnte. Insgeheim wirft sie ihm seine Duldsamkeit vor, obwohl es sie nichts angeht, aber was heißt das schon, und falls er seiner Frau wirklich jedes Lügenwort glauben sollte, dann ist ihm immer noch seine Blindheit vorzuwerfen. Obwohl sicher jeder ein bisschen blind ist für bestimmte Dinge. So glaubt sie zum Beispiel an ihre klar umrissenen Vorstellungen von Schönheit und kann viele Feinheiten an Menschen, in die andere sich verlieben, gar nicht erst sehen. Im großen Spiegel, der an der Innenseite der Schranktür angebracht ist, betrachtet sie ihr Gesicht. Obwohl sich ihr der ganze Körper zeigt, konzentriert sie sich nur aufs Gesicht. Nennt man das verbittert? Es ist früh am Morgen und ihre Züge sehen müde aus. Ihrer Meinung nach gibt es da nur ein kleines Zeitfenster am frühen Abend, zwischen sechs und neun Uhr in etwa, da ist sie mit den großen, leicht nach außen wie nach unten verlaufenden Augen und den Knitterfalten auf der Stirn einverstanden. Ein Wurmloch müsste sie haben, denkt sie, eines dieser magischen Zeitlöcher im All, es in der Jackentasche mit sich herumtragen, ein paar Jahre noch einmal leben oder besser noch: den ein oder anderen Tag unendlich machen. In Wahrheit ahnt sie auch, dass sie nicht ganz verstanden hat, was ein Wurmloch wirklich ist. Das Licht, das durch die Lamellen der Jalousie ins Zimmer fällt, zeichnet Zeilen auf ihren nackten Körper. Wenn man es von ihr verlangte, wüsste sie nicht, womit sie sie füllen sollte. Was sich auf den eigenen Leib schreiben? Was, das sich nicht in leere Verheißung verwandelt und brennt wie Nesseln?

Sie ist dann natürlich nicht zu Don Giovanni gegangen, um mit Marianne und David zu frühstücken. Die Zeiten, in denen halb elf für sie noch früh am Tag war, sind außerdem vorbei. Dass es sie vielleicht nie gegeben hat, möchte sie sich nicht eingestehen. Es wäre nur ein Argument für die Verbitterung. Sie hat längst vorher im Zug gegessen, mit dem sie Christoph alle zwei Wochen hinter sich lässt und ein paar Grenzen überquert auf dem Weg hierher. Das jahrelange Hin und Her dieser Fernbeziehung ist einseitig, weil Christoph nicht gern besucht, sondern nur Gäste empfängt und sie das Leben aus dem Koffer mittlerweile gewohnt ist. Mehr braucht eigentlich kein Mensch für die paar Tage, außer vielleicht Marianne, denkt sie, die bräuchte eine Kamelkarawane. Statt sich eine Scheibe Brot abzuschneiden, zündet sie sich eine Zigarette an. Überhaupt hat sie wenig Appetit, wenn sie dem Rauchen nachgibt. Nachdem Marianne da gewesen ist, braucht sie immer eine gewisse Zeit, um ihre Wohnung wieder in Besitz zu nehmen. In der Waschküche hängt noch das Gewand ihrer Freundin zum Trocknen auf dem Klappgestell. Fast wäre ein bisschen Asche auf die Kleidungsstücke gefallen, so ruhig steht sie jetzt in dem kleinen Raum mit der Waschmaschine und beobachtet die Stillleben des Alltags. Mariannes unspektakulärer schwarzer BH, von dessen Art sie wahrscheinlich eine ganze Schublade voll hat, eine Unterhose, diese hautfarbenen Nylon-Söckchen, die sie schrecklich findet, ein Kleid und irgendein verwaschenes T-Shirt hängen da, staubtrocken schon und steif. Warum musste Marianne das denn alles hier waschen und hat es nicht mit nach Hause genommen? Das hatte sie sich an dieser Stelle gestern schon gedacht, als sie ihre Freundin gegen halb sechs erwartete – Verspätung bereits einberechnet. Zuvor hatte sie das Bett frisch überzogen, alle Türen inklusive Balkontür geöffnet und sich hinter ihren Duschvorhang gestellt, das Wasser zuerst lauwarm, dann immer heißer gedreht. War Marianne zu diesem Zeitpunkt überhaupt bei ihrer Familie zu Hause oder noch immer mit David unterwegs? Sie hätte ihre Festnetznummer anrufen können – doch den Gedanken verwarf sie sofort wieder, konzentrierte sich auf den Shampooschaum in ihren Haaren. Die Badewanne ist sehr schmal und macht es fast unmöglich, nicht mit diesem weißen Plastiktuch in Berührung zu kommen, das sich jedes Mal an ihre nasse Haut klebt, als wäre sie seine Rettung. Und noch einmal: Wann war sie das letzte Mal schwimmen? Früher hat sie sich unter der Dusche manchmal vorgestellt, wie es wäre, ermordet zu werden, wahrscheinlich wegen der Filmszene, ja, aber der Gedanke war auch so interessant. Ein stilles Geheimnis zwischen Ermordeter und nie gefundenem Täter, wobei letzterer definitiv der schwächere Part ist, der nach Jahren vielleicht doch gesteht, der ein Geheimnis eben nicht für sich behalten kann. Sie war sicher, keiner könnte das besser als sie. Das Shampoo brannte in den Augen.

Was hat Christoph gesagt am Bahnsteig? Dass sie nicht so ein bitteres Gesicht machen soll? Wie hat sie denn geschaut, wenn nicht in die Ferne? Immerhin durchquerte sie jeden Moment wieder ein halbes kleines Land. Und besser verbittert als gleichgültig, so ein Leben ohne Gewissensbisse und durchwachte Nächte. Für das

Einfach-alles-auf-sich-zukommen-lassen ist sie nicht der Typ, sie lebt ja nicht nur im Moment, hat vorher schon gelebt und wird morgen höchstwahrscheinlich auch nicht hinter dem Duschvorhang ermordet. Sie bietet nicht bereitwillig wie dieser alte Stuhl in ihrer Küche jedem einen Platz an. Zuletzt haben dort Marianne und David gesessen, Marianne vielleicht bereitwillig und breitbeinig auf Davids Schoß. Nachdem sie sich das ausgemalt hatte, konnte sie sich gar nicht mehr dorthin setzen, sondern ließ sich stattdessen aufs Sofa fallen, ihre angewinkelten Beine mit den Armen umschlungen – was in den Augen von Christoph nur kleine Mädchen tun. Marianne ist immer schon umtriebig gewesen, lässt sich im wahrsten Sinne des Wortes umhertreiben. So ein bisschen Segelboot zu spielen, kann schön sein, aber nicht für sie, die sie dringend eine Insel braucht, einen dieser Fluchtpunkte. Ihr Blick ist auf das ockerfarbene Fischgrätenparkett und ihre Füße auf der Kante des blauen Samtsofas darüber gefallen. Farben wie Sand und Wasser, nur waren sie vertauscht. Halb sechs war längst vorbei, aber die Verspätungen ihrer Freundin konnten sich auch verspäten, sie rechnete eigentlich damit, dass sie gar nicht kam, und wirklich – Marianne entschied sich für die zweite Variante, die kurzfristige Absage. Das Telefon zeigte eine neue Nachricht an und das Inselspiel war abrupt beendet. Sie musste den Blick von dem Fischgrätenparkett losreißen und las: *Tut mir leid, mir ist was dazwischengekommen, es geht sich heute nicht mehr aus. Ich bringe dir die Schlüssel morgen, ja?*

Ob man tatsächlich selbst schuld ist, wenn man immer versetzt wird? Es war zwischen sechs und neun Uhr abends und sie sollte sich eigentlich schön finden, zumindest zufrieden sein, darum machte sie den Kleiderschrank im Schlafzimmer auf und stellte sich vor den Spiegel. Verbittert. Doch. Sie musste es zugeben, sie sah verbittert aus und das zu dieser Zeit, ihrer besten Zeit. Das Lächeln war nur ein kleines Muskelspiel und fühlte sich an wie ein Kraftakt. Wie kann Schönheit Kraft kosten? Sie warf die Schranktür zu und eilte in die Küche. Dort zog sie den Sessel näher an die einen Spalt breit geöffnete Balkontür, begann mit steifen Händen eine Zigarette zu drehen. Ein bisschen Tabak fiel auf den Boden, aber sie steckte sich die schiefe Zigarette in den Mund und kümmerte sich nicht darum, wollte den schon vor fast einer Woche angebrochenen Rotwein aus dem Kühlschrank holen, aber konnte ihn nicht finden. Als sie sich umdrehte, fiel ihr die leere grüne Flasche neben dem Papierkorb auf. Marianne! Und überall dieser penetrante Lilienduft. Mit einem Stöhnen setzte sie sich schließlich hinter ihren Sichtspalt. Dreimal ging ihr die Glut der Zigarette wieder aus, weil sie gar nicht richtig daran ziehen konnte. Der Nachbar hockte wieder halbnackt vor dem Computer, aber sie kam nicht dazu, eine neue Theorie darüber aufzustellen, woran er arbeitete oder was er sich ansah, denn aus der Wohnung direkt gegenüber fiel Klaviermusik in den Hof und ließ sie nicht in Ruhe. Sie kannte dieses Stück aus ihrer Kindheit in und auswendig – ihre Mutter konnte ein wenig Klavierspielen, und als sie einige Jahre nicht spielte und es eines Tages wieder versuchte, war es, als hätte sie von heute auf morgen alles verlernt. Jetzt hört sie manchmal Radio, einen Sender, der nur zu oft die Klassiker unter den klassischen Stücken rauf und runter spielt. Eigentlich kaum auszuhalten. Immer wieder *Clair de Lune* klang nun in den Hof, gerade zu

Ende ging es wieder von vorn los, als hätte der Klavierlehrer der Nachbarstochter gesagt, sie solle üben, das Stück ohne Denkpausen durchzuspielen und Fehler zu ignorieren. Wie kann man denn aber über Fehler hinwegsehen? Vor lauter Erregung war sie aufgestanden, hatte die Tür ganz geöffnet und sich direkt ans Geländer gestellt. Und wieder die ersten Takte dieses Stücks … »Kannst du nichts anderes spielen?«, schrie sie plötzlich. »Das hält ja keiner aus!«

Dabei hat sie es früher oft sehr genossen, wenn das Mädchen drüben bei offener Balkontür geübt hat. Sie ist dann reglos hinter ihrem Sichtspalt gesessen – der plötzlich Hörspalt wurde – und hat aus dem Verborgenen manchmal sogar applaudiert, wenn ein Stück zu Ende war. Dabei hat sie stets gehofft, dass die Klavierspielerin nicht irgendwann auf die Idee kommen würde, sich dafür zu bedanken, ihr womöglich gleich ein paar nette Worte durch die laue Luft zuzurufen. Sie wollte unerkannt bleiben. Doch diese Sommerabende des Mithörens hatten den Nachteil, dass es ihr dann nicht gelang zu flüchten, sie bei allen Überlegungen und Hirngespinsten zurückgeworfen wurde auf sich selbst. Gestern war ihr das zu viel. Und nicht einmal acht Meter Abstand zwischen den Balkontüren und kein Höhenunterschied. Sogar der nackte Mann in der Wohnung darunter hat nach diesem Schrei aufgehört, seinen Blick auf den Bildschirm zu richten und dafür sie mit viereckigen Augen angestarrt. Mit steifen und brüchigen Fingern umfasste sie das Geländer und stand schnaufend in der Balkontür. Sie konnte nur undeutlich erkennen, wie die zwei Hände des Mädchens sich von der Klaviatur zurückzogen, und eine Gestalt sich näherte, um die Balkontür vorsichtig zu schließen. Dann riss sie sich vom Geländer los, knallte die Tür zu und ließ sich augenblicklich zurück in den Sessel fallen, der ihr bereitwillig einen Platz bot. Die Winkel ihres Mundes fühlten sich an, als wären sie eingerissen.

Nun fällt doch ein bisschen Asche auf Mariannes Kleid. Christoph, der sich in seinem Land versteckt, würde vielleicht sagen, sie solle nicht so ein bitteres Gesicht machen.

Die Insel der Verlorengegangenen

»Das ist er. Das ist mein Vater«, sagt das Mädchen und zeigt mit dem Finger auf ein Foto in dem dicken Buch, das man ihr nach ihren Beschreibungen vorab beim richtigen Register aufgeschlagen hat, »nur hat er früher keinen Bart gehabt.« Die Sekretärin runzelt die Stirn und dreht das Buch zu sich, mustert erst das Gesicht der jungen Auswärtigen und dann das Foto von dem bärtigen Mann, vergleicht den Ausweis des Mädchens mit den Eintragungen neben dem Bild im Melderegister. Alle Insassen – das Personal ist dazu angehalten, das Wort *Bewohner* stattdessen zu verwenden, hält sich oft aber nicht daran – werden zehn Tage nach ihrer Ankunft fotografiert, außerdem wird ihnen eine Nummer zugeordnet. Die Nummern, die ins Leder ihrer Gürtel gebrannt werden, folgen dabei nicht der chronologischen Reihenfolge ihrer Ankunft auf der Insel – dies aus Rücksicht auf die Bewohner selbst, damit sie sich untereinander nicht sofort ansehen, wie lange sie schon hier sind. Die Sekretärin beim Empfang sagt nichts, lässt aber den Unwillen deutlich in ihrem Gesicht erkennbar werden. Unter dem Foto des Mannes ist auch dessen achtstellige Nummer vermerkt, die ihr nun dabei hilft, den richtigen Akt zu finden. Um an die obersten Laden heranzukommen, verwendet sie eine kleine Trittleiter. Während des Wartens beginnt das Mädchen, das nur ein fahlblaues kurzes Kleid und einen Sommerhut trägt, in dem klimatisierten Raum zu frieren. Durch die modernen Glaswände sieht es draußen die Palmen schaukeln und hofft schlicht, dass diese Frau es nun endlich zu seinem Vater bringen werde. Die Anreise hat mehrere Tage gedauert, das ist der abgelegenste Ort der Welt.

»Am zehnten November vor drei Jahren ist Ihr Vater aufgegriffen worden. Kann das stimmen?«, fragt die Frau dann, ohne den Blick von den Papieren zu lösen.

»Verschwunden ist er schon früher, irgendwann im Oktober …«, setzt die Auswärtige an, aber die Sekretärin unterbricht das Mädchen barsch.

»Natürlich früher. Denken Sie denn, wir könnten alle Verlorenen binnen eines Tages ausfindig machen? Und das auf der ganzen Welt?« Das Mädchen ist immer noch verwirrt, weil die Frau es mit diesem förmlichen *Sie* anspricht und sie ihm gleichzeitig nie in die Augen schaut. Das Mädchen nimmt das Kinn zur Brust, wie um den Hals zu schützen, der ist doch das Verletzlichste.

»Selbstverständlich nicht«, beantwortet die Frau in versucht versöhnlichem Ton ihre eigene Frage, als sie die zitternden Hände der Auswärtigen bemerkt, und fährt langsam fort: »Nun, um einen Antrag auf Mitnachhausenahme zu stellen, muss Ihr Vater erst eindeutig von Ihnen identifiziert werden, versteht sich.« Das Mädchen nickt nun eifrig und ballt die Hände zu Fäusten. Für einen kurzen Moment verschwindet die Sekretärin in einem Hinterzimmer und kehrt zurück mit einem Schlüsselbund. Sie bedeutet der Auswärtigen mit einer Kopfbewegung, ihr nun auf die andere Seite des Entrees zu folgen. Das Mädchen läuft hinter ihr her. Die Türen eines Fahrstuhls, auf den sie zugehen, stehen offen, als würden sie schon ein paar Minuten auf sie warten. Im Inneren gibt es nur zwei Knöpfe, G wie Ground

Floor und A … A wie? Das Mädchen überlegt noch, wofür die Abkürzung stehen kann, da hat die Empfangsdame den Knopf auch schon gedrückt und der Lift bewegt sich nach unten. Die Auswärtige erinnert sich an die hohen Klippen auf der Nordseite der Insel. Vielleicht befinden sie sich jetzt schon auf Meeresspiegelniveau. Die Frau verzieht in den wenigen Sekunden des Bergabfahrens keine Miene, sie hat in dem künstlichen Licht jegliche menschliche Ausstrahlung verloren, ist völlig stumpf geworden. Nur ein künstlicher Puppenglanz liegt noch in ihren Augen.

Als sich die Türen wieder öffnen, lässt das bläuliche Licht in dem Kellerraum das Mädchen schaudern. Es wartet einen Moment, aber die Sekretärin neben ihm macht keine Anstalten auszusteigen, sie sagt kein Wort. Da begreift die Auswärtige, dass sie allein gehen muss, und macht ein paar Schritte in das Geschoß A, das den Eindruck einer Mischung aus Labor und Schutzraum vermittelt. Aus einer dunklen Ecke eilt eine kleine rundliche Frau herbei. Hinter dem Mädchen schließen sich die Lifttüren vor der ausdrucklosen Miene der Sekretärin.

In einer unwirschen Geste und ohne das geringste Grußwort packt die dicke Frau das Mädchen an der Hand und führt es in einen durch eine Glaswand abgetrennten Bereich des Raumes. Von der Decke baumeln ein paar Duschköpfe, die man zu sich heranziehen kann. Die Frau demonstriert die Funktionsweise wie eine alte Flugbegleiterin. Notausgänge sind in dem Untergeschoss jedoch nicht zu erkennen.

»Ich soll mich duschen?«, fragt die Auswärtige trotzdem verständnislos, nur mit einer kleinen Ahnung davon behaftet, was auf sie zukommt. Es gibt zu viele Gerüchte über diese Insel. Die wortkarge Angestellte zieht den Mund breit und nickt einmal, wobei ihr ganzer Körper durch die Kopfbewegung in eine leichte Schwingung versetzt wird, dann durchquert sie den Raum und nimmt auf einem Sessel Platz, von dem aus sie Glaswand und Mädchen gut im Blick hat. Überhaupt ist der Raum fast leer, es gibt kaum Möbel, kein Stück Stoff außer der Kleidung, die man am Leib trägt, nichts, was diese Kahlheit eine Spur verschleiern würde. Zögerlich nimmt das Mädchen den Hut ab, streift sein Kleid über den Kopf ab, auch Unterhose und Unterhemd zieht es aus und legt die Kleidungsstücke einfach auf den Boden, weil da keine Ablage ist. Dann stellt es sich unter einen Duschkopf, aus dem schon ein paar eisige Tropfen fallen, ehe es ihn überhaupt zu sich herangezogen hat. Das Mädchen entdeckt aber keine Armatur zum Aufdrehen des Wassers oder Einstellen der Temperatur und muss einen beschämten Blick zu der kleinen, dicken Frau werfen, die ihm jetzt zulächelt.

»Kommt schon«, sagt sie mit einer krächzenden Stimme, drückt auf einen grauen Knopf in der Wand hinter sich, ohne den Blick von der nackten Auswärtigen zu lösen, und das Wasser beginnt augenblicklich auf die Haut des Mädchens zu prasseln. Es fühlt sich ein bisschen brennend an und trotzdem kühl. Als würde eine dünne Schicht abgetragen, damit der Schmutz, aber auch die letzten schönen Berührungen.

»Das Wasser ist mit Duftneutralisatoren durchsetzt«, erklärt die korpulente Frau nun laut, damit das Mädchen sie hören kann, und fügt schnell hinzu, »auch die Haare nass machen!« Nach genau zwei Minuten verendet der Wasserstrahl und dem Mädchen, dessen Haut vor den dunklen Wänden des Bunkerraums weiß aussieht, wird ein steriles

Handtuch zum Abtrocknen gereicht. Doch als die Auswärtige zu ihrem Kleid greift, trifft sie ein Schlag auf die Hand.

»Das können Sie natürlich nicht wieder anziehen«, sagt die Frau im Kittel und zeigt der Auswärtigen die vorbereitete Kleidung. Einen dunkelgrünen Reifrock und eine langärmlige Oberbekleidung – so lang, dass auch die Hände darunter verschwinden – aus dickem und zusätzlich mit eingenähten Drähten versteiftem Stoff, der die individuellen Eigenschaften eines Körpers, einer Silhouette, völlig zurücktreten lässt. Außerdem einen Hut in derselben Farbe mit einem Schleier an der Krempe, der Gesicht und Nacken verdeckt, durch dessen Maschen der Träger aber nur eine geringfügig eingeschränkte Sicht hat. Aus ein paar Metern Entfernung sind von außen jedoch keine Gesichtszüge mehr zu erkennen. Das Mädchen zieht folgsam alles an, was die dicke Frau ihr reicht, und hört ihren Erklärungen zu. Plötzlich ist sie redselig geworden.

»Sie sollen ja schließlich einen Bewohner identifizieren und nicht er Sie. Vielleicht wollen Sie ihn auch gar nicht wieder mit nach Hause nehmen. In der Vergangenheit kam es oft zu gefährlichen Zwischenfällen, weil die Inselbewohner einen Angehörigen erkannten, der seinen verlorenen Verwandten dann aber doch nicht mitnehmen wollte. Manche Bewohner sind auch einfach auf einen Auswärtigen zugelaufen und haben behauptet, ihn zu kennen, haben ihn angefleht, einen Mitnachhause-Antrag zu stellen. Natürlich hat ihnen niemand geglaubt, aber diese Vorfälle haben unnötige Unruhe erzeugt, deswegen müssen sich die Auswärtigen nun unkenntlich machen. Meiner Meinung nach hätte diese Maßnahme schon viel früher getroffen werden sollen, aber mich hat niemand gefragt. Die dunkelgrüne Farbe allerdings war meine Idee. Andere Farben als Braun- und Grüntöne haben nämlich eine aufwühlende Wirkung auf die Bewohner. Auch die Sonnenuntergänge können grenzwertig sein, aber was soll man da tun unter freiem Himmel? Wir müssen allenfalls jeglichem Unfrieden entgegensteuern.« Sichtlich stolz und mit einem schmalen Lächeln auf den Lippen drückt die Frau dem auswärtigen Mädchen den Hut noch fester auf den Kopf, zupft zum wiederholten Mal an dem Rock herum und zwinkert ihm dann mit einem merkwürdigen Ausdruck von Spott zu. »Viel Glück«, sagt sie noch, ehe sie das Mädchen durch die sich wieder öffnenden Lifttüren schubst und auf das große G drückt.

Die Sekretärin steht oben schon bereit, um das Mädchen weiter zu geleiten, als sei auf die Sekunde genau klar, wann dieser Zeitpunkt gekommen sein muss. Sie führt die Auswärtige nun durch einen kurzen Gang, an dessen Ende sich eine stählerne Tür befindet, wahrscheinlich gut zehn Zentimeter stark. Dort angekommen drückt sie ihr ein Klemmbrett mit einem Protokollbogen und einen Stift in die Hand. »Warten Sie hier, bis der Auswärtigenführer Sie abholt«, sagt sie. Ihr Gesicht ist noch immer so ausdruckslos – keine Worte, die es beschreiben könnten – und das Mädchen fragt sich jetzt, ob es die ganze Zeit über schon so ausgesehen und sie es anfangs nur nicht bemerkt hat.

Das Mädchen denkt aber vor allem an seinen Vater und daran, wie er eines Tages verlorengegangen ist, an diesem Tag irgendwann im Oktober. Schon in den Monaten davor ist es merkbar geworden, wie er sich von der Familie und der Arbeit, überhaupt allen Menschen und Dingen entfernt hat. Es macht sich Vorwürfe, dass es ihn nicht zurückgeholt hat. An einem schönen Sommernachmittag ist er ihm schon so seltsam vorgekommen, als er auf dem Sofasessel in verrauschter Radiomusik gesessen ist, die Beine von sich gestreckt wie eine Marionettenpuppe, ohne jegliche Spannung der Schnüre – ein plötzliches Fehlen dieser Lebendigkeit, die vielleicht schon immer fremdgesteuert gewesen ist. Ihr Vater saß zwischen den Pölstern und schien alles vergessen zu haben – warum er dort saß und wer ihn dort hingesetzt hatte, wenn er es schon nicht von sich heraus tat. Das ist nicht das einzige Mal gewesen, dass die Tochter den Vater so vorgefunden hat. Mit der Zeit begannen auch die Mutter und der Bruder des Mädchens, ihn zu vergessen, weil er sich nicht mehr an Gesprächen beteiligte, keine Machtworte mehr sprach, Zeitungen nur apathisch durchblätterte und mehr auf das Geräusch des raschelnden Papiers hörte als auf die Wörter, die sich in den Kopf einschleusen wollten. In der Arbeit als Buchhalter begann er, beliebige Zahlen in die Abrechnungen einzutragen und er verkalkulierte sich immer häufiger, schrieb manchmal gespiegelte Ziffern in die Hefte. Bis er entlassen wurde. Zu Hause saß er dann wieder und immer länger ohne Unterbrechung in den Tag hinein, während alle anderen das Haus verließen, auf seinem Sofasessel zwischen den weichen Pölstern, die nach Keller rochen, nach seinen eigenen Eltern. Dieser Geruch in den aufbewahrten Besitztümern hielt sich wahrscheinlich noch Jahrhunderte lang, davon waren alle überzeugt, und ließen ihn damit allein. Eines Tages kam das Mädchen nach Hause und der Vater saß nicht im Wohnzimmer, der Sessel war leer. Das Licht fiel schräg durch die Fenster und der Staub stand in der Luft wie hunderte kleine Schwebfliegen, die sich nicht verscheuchen ließen, nur einatmen. Als dann später auch die Mutter und der Bruder nach Hause kamen, fiel ihnen zuerst gar nicht auf, dass etwas fehlte, dass etwas verlorengegangen war, nur das Mädchen suchte nach seinem Vater, alle Wege, die er in seinem Leben – zumindest in der Zeit, die sie gemeinsam erlebt hatten – gegangen war, wanderte sie gewissenhaft ab, denn es waren nicht allzu viele. Aber das Mädchen konnte ihn nicht mehr finden und niemand wollte ihn gesehen haben. Während die anderen ihn rasch vergessen haben, ist sie die Einzige, die sich noch heute an ihn erinnert, und als sie vor einem halben Jahr von der alten Nachbarin erfahren hat, was mit allen verlorenen Menschen passiert, hat sie den Beschluss gefasst, ihn zu suchen, auf der Insel der Verlorengegangenen. Kein Festland weit und breit. Auf keiner Karte verzeichnet und nur zu bereisen unter Aufbringung großer Beharrlichkeit und Strapazen.

Ein lautes Ächzen reißt die Auswärtige aus ihren Gedanken, die stählerne Tür öffnet sich nach innen, dahinter steht in grüner Hose und schwarzem Hemd ein Mann mittleren Alters, seine Wangen sind glattrasiert und um seine Ohren schmiegen sich ein paar dunkle Locken der ansonsten glatten Kopfhaare – ein liebliches Detail, das seine Jugend noch lange konservieren wird.

»Bitte«, sagt er zu dem Mädchen, »kommen Sie mit mir.« Die Auswärtige bewegt sich in dem eigenartigen Gewand sehr ungeschickt und stolpert über die Schwelle. Sie hat nicht damit gerechnet, dass unmittelbar dahinter der sandige Inselwaldboden beginnt, dass die Tür ins Freie führt. Die Tropenhitze ergreift von ihrem Körper Besitz und lässt sie unter dem Anzug sofort schwitzen. Sie befinden sich jetzt auf einem mit gebogenen Stahlrohren und Drähten abgesteckten Weg, der vielleicht eineinhalb Meter breit ist und sich in den Tropenwald schlängelt.

»Berühren Sie keinesfalls den Zaun. Er steht unter Strom«, erklärt der Auswärtigenführer und deutet auf die Stahlbögen, die sie wie durch einen Tunnel gehen lassen. *Zaun* ist das falsche Wort dafür, es ist vielmehr ein elektrifizierter Tunnel. Der Abstand zwischen den Drahtmaschen ist gerade so weit, dass eine schmale Kinderhand hindurchgreifen könnte, ohne das Metall zu berühren. Die Auswärtige würde ihre Hand vielleicht hindurchführen können und einem Stromschlag gerade so entgehen.

»Nummer 4873 5590 hält sich bei Station Z auf«, der Mann schaut auf sein GPS-Gerät und gibt die Informationen weiter, wie er es gewohnt ist, »wir werden ein paar Minuten dorthin brauchen.« Er geht den schmalen Weg entlang und dreht sich dabei nicht einmal um. Durch seinen dunkelgrünen Hutschleier sieht das Mädchen links und rechts im Wald immer wieder Menschen, die völlig sinnlosen Tätigkeiten nachgehen. Was es beobachtet, scheint ihm unwirklich, die Bilder ziehen an ihm vorbei wie eine merkwürdige Filmmontage. Da ist etwa ein bärtiger Greis, er muss zwischen achtzig und neunzig Jahre alt sein, der kleine Steine gegen den Stamm einer Palme wirft und jedes Mal, wenn er sie verfehlt, reibt er sich eine ganze Handvoll Sand in die Haare, der über Gesicht und Nacken nach unten rieselt. Seine Kopfhaut ist gerötet und die Stirn schon wund. Der Bart schwer von Sand. An einer anderen Stelle hockt eine Frau am Boden, deren Alter das Mädchen schwer schätzen kann, und flechtet ihre langen, kohlefarbenen Haare zu einem Zopf, der über dem Kreuzbein endet, nur um ihn dann wieder zu entwirren und von vorn zu beginnen. Manchmal ärgert sie sich schon nach ein paar Verflechtungen so sehr, dass sie ihn leise fluchend wieder auftrennt. Die Haare sind vom Flechten spröde und brüchig geworden. Alle Bewohner sehen sich insofern ähnlich, als dass sie eine Art braunen Kittel tragen, der in der Mitte durch einen dicken, ebenfalls braunen Gürtel tailliert ist, auf dem ihre ins Leder gebrannte Nummer erkennbar wird. Hinter einem Baumfarn kniet ein Mädchen zwischen unreifen Kokosnüssen. Es gibt nicht viele verlorene Kinder, die meisten sind schon erwachsen, zahlreiche gar sehr alt. Das Mädchen mit der Nummer 8997 4645 zeichnet mit einem dünnen Ast etwas in den Sand, es wirkt höchst konzentriert dabei. Vielleicht schreibt es auch. Die Zeichen sind für niemanden lesbar. Wenn jemand von den anderen Bewohnern mit den Füßen durch seine Linien geht, wirft es sich der Länge nach auf den Boden und rollt sich nach links und dann nach rechts, bis alles, was es geschrieben oder gezeichnet hat, verschwunden ist. Auch der junge Auswärtigenführer hat seinen Blick schweifen lassen und diese junge Bewohnerin kurz beobachtet. Er zieht eine Augenbraue hoch und schüttelt unmerklich den Kopf, ehe er weitergeht. Die Auswärtige hinter ihm kann sich nicht losreißen von der Gestalt, die ungefähr in ihrem Alter sein muss. Sie bleibt stehen. Da die Bewohnerin sich in diesem Moment aufrichtet und vergewissert, dass alle ihre Zeichen nicht mehr zu erkennen sind, hebt sie den Kopf und blickt direkt in das verschleierte Gesicht des Mädchens im Inneren des elektrischen Tunnels. Ihr Blick ist der Blick eines Menschen, der sich an nichts erinnern kann. Als das Mädchen im Tarngewand sich dessen bewusst wird, läuft ihm ein Schauder über den Rücken und es hastet dem Auswärtigenführer hinterher. Aber das ist gar nicht notwendig, denn er ist selbst ein paar Meter von ihr entfernt stehengeblieben.

Die Auswärtige erkennt ihren Vater nicht sofort, obwohl sie sogleich weiß, dass er das sein muss.

»Lassen Sie sich Zeit«, sagt der Mann zu ihr. »Überlegen Sie sich, ob sie einen Mitnachhause-Antrag stellen wollen. Es ist gut möglich, dass er Sie schon vergessen hat, es ist sogar wahrscheinlich. Die Verlorenen vergessen schnell, weil es das Leben leichter macht – sie sind ja selbst meist schon vergessen vom Rest der Welt. Es ist so eine Art Schutzfunktion, Spiegelung, wenn Sie wollen. Überlegen Sie auch, was für ihn das Beste ist.« Der Vater sitzt inmitten von Pfeilkraut wie zwischen seinen Pölstern am großen Sofasessel früher. Seine Haare sind verfilzt und der Bart ist ihm lang gewachsen. Er trägt keine Brille wie früher immer, wie auf allen Fotos und in fast allen Erinnerungen, die das Mädchen an ihn hat. Es muss ihm egal sein, dass er nicht scharf sieht. Ansonsten unterscheidet ihn äußerlich nichts von den anderen Bewohnern, er trägt den gleichen braunen Kittel, in der Mitte der Gürtel mit seiner Nummer. Die zwei Personen im Tunnel, eine davon seine Tochter, scheinen ihm völlig gleichgültig. Den Blick hält er auf seine Hände gerichtet, die augenscheinlich einen kleinen Gegenstand umschließen. Das Mädchen beginnt nach ihm zu rufen, doch wird umgehend von dem Auswärtigenführer zurechtgewiesen. Das Herumschreien versetze alle in Erregung und könne zu gefährlichen Zwischenfällen führen. Dabei hat sie nur leise Geräusche von sich gegeben, wie eine schüchterne Begrüßung. Also ist das Mädchen wieder still hinter seinem Tarnschleier. Der Vater hat sich nicht mehr bewegt als die Pfeilblätter rings um ihn im leichten Wind.

»Den Mitnachhause-Antrag stellen Sie drinnen beim Empfang.« Der Auswärtigenführer wartet noch eine Weile, ehe er sich räuspert und bedeutsam auf das Klemmbrett mit dem Protokoll in den Händen der Auswärtigen hinunterblickt. Ohne die Papiere auch nur einmal beachtet zu haben, sagt das Mädchen: »Ich möchte keinen Antrag stellen.« Der Mann schaut sie erstaunt an. Will sie ihn doch hierlassen? Er hätte schwören können, dass dieses Mädchen eine jener wenigen ist, die eine verlorene Person wirklich wiederfinden und behalten wollen, wenn es auch schwierig ist, und das ist es. Manche Menschen werden sogar zweimal auf die Insel gebracht.

»Ich möchte hierbleiben«, sagt sie dann.

»Unmöglich«, entgegnet ihr der Auswärtigenführer verdutzt. So etwas hat er noch nie gehört, vollkommen absurd ist das. »Sie können sich nicht selbst einweisen.«

»Aber ich möchte hierbleiben«, sagt sie wieder.

»Sie können sich nicht selbst einweisen!«, beharrt der Auswärtigenführer, der die falschen, nicht vorschriftsgetreuen Wörter benutzt und schon beinahe schreit dabei. Er hat in diesem Moment komplett die Fassung verloren und auch die Insassen sind auf die beiden Gestalten im Tunnel aufmerksam geworden. Sogar der ausgemergelte Vater blickt zu ihnen herüber. Da lächelt das Mädchen ganz zart. Und es lächelt so merkwürdig, dass der Mann mit den verklebten Locken erkennt, dass diese Auswärtige auch längst eine Verlorene ist. Sie wird niemandem mehr nützlich sein, ihr ganzes Leben lang, er weiß, sie werden sich nur eine Abholung sparen, wenn sie hierbleibt. Nun trifft er erstmals eine eigenmächtige Entscheidung, fühlt sich verantwortlich und gut dabei. Er nimmt das Mädchen an der Hand und führt es zu einer nahen Tür im Tunnel. Dem Befehl, seinen Tarnhut abzunehmen und das Klemmbrett auf den Boden zu legen, folgt es sofort. Dann zieht der Auswärtigenführer spezielle Handschuhe aus seiner Bauchtasche, die er braucht, um das Metall berühren zu können, ohne einen elektrischen Schlag zu bekommen. Nachdem sie die Stromstärke nach mehreren Vorfällen erhöht haben, kann ein solcher mitunter tödlich sein. Aber die Handschuhe sind dick und steif. Mit einem Schlüssel an seinem Bund, den er mit seiner Ausrüstung allerdings kaum greifen kann, schafft er es schließlich, die Tür zu öffnen – gerade so weit, dass es dem Mädchen gelingt, hindurchzuschlüpfen.

»Sie können hierbleiben, ich werde es melden. Wie heißen Sie?« Aber das Mädchen sieht ihn nur seltsam an, und er versteht sofort und nickt. »Alles Weitere passiert automatisch«, sagt er noch, als er die Tür wieder verschließt und die Auswärtige sich zu ihrem Vater zwischen die Pfeilblätter setzt. Was der Vater fest in den Händen hält, ist ein vergilbter und von vielen Faltungen weich gewordener Zettel mit einer Adresse darauf. Das Mädchen schaut sie lange an und legt dann seine Hand sanft darüber.

Die Insassin, die im selben Alter ist wie die Neue, die noch nicht nummerierte Bewohnerin, beginnt von da an, die gesamte Insel mit ihren Zeichen zu übersäen, lässt nichts mehr wieder verschwinden. Was die Verlorengegangenen in der Mitte und an den Rändern auslöschen, ersetzt sie. Den Tag, an dem sich eine Auswärtige freiwillig dazu entschieden hat, auf der Insel zu bleiben, wird sie nicht vergessen, wenn auch sonst nichts im Gedächtnis greifbar ist und sie selbst ihre Zeichen nicht zu lesen versteht. Irgendwann wird jemand dazu in der Lage sein.

Die Verhandlung

Das Kofferband gibt ein klackendes Geräusch von sich. Ungeduldig beginnt Herr Kramer an der trockenen Haut um seine Nägel zu zupfen und beißt sich ein kleines Stück Hornhaut vom Daumen. Er muss schleunigst ins Hotel, von dem er nur den Namen und nicht den genauen Standort kennt, um sich noch auf die morgigen Verhandlungen vorzubereiten. Trotz der großen Beinfreiheit fühlt er sich mehr als nur fünf Flugstunden gealtert. Sein Sitznachbar an Bord, ein alter Seemann ohne Bart, hat sich unentwegt an seine rechte Schulter gedrückt und gelacht. Er sprach von Krieg und Politik, obwohl er darüber kaum etwas wusste. Herr Kramer hätte lieber geschwiegen, oder sich, wenn überhaupt, über das Segeln und große Schiffe unterhalten, Regatten und Stürme, seine Kindheitsträume eben, aber der Mann hatte diese Träume alle zerlebt und fand sie uninteressant wie eine Suppe mit zu wenig Salz. Der Stress der letzten Wochen ist Herrn Kramer unter die Augen geschrieben. An seinen Knien fährt jetzt eine mit Klebeband umwickelte violette Tasche vorbei. So eine hat seine ältere Schwester Anne auch einmal gehabt.

Als sie noch Kinder waren, ist ihr Vater mit ihnen ans Rote Meer geflogen. Ihm fällt nun wieder ein, dass er ein bisschen enttäuscht war damals über die Farbe des Meeres, weil er dachte, die Sprache sei ehrlich. Und auch die Korallen konnten ihn nicht versöhnen, denn die paar Male, da er mit der Taucherbrille einen Blick darauf werfen konnte, sah er nur bleiches totes Skelettmaterial und es schauderte ihn. Er hat sich aber nie weit hinausgewagt, das tiefe Wasser war ihm unheimlich. *Feigling* hat die Schwester ihn früher genannt. Anne ist dann in zartem Alter von zu Hause ausgerissen und er hat sie dafür bewundert, eigentlich sein ganzes Leben lang, bis letztes Jahr, als sie plötzlich zurückkehrte, kleinlaut und gebrochen. Sie ist Malteserin geworden, hat sich einfach eine neue Heimat und irgendeinen Mann gesucht. Der Mann war keine gute Wahl. Der Typ brach ihr zuletzt sogar zwei Rippen, dann hat sie mit einem kleinen Fötus im Bauch die Insel und ihn verlassen. Das Kind wurde einen Monat später am Festland auf einer Autobahnraststätte geboren, fünf Monate zu früh. In der Erinnerung sind es Blutspuren auf einer mehrspurigen Straße. Als ihr Mittelmeermann von dem Verlust erfuhr, ließ er Anne in Ruhe und drohte ihr auch nicht mehr. Heute sitzt sie in dem Elternhaus, als wäre sie wieder siebzehn, doch sie scheint merkwürdig gezähmt von allem, was passiert ist, oder einfach satt zu sein wie ein fetter Piranha. Sie ist nicht mehr die Wilde, unbeherrschbar, katzengleich.

In diesem Moment nimmt ein riesiger olivgrüner Hartschalenkoffer die Kurve, ein Eck ragt über das Transportband hinaus und streift Herrn Kramers Schenkel im Vorüberfahren. Eigentlich lässt er sich ja nur mitschleppen. Der alte Seemann, der im Flugzeug neben ihm gesessen ist und jetzt nur ein paar Meter entfernt von ihm steht, wuchtet den grünen Koffer vom Band, und ohne sich noch einmal umzusehen, rollt er auch schon in Richtung Ausgang damit. Herr Kramer wartet noch eine unbestimmte Zeit und beginnt wieder, an seiner trockenen Nagelhaut zu zupfen, bis er endlich seinen unscheinbaren Allerweltskoffer zwischen den schwarzen Gummifransen hervortauchen sieht. Er macht es ganz wie der Seemann und eilt mit dem Gepäckstück in der Hand sofort nach draußen, in den lauen Wind. Diese ersten Minuten des Ankommens in einem fremden, warmen Land hat er immer geliebt. Vor der Flughafenhalle nimmt er das vorderste Taxi in der Reihe und fragt erst gar nicht nach dem Preis, verhandelt dafür ein bisschen beim Aussteigen, halbherzig, müde, zahlt naturgemäß zu viel, aber nicht übermäßig. Das Hotel könnte überall auf der Welt stehen, es passt zu ihm und seinem Koffer, nichts an ihm, das in besonderer Weise im Gedächtnis bliebe. Im Inneren am ehesten noch der Fazioli-Flügel in der Lobby, der hat Herrn Kramer überrascht, ohne dass er sagen könnte, warum. Er hat bei einem schnellen Seitenblick auf das Instrument einfach mit einem anderen Namen auf dem schwarzen Lack gerechnet.

In seinem Zimmer zieht er sich zuerst die Schuhe aus, er mag die dicken weichen Teppichböden in Wahrheit sehr, nur nicht in seiner eigenen Wohnung. Auch darin ist er sicher nicht der Einzige. Er kocht Tee und schaltet den Fernseher ein, fremde Stimmen und Sprachen erfüllen leise und langsam den Raum. Am Teppichboden sitzend öffnet er den Reißverschluss seines Koffers, die Fingerspitzen der einen Hand in dem beigen Stoff vergraben. Sein Herzschlag setzt aus. Seine Ordner sind weg, die Angebotslegung und alle gefühlt hundert Überarbeitungen, der E-Mail-Wechsel, die Vertragsunterlagen, das Werbematerial. Kann das wahr sein, man hat ihn bestohlen! Statt seiner Unterlagen befindet sich ein Durcheinander an bunten Kleidungsstücken, Büchern sowie kleinen Täschchen und Plastiksäcken gefüllt mit irgendwelchem Krimskrams in seinem Koffer. Er springt auf die Beine, sein Körper steht mit einem Mal unter Strom und er spürt eine betäubende Hitze in sich aufsteigen, als sei er schwer verwundet. Mit den Fingern an den verschwitzten Haaren ziehend geht er im Kreis um den Koffer herum. Da fallen ihm Kleinigkeiten an dem Gepäckstück ins Auge, die ihn stören – ein winziges unbenutztes Kofferschloss baumelt an einem Reißverschlussende, das linke Rad wirkt irgendwie verblichen, vielleicht aber auch nur besonders schmutzig, und in einer Seitenwand befindet sich ein etwa zwei Zentimeter langer Riss in der obersten Stoffschicht. Der Fernseher gibt ein Wort von sich, das klingt wie *siri* und Herr Kramer begreift, dass er einen fremden Koffer vom Transportband den gesamten langen Weg bis in sein Hotel entführt hat. Wütend stößt er mit dem rechten Fußballen gegen den offenen Koffer, so fest, dass er auf die Seite kippt und der Inhalt sich über den Boden ergießt. Herr Kramer will schreien, aber das Einzige, was zu hören ist, sind nach wie vor die kehligen Laute aus dem Fernseher, die sich unter die unbekannten Gegenstände mischen und sich zu einer merkwürdigen Melange vermengen. Aus einem der weißen Plastiksäcke haben sich ein paar Tannenzapfen befreit. Er hebt einen vom Boden auf und verbirgt ihn nach kurzer Betrachtung in seiner Hand. Die Zapfen stammen von einer Weißtanne, aber nicht alle, wie es scheint. Herr Kramer kniet sich wieder auf den Teppichboden, um sich die Auswahl genauer anzusehen, Fichte, Douglasie und getrocknete Wacholderbeeren sind auch dabei. Er erkennt die Zapfen und Beeren auf den ersten Blick, denn im Garten seines Vaters gab es alle diese Pflanzen. Warum um Himmels Willen verreist man mit so einem Zeug? Behutsam legt Herr Kramer die Fundstücke nacheinander auf seine trockene Handfläche, die ihm zum ersten Mal wirklich groß vorkommt. Er riecht daran. Als sie noch Kinder waren, wollte Anne wie eine Blume heißen und ihm fiel auf Anhieb nur die Dotterblume ein, dabei wünschte sie sich bestimmt einen verwegenen Namen wie Löwenzahn oder Akelei. Sie band sich alles Mögliche ins Haar und bemalte ihren Körper mit Kohle, sodass ihm grauste. Aber in unbeobachteten Momenten probierte er es heimlich aus, sich auch ein bisschen Kühnheit aufzumalen. Herr Kramer gibt die Zapfen und Beeren zurück in den Plastiksack und verknotet ihn, wie er es immer tut, ein Automatismus. Damit nichts verloren geht, eben in solch turbulenten Umständen wie jetzt. Dann legt er den Koffer wieder auf die richtige Seite und steckt den Sack zurück zwischen die Bücher, die bei seinem Tritt nicht herausgerutscht sind. Es handelt sich dabei, das erkennt er auf den zweiten Blick, um Notenhefte. Schon das ungewöhnliche Format hätte ihm das verraten müssen, nicht erst die Namen Liszt und Czerny auf den Einbänden. Herr Kramer hat selbst nie ein Instrument gelernt, früher hatte er keine Lust, jetzt keine Zeit. Seine erste Freundin war nach dem Klavierunterricht immer sehr bedrückt gewesen, eigentlich zerdrückt wie eine weiche Tomate. Er hat sich damals geschworen, den Klavierlehrer irgendwann zu verprügeln, aber es später vergessen oder sich nicht getraut und noch später hat seine Freundin ihn verlassen, weil sie sich in die Musik verliebt hat und er dagegen nicht ankam. Das war kein Wunder. Er ist heute noch nicht anders, spielt noch immer kein Instrument, hört nicht einmal mehr Musik, geschweige denn, dass er sie verstehen würde. Zuletzt greift

Herr Kramer nach dem bunten Täschchen, das am Teppichboden neben seinem linken Fuß liegen geblieben ist. Ohne genau zu wissen warum – es fühlt sich nicht nach richtiger Neugierde an – öffnet er den Reißverschluss. Ein Geruch nach Kamille, ein bisschen nach Oliven vielleicht auch. Diese kleinen Fläschchen und Döschen, in die Frauen ihre Finger stecken, sind ihm immer suspekt gewesen, vielleicht weil er bis in seine Jahre als junger Erwachsener nur mit seinem Vater und Anne ein Badezimmer hat teilen müssen und seine Schwester nichts außer Wasser und Shampoo verwendet hat. Und eigentlich hätten – zumindest früher – nur Gebirgsbäche wirklich zu ihr gepasst, zu dieser Wilden. Später dann mit seiner ersten Freundin entdeckte Herr Kramer nicht nur die Musik, das Leid und die Liebe, sondern auch diese Angst vor dem Altwerden. Neben Parfum, Sonnencreme und ein paar Schminkutensilien befindet sich in dem rot-gelben Täschchen der fremden Frau noch ein Kamm mit einer Reihe großer brauner Zähne. Für lockiges Haar. Es fällt ihm wieder ein – seine Mutter hat Locken gehabt – zumindest auf dem Foto, das in der Küche auf dem Regal über den bemalten Tellern gestanden ist. Er kann sich nur an dieses Bild erinnern und an den Gesichtsausdruck seines Vaters, wenn der es manchmal beim Frühstückstisch unauffällig betrachtet hat. Seine Züge und die feinen Veränderungen darin kannte er so gut, dass er aus seinem Gesicht glaubte, ablesen zu können, was seine Mutter für ein Mensch gewesen war. Jetzt ist er sich nicht mehr so sicher und auch seinen Vater sieht er nun so selten, dass er seinen Eindruck nicht beleben kann. Er ist vor einigen Jahren an Alzheimer erkrankt und stellt jetzt selbst so viele Fragen, die sich nicht beantworten lassen. Manchmal, wenn Herr

Kramer Anne und ihn besucht, dann fragt der Vater, wie es Emeline gehe und wann sie wieder nach Hause komme. Seine Frau, die Mutter mit dem lockigen Haar. Herr Kramer, der sich ohne Fotos nie ein Bild von ihr hätte machen können, der manchmal nur denkt – und auch das ist Einbildung – eine Ahnung davon zu haben, wie sie ihre Hände und Arme bewegt haben muss – er weiß dann nicht, was er antworten soll. Emeline gehe es gut, aber sie könne heute nicht kommen? *Das Rote Meer heißt nur so, sei ehrlich.* Nein.

Herr Kramer hat alles wieder gewissenhaft in dem Koffer verstaut, was durch den Tritt herausgefallen ist, und hebt den Deckel an, um ihn zu schließen, als ihm ein weißer, zusammengefalteter Zettel in dem durch ein Netz abgetrennten Fach an der Unterseite des Kofferdeckels auffällt. Er zieht ihn heraus und muss ihn nur zur Hälfte entfalten, um zu erkennen, dass es sich um eine Buchungsbestätigung handelt. Die Adresse ist mit Leuchtstift markiert. Eine einzige Nacht wurde gebucht, die heutige.

Herr Kramer überlegt nicht lange, er hat das Gefühl, keine andere Wahl zu haben. Am Zimmertelefon drückt er die Null und lässt sich von dem Rezeptionisten ein Taxi bestellen, das ihn zuerst zum Flughafen bringt, wo man ihm nach langem Hin und Her endlich erklären kann, dass an diesem Abend kein Gepäckstück am Band zurückgeblieben sei und auch niemand – schon gar nicht eine Frau mit lockigen Haaren – sich gemeldet habe. Schließlich füllt er irgendein Formular aus und lässt sich wieder auf die Rückbank des Taxis fallen. Mittlerweile ist er in Schweiß gebadet. Der Fahrer raucht seelenruhig und telefoniert während der gesamten Fahrt über bei offenem Fenster und leisen Radiostimmen, die sich immerzu einmischen wollen. Die

Stimme des Chauffeurs ist tief und grollend. Herr Kramer kann die eigentümliche Sprache nicht verstehen, aber er stellt sich vor, der Mann diskutiere mit seiner Frau darüber, wie man Lammkoteletts richtig würze, zumal er mit seinen Händen immer wieder Bewegungen macht, als hantiere er mit etwas Essbarem. Herr Kramer spürt selbst schon ein leichtes Hungergefühl, da biegt der Wagen unerwartet in eine Seitenstraße ein und hält gleich darauf vor einem unscheinbaren Eingang. Über der Tür nur die weiß leuchtenden Buchstaben, die das Wort *Hotel* bilden, aber in einem eigentümlich weiten Abstand zueinanderstehen, als wäre dazwischen noch Platz gelassen für ein zweites unsichtbares Wort. Ein wenig unsicher bezahlt Herr Kramer den Taxifahrer und lässt ihn endlich nach Hause fahren.

Hinter der Theke im kleinen Entree sitzt eine junge Dame mit bambusfarbener Haut und hellen Haaren, die ein bisschen so wirkt, als wäre sie aus allen Wolken gefallen. Im Raum herrscht eine eigentümliche Stille. Ein paar Männer sitzen in großen Fauteuils so ruhig und dunkel, dass man sie leicht übersehen könnte. Ein Fernsehbildschirm an der Wand zeigt lautlos Bilder von einem längst stattgefundenen Fußballmatch. Herr Kramer räuspert sich und zeigt der Rezeptionistin dann die Buchungsbestätigung, er müsse zu: »ähm … Sarah Khatib.« Die Frau mit den blonden Haaren sieht ihn wässrig an und schreibt ihm die Zimmernummer auf einen kleinen Zettel, so als würde sie ihm nicht zutrauen, sie sich zu merken, dabei befindet sich das Zimmer im ersten Stock gleich neben dem Treppenhaus, wie er zwei Minuten später feststellt. In seiner linken Hand trägt er den schwarzen Koffer, der nicht ihm gehört. Er hat ihn nicht am Flughafen abgegeben, ja, hat gar nicht erwähnt, dass er selbst ein fremdes Gepäckstück vom Band genommen und für das seinige gehalten hat. Im Flur ist es warm und trotz der Beleuchtung düster, der braune Teppichboden wirkt wie das Fell eines riesigen Bären. Herr Kramer klopft an die Tür, zweimal schnell hintereinander, wie er es im Büro auch stets tut, eigentlich bei jeder Tür.

Nach wenigen Augenblicken öffnet ihm eine Frau in weißer Bluse und langem Rock. Das dunkle Haar liegt in Wellen auf den Schultern auf. Sie sieht ihn an, als wisse sie alles über ihn. »Frau Khatib«, sagt Herr Kramer vorsichtig – fast hätte er den Namen erneut ablesen müssen – »ich glaube, ich habe Ihren Koffer entführt.« Er ist erleichtert, dass Frau Khatib lächelt und dass sie ihn versteht. Sie macht einen Schritt auf ihn zu und lehnt sich lässig in den Türrahmen, sodass er einen Blick ins Zimmer werfen kann. Und dort auf dem Teppichboden liegt sein Koffer mit dem Papierkram für die morgige Verhandlung. »Lassen Sie mich Ihnen ein Angebot unterbreiten, Herr Diplomingenieur Kramer. Wir tauschen unser Gepäck zurück, aber sie beteiligen mich am Gewinn.« Einen Moment schaut er sie nur ungläubig an, bis auch sie unsicher wird: »Entschuldigen Sie, ich wollte nur einen Spaß machen. Sie haben da eine Menge Dokumente im Gepäck. Ich dachte, es ginge ums Geschäftemachen.« Herr Kramer stottert ein wenig, beginnt dann aber doch zu lachen. »Natürlich, ja, wie recht Sie nicht haben!«, erwidert Herr Kramer ungeschickt, während er nervös an der trockenen Haut um seine Finger zupft. »Aber sagen Sie mir, was wollen Sie im Orient mit den ganzen Zapfen und Wacholderbeeren?« Jetzt weiß sie, dass auch er ihren Koffer einer Prüfung unterzogen hat. Unvermittelt bittet sie ihn hinein und sagt, der Tee sei fertig, es gebe nur einen Stuhl in ihrem Zimmer, aber man könne ja auf dem Teppichboden sitzen. So sei es schließlich üblich und ohnehin tue sie es gern. Die Sätze klingen so natürlich und ehrlich wie lange nichts davor. Sie bringe ihrem Sohn, der lieber bei dem Vater in der Wüste leben wollte, die Kindheit nach, die er bei ihr im Wald gehabt hätte. Sie finde ihren Gedanken nicht so abwegig, sagt sie und Herr Kramer nickt ihr langsam zu, während er den Raum betritt. Noch lange bleibt er dort, weiß nichts davon, aber sagt sich, davon könne ein Derwisch später erzählen in einer schönen, ehrlichen Sprache.

Der alte Perserteppich

Dort im Wohnzimmer sitzt der Mann, der noch immer darin wohnt, obwohl das Haus von allen Seiten durch Stangen abgestützt werden muss und dennoch schon halb in sich zusammengefallen ist. So ist die Zeit höchstpersönlich durch die Gemäuer gezogen und hat eingerissen, was eine Schwachstelle enthalten hat. Die Schwächen sind nicht auszugleichen. Da zieht sich ein Riss durch die Wand, hier ist ein Fenster ausgebrochen, dort hat jemand die schwere Eingangstür gestohlen, weil die Angeln ausgebrochen sind. Durch das große Loch in der Mauer, die Außenwelt und Wohnzimmer trennen sollte, können die Leute auf der Gasse den Mann gut beobachten, sie sehen direkt ins Innenleben hinein. Ins Leben des Mannes, der noch immer hier wohnt.

Gegenüber auf der anderen Seite der Gasse gibt es einen kleinen Imbiss und an den Abenden heißer Tage stellen die Männer gern ihre kleinen Schachtische davor auf. Sie wagen eine Partie und trinken ihren besten georgischen Wein. Manchmal schauen sie zu dem Mann in seinem Haus hinüber, erkennen des Abends einen kleinen Lichtschein in dem dunklen Mauerloch und blicken dann wieder auf ihren selbst gebauten Schachtisch. Der, dem es gehört, der es also auch selbst gezimmert hat, gewinnt immer, sein Name ist auf der Unterseite ins Holz gebrannt. Die seltenen Ausnahmen dieser Regel vergisst man stillschweigend. Die Gewinner tragen zu später Stunde ihre Schachtischchen unter der

Achsel eingeklemmt nach Hause, als trügen sie ein kleines schlechtes Gewissen.

Um die Leute auf der Straße zu beobachten, sieht der Mann in dem zerbrochenen Haus nicht durch das Loch. Für den Blick nach draußen dient ihm immer noch das Fenster, dessen Scheiben sogar noch intakt sind. Er bewahrt sich ein bisschen Normalität und verleugnet die Zeit, die so gewaltsam vorübergegangen ist. Aber meistens blickt er gar nicht hinaus, er erwartet niemanden und interessiert sich für niemanden. Theoretisch könnte gar irgendein fremder Dahergelaufener oder auch ein Freund jederzeit einen Fuß in das auseinanderbrechende Ziegelhaus setzen, durch eines der Löcher bemerkt oder unbemerkt ins Innere treten. Erdbebenrisse in allen Wänden und Decken. Zu stehlen gibt es jedoch nichts, außer dem alten Teppich womöglich, der hat noch einen Wert, aber auch den will niemand sich auf die Schultern laden und forttragen. Letztlich wagt man sich nicht gern in den Mittelpunkt eines unbekannten Lebens vor. Auf dem hölzernen Sessel in seinem Wohnzimmer sitzt der alt gewordene Mann. Sein Anblick ist nicht so grundverschieden von jenem der bröckelnden Gemäuer. Mit den auffallend zarten Gliedmaßen und Haaren, unentschieden grau und weiß, die Stuhlbeine drücken sich in den ausgebreiteten Perserteppich seiner Liebhaberin, die ihn seit drei Jahren nicht mehr liebt, so sitzt er dort. Tag und Nacht, sagt man sich. Aber in diesem Teppich, der noch immer wertvoll ist, ist das Gefühl noch gespeichert – das ist die hohe Kunst der Weberinnen. Ein Augenblick in jedem Knoten, ein Festhaltepunkt.

Er sitzt dort stundenlang, ohne aufzustehen, ohne etwas zu trinken oder zu essen. Die Knie tun ihm weh, sobald er doch einmal aufsteht und anfängt umherzugehen. Doch das hat noch nie ein Mensch von der Gasse aus beobachten können, jeder sieht den Mann nur sitzen in seinem Stuhl auf dem Teppich, am späteren Nachmittag berührt die Sonne seine Füße und wandert ihm bis zu den Knien. Bei jeder verlorenen Figur schauen die Schachspieler am warmen Abend wieder zu dem Mann hinüber. Man munkelt, er habe früher auch gespielt, sei sogar ein guter Spieler gewesen, ein wenig zu verbissen und gehetzt, weswegen er oft verlor. Durch das große Mauerloch gelangen nicht nur diese Gespräche und erfundenen Erinnerungen der Gewinner der heutigen Tage, sondern auch der Staub und die Gerüche, ungehindert ins Haus.

Auf dem knochigen Schoß des Mannes liegt immer ein aufgeschlagenes Buch, aus dem er viele Seiten auswendig aufsagen könnte, dabei ist es noch gar nicht lange in seinem Besitz. *Die Wahrheit ist nicht wasserlöslich* – stumm bewegen sich die dünnen Lippen, ausgetrocknet. Es ist ein heißer Sommer. Da fängt es über dem Kopf des Mannes plötzlich an zu regnen. Der Regen kommt aus dem Text durch den Kopf in den Raum und fällt auf den Teppich, der ihn gierig aufzusaugen scheint. Der Mann atmet tief die Wörter ein. Da wachsen Weinreben aus jedem zehnten roten Teppichknoten in die Höhe und er sitzt nass vom Regen inmitten junger Blätter. Er erkennt die Sätze nun schon auf den ersten Blick und spricht sie nicht mehr laut aus, wie am Anfang. Und es ist gut, dass er nicht reden muss, denn seine Stimme ist so brüchig geworden wie die Erdbebenziegel. Früher lebte er selbst dort im Anbaugebiet des Weins, kümmerte sich um die Pflanzen des gesamten Guts und erntete die Trauben, wenn sie reif waren. Bis vor Kurzen hatte er nicht das

Gefühl, irgendetwas an diesem Früher zu vermissen. Manche Leute, die stehenbleiben und den Mann, wie er da sitzt auf dem Sessel am Teppich mit seinem Buch in der Hand, von der Gasse aus beobachten, kennen den Verlauf dieser Geschichte in Teilen. Ein paar hörten Erzählungen über seine einstige Frau, die davongelaufen war, andere wollen selbst mit ihm gesprochen haben, bevor er plötzlich so alt geworden war. Ein paar Bruchstücke Vergangenheit sind es jetzt nur noch. Und damit sind sie so wertvoll geworden wie nichts anderes für den Mann. Der Teppich ist unbezahlbar.

Der Mann blättert wieder um im Buch und liest, dass der Wein schon reif wird. Die Geschichte rafft die Zeiten aneinander ohne Pausen, die es in der Wirklichkeit zu geben scheint und die es zu füllen gilt. Es ist das Früher. Die Arbeit am Weingut stärkt seinen jungen Körper, er schreitet jeden Tag die Spaliere ab. Dann berichtet er dem Gutsherrn von der Reife der Trauben und einen Tag später fangen alle Männer und Frauen an zu ernten. Ein paar der Reben stecken sich die Arbeiter in ihre Münder und schlucken auch die Kerne, sie sind das Salz zwischen den Zähnen. Später gibt es ein paar Plauderstunden in der Maische und der Geist wird frei. Als die Arbeit getan ist und auch die Füße wieder sauber und vom Wind getrocknet, will der Mann mit den zarten Gliedmaßen nach Hause gehen, da läuft eine Frau durchs Spalier, das nun ganz abgeerntet dasteht, förmlich nackt, sie läuft auf ihn zu und ihre Schönheit flattert um sie her wie einunddreißig Schmetterlinge, die vom Teppich aufsteigen. Er und seine Frau haben schon Kindheit und Jugend miteinander gelebt, haben einander fast von Anbeginn an beobachten können beim unheimlichen Heranwachsen. Der Teppich im Wohnzimmer unter den

Füßen des lesenden Mannes ändert an dieser Stelle seine Farbe, wird staubig gold geädert. Das Gras ist trocken unter den Fußsohlen. Die beiden, die sich lange kennen und sich noch immer gegenseitig entdecken, sitzen abends beieinander, trinken den Wein vom Vorjahr und sprechen über die kommenden Jahre, wenn sie alles hinter sich zurückgelassen haben werden, in der Hoffnung, es gäbe noch schönere Orte als diesen. Sie wollen zusammen nach Tbilisi gehen, jetzt, da sie sich endlich lieben, sie wollen zusammen etwas Bewährtes verlassen und etwas Neues beginnen, die Rede ist nicht von etwas Epochalem, es geht nur um den Umbruch im Kleinen, in ihrer beider Leben.

Doch wenn es solche Orte, zumindest einen einzigen schöneren Ort als ihre Heimat zwischen den Weinreben, wirklich gibt, dann haben sie keinen davon gefunden. Der alte Mann gräbt seine nackten Füße in das Teppichmedaillon, das Herz des verwebten Stoffes. Außerhalb von Kachetien ist die Zuneigung füreinander nicht mehr dieselbe, es ist, als fehlte der sanfte Anstieg des Hügels zwischen ihnen, als fehlten der ehrliche Schweiß und die Geräusche der körperlichen Arbeit, die überall spürbare Nähe der Großväter. In dem neuen Haus in Tbilisi fängt die Frau eines Abends zu weinen an und der Mann erntet die Tränen wie Trauben, weil er das noch immer am besten kann, obwohl er mittlerweile schon jahrelang aus der Übung ist. Die neue Arbeit, die mehr Geld bringt, dieses Haus, die Möbel mit den fremden Gebrauchsspuren der vorigen Bewohner und auch das Nicht-schwanger-werden. Da kommt irgendwann ein Tag, der sein Ende mit aller Kraft hinauszuzögern scheint, als wüsste er schon, welches Unheil zu später Stunde über das Land hereinziehen wird. Die Nacht bloß eine Mitfahrgelegenheit für die folgenschwere Verschiebung. Der Boden fängt an, sich zu verzerren und die Gläser klirren in den Schränken. Die Vasen überleben das Erdbeben nicht und auch in den Menschen bekommen die Organe plötzlich Risse. In jedem Körper an einem anderen Ort, so jeder seine ganz persönliche Sollbruchstelle zu verstecken hat. Und die eigene Haut, die plötzlich Mauer wird, um zu beschützen, was noch zu beschützen ist. Der Teppich fängt die Scherben auf, die lautlos liegen bleiben und langsam einwachsen, ein eigenes neues Muster bilden, den einen oder anderen Knoten aufschneiden. Da wächst auch ein großes Loch in der Hauswand zur Straße hin, das sie nach dem ersten Beben gleich zu stopfen beginnen, aber es hilft nichts, das Material bröselt wieder heraus, die Erde wankt noch ein zweites Mal, und noch mehr Risse tun sich auf, weil es schon neue Schwachstellen gibt.

Der alte Mann blättert wieder eine Seite im Buch um. Er hebt seine Füße an und streckt die Knie durch, denn es hat angefangen zu schneien über seinem Kopf und er will die nackten Füße nicht in den Schnee setzen, der sich über das Chaos legt und es einzufrieren droht. Hier keine Spuren hinterlassen. Seine Frau hat nicht aufgehört zu weinen und jetzt kann er nur eisern danebenstehen. Schnell schlägt er diese Seite um. Der Schnee schmilzt bei der Bewegung des Papiers, die kleinen Tropfen schmiegen sich an die aufwändig erdachten Buchstaben, aber wagen es nicht, sie zu erweichen. Der Winter nach dem Beben ist so kalt, dass die Frau sich noch fest an ihren zarten Mann schmiegt, obwohl diese Verankerung morsch geworden ist. Eines Abends bringt sie von der Arbeit einen Teppich nach Hause, einen schönen Perser, hat ihn dem Doktor abgekauft und legt ihn ihrem

Mann zu Füßen. Ein paar Monate später, als es Frühling wird und andernorts der Wein wieder sprießt und sie sich an die erste Liebe ihres Lebens erinnert, verschwindet sie plötzlich aus dem löchrigen Haus in Tbilisi. Niemand weiß, durch welches Loch in der Wand sie geschlüpft ist, und wer es doch weiß, der sagt es nicht, sondern setzt am Schachbrett das Rössel auf ein bestimmtes Feld. Dorthin, wohin es eigentlich nicht springen kann. Der Mann kommt nach Hause, setzt sich auf den Teppich und wartet und gräbt die Finger abwechselnd wütend und zärtlich zwischen die roten Knoten. Er kann keinen Schritt zurückgehen, nicht im Spiel, nicht einmal wenn der Gegner ihm großzügig dazu rät, ein Rückzug ist die größte Niederlage für ihn selbst. Er büßt für das, was er tut. Und was bleibt ihm noch? In ihm wohnt ein großer Tod und er weiß um ihn, er trägt ihn jeden Tag mit sich herum, darum schmerzen die Knie beim Stehen, darum sitzt er immer nur dort, wo er zurückgelassen wurde, und wenn er hier auf dem Teppich sitzt und das Haus leise zu bröckeln anfängt, dann geben sie einander wieder die Hand in seiner Vorstellung und trösten einander. Dann denkt er an seine Frau, die vielleicht noch einmal glücklich wird, und hört den Teppich ihren Namen flüstern, wenn er das Ohr auf die grünen Ornamente legt und tief hineinlauscht ins Gewebe, in dem das Gedächtnis sitzt.

Er mag keine Geschichten, die nicht in der Vergangenheitsform geschrieben sind, und schlägt das Buch zu, das die Frau ihm dagelassen hat, sie hat es selbst geschrieben. Sich einmal die ganze Seele vom Leib schreiben und dann erst recht allein sein. Die Zeiten sind vorbei. Seine Geschichte in ihren Worten, das war einmal. Gegenwärtig scheint der Inhalt eine Lüge zu sein und die Bilder vom

Wein in seinem Kopf und dem Teppich verschwinden, versickern. Der Mann rutscht langsam mit dem Becken über die Sesselkante und lässt sich auf die Knie sinken, stützt die Hände am Perser auf und lässt den Kopf hängen. Den Fehler im Muster seines Teppichs hat er nie gefunden, aber es gibt ihn ganz gewiss. Ein Zeichen, dass sie nicht perfekt gewesen ist.

Nun hat doch jemand zugesehen von der Straße aus, irgendein Dahergelaufener, der weder Schach spielt noch in dieser Gasse jemals zuvor gegangen ist. Irritiert von dem großen Loch in der Hauswand ist er stehengeblieben und hat hineingeblickt zu dem Mann, der da auf seinem alten Teppich kniet.

Die unbewegten Farne

Sogar auf einen Kilometer Entfernung würde er das Mädchen noch scharf sehen können und jede Regung in dessen Gesicht oder die Ausrichtung der einzelnen Haarsträhnen, die sich einmal lustig ums Ohr drehen, einmal tückisch an den Lippen festkleben, genau beschreiben können. Und er ist ein bisschen stolz darauf, dass er wohl der Einzige ist, der das wahrheitsgetreu von sich behaupten darf, er ist der Einzige seiner Art. Vielleicht ist er nur ein Platzhalter für etwas Größeres, Interessanteres, das irgendwann kommen wird, für das man sich entscheiden und ihn vergessen wird, weil er klein ist, unauffällig und auch nicht mehr der Jüngste. Er springt nicht umher, stößt keine kehligen Laute aus, seine Haut muss nicht feucht gehalten werden, überhaupt keine speziellen Vorkehrungen sind für ihn nötig, denn genügsam sind sein Wesen und sein Körper, aus dem er sich manchmal hinauswünscht, in letzter Zeit immer öfter. Für ein paar Stunden nur wie ein anderer aussehen, aber kein anderer sein, nur seinen Körper wechseln, und seine vertraute Umgebung, die unbewegten Farne zurücklassen, vor das Glas treten und weiter hinaus, die Türen würden sich für ihn öffnen, für ihn, er würde sich auf eine neue Art und Weise fortbewegen – mit dicken, langen Beinen, deren Füße man am Boden aufkommen hört, weil sie einen schweren Körper tragen und einen großen Geist, oder ihm wüchsen Flügel mit langen Federn. Und wenn nicht all das, dann würde er doch wenigstens von einem anderen in die Welt hinausgetragen werden. Das muss er sich immerzu vorstellen.

Für gewöhnlich sitzt Clara in unmittelbarer Nähe der Glasscheibe auf ihrem mitgebrachten Sitzsack direkt vor ihm und schaut ihn an, der gerade einmal so groß ist wie ihre Stirnfransen lang sind. Die Großmutter begleitet Clara nachmittags hierher und holt sie etwa eine Stunde später wieder ab. Manchmal blättert das Mädchen während dieser Zeit in einem Bilderbuch und bewegt stumm die Lippen beim Lesen, als wäre die den Seiten entgleitende Welt gleichberechtigt oder gar gleich groß wie jene außerhalb, die bei ihren Fingerspitzen beginnt. Manchmal ist es ein schmerzlicher Übertritt. Jeden Tag wartet er auf diese Stunde mit Clara und blickt gespannt von seinem Ast herunter, schaut in die größte Entfernung, die sich ihm bietet, wenn sich die Schiebetüren lautlos öffnen und die vom echten Sonnenlicht beschienenen Wege für seine Blicke freigeben. Er könnte noch viel weiter sehen, kilometerweit, und dann steht ihm alles im Weg. Es kommt vor, dass Clara ihm ausgewählte Bilder in ihren Büchern zeigt und mit ein paar Worten erklärt, die aufgeschlagenen Seiten dazu ganz nah ans Glas hält, ihre Worte und das Bild. Oft sind darin Berge zu sehen, zumindest im Hintergrund als Rückhalt für merkwürdige bunte Tiere, die sprechen können und sich in große Baumschatten und Blüten ducken, deren Farben sie annehmen, als wäre es eine Selbstverständlichkeit. Als würden sie Teile ihrer Umwelt in sich einlagern. Meist sitzt er aber nur auf seinem Ast und tastet mit einem Auge Claras Gesicht ab. Den Blick seines zweiten Auges legt er ins Grün der Farne, die jemand um ihn gepflanzt hat und die er im Grunde gernhat, obwohl sie ihn manchmal in eine eigenartige Stimmung versetzen. Die Farnwedel ragen vollkommen reglos über ihm auf, die kleinsten noch eingerollt, schneckengleich. Sie drehen sich ganz langsam auf, als würden sie ein Geheimnis oder einen kleinen Gegenstand, der auch etwas ganz Privates ist, noch bis zum Ende umklammern. Er wundert sich dann jedes Mal, dass auch diese Spirale sich vollends geöffnet hat und dann nur noch fächerförmiges Blatt ist, das sich vorher so stark an sich selbst geklammert hat. Die Abwesenheit des Windes gibt ihm jedoch ein Gefühl der Schwere, was ganz natürlich ist, und er beginnt ihn zu vermissen, obwohl er sich an nichts anderes erinnern kann, als an sein Leben als Schauobjekt im gläsernen Käfig. Zumindest haben die Leute ihn nie lange angesehen, ihn nicht bestaunt und nicht verlacht, denn er ist klein und schließt, wenn es sein muss, die Augen, oder nur eines von beiden. Die Menschen erkennen sich nicht wieder in ihm, weder ist seine Haut seidig glatt noch hat er ein Fell, stattdessen einen Körper aus matten Schuppen, was ihn steif und gefasst wirken lassen muss. Viel mehr weiß er selbst nicht von sich. Als Clara das erste Mal bei ihm war, blieb sie, anders als die anderen, lange vor ihm stehen. Er hat zuerst ein bisschen erstaunt zurückgesehen, dann ist er ärgerlich geworden, aber schließlich hat er sich gefreut und mit einem Auge ihre Gestalt abgesucht wie nach etwas, wonach er schnappen, oder etwas, das er sich angeln sollte. Heute betrachtet er Clara jeden Tag sehr genau, wenn sie vor seinem Glaskäfig auf ihrem Sitzsack sitzt und ihre Zeit mit ihm verbringt. In den Stirnfransen über den grauen Augen des Mädchens spielt hin und wieder ein Luftzug, der von einer sich öffnenden Tür oder der Klimaanlage herrühren muss, und dann verfangen sich in ihren Haaren auch seine Gedanken, die ein wenig beschwerend wirken, und er fragt sich, ob Clara das merkt. Darunter das helle sandfarbene Gesicht. Die zarte Haut um Augen und Mund wie weißer Quarzstein. Er weiß die Farben gut zu vergleichen, denn unter seinem Ast liegt ein Gesteinsbrocken von dieser Art, schon überzogen von grünbraunen Flechten, Claras Gesicht hingegen ist jung und gar nicht steinern. Sie klopft niemals gegen die Scheibe oder schreit mit ihm. Zum Abschied legt sie manchmal die Handfläche aufs Glas. Er erwidert den Gruß mit einer langsamen Bewegung seines Kopfes. Und obwohl er sich so nach draußen sehnt und der Farn ihm zunehmend unheimlich wird – diesen Ort zu verlassen, würde er sich nur auf Claras Handfläche trauen, denn dass er sich nicht verwandeln kann, nie dicke, lange Beine und einen schweren Körper haben wird, geschaffen für das Zurücklegen großer Distanzen, ist ihm klar in dem Moment, da er auch den Blick seines zweiten Auges abends wieder in das Grün der Farne vertieft. Am nächsten Vormittag wird wieder die Putzkolonne kommen und den Abdruck von Claras Hand im Unverstand von dem Glas wischen in der groben Manier des Alltags, alles wieder blank polieren. Dabei ist es eine Trübung für ihn, wenn die Spur der Berührung des Morgens verschwunden ist. Immer aufs Neue. Kein Wind um ihn herum, kein Rascheln, nur das Quaken der Frösche in der Nacht, das ihn umgibt, aber davor noch immer dämpfend die gläserne Wand, sodass man sich taub vorkommen muss und unerreicht.

Seit er etwas hat, worauf es sich zu warten lohnt, wartet er. Dabei verbringt er keinen Tag anders als alle davor gewesenen, sitzt still auf seinem Lieblingsast, wankt ein bisschen vor und zurück. Mit einem Auge kontrolliert er die Farne, mit dem anderen nimmt er die Menschen wahr, die sich an seinem Glas vorbeidrängen weiter zu den Krokodilen, die schon allein aufgrund der Größe ihres Gebisses beeindruckend sind. Er sitzt auf seinem Ast und denkt an die Hand, die ihn einst zwischen die Farne gesetzt hat, so als täte sie ihm etwas Gutes. Dessen, was vorher war, kann er sich nicht recht entsinnen, diese abhandengekommene Zeit im Gedächtnis hat aber nichts Schmerzliches gebildet, vielleicht ist es wirklich eine Zeit gewesen, aus der man ihn hat retten müssen, wie die Hand es weismachen wollte. Seither hat er nichts zu befürchten, leidet weder Hunger noch Durst, er spricht nicht, er träumt nicht, weder schläft er noch ist er je richtig wach. Das langsame Erwachen hat erst mit Clara begonnen, die ihn aufgeweckt hat, als er sich schon alt vorgekommen ist, und sich um ihn sorgt, als sei er ein kleines Kind oder noch viel älter, als er selbst von sich denkt. Er sieht es in ihren Augen. Und nur zu gern würde er noch einmal spüren, wie sich menschliche Haut anfühlt. Die Hand aber, mit der alles begonnen hat, ist in seiner Vorstellung nichts Menschliches mehr. Ein Versteck unter Claras Haaren würde er schnell gefunden haben und sich so hinaustragen lassen von dem Mädchen in ihre Bergwälder auf den Bildern, die sie ihm manchmal zeigt, als wisse sie genau, wohin er gehöre, um sich dort in den Baumschatten zu ducken und mit den Blumen zu sprechen, sodass sie ihm ihre Farben überließen. Die Farne aber lassen die Geheimnisse nicht los, sie haben ganz plötzlich aufgehört, sich vollends auszurollen, und halten still, jetzt sind sie ausgewachsen.

Es ist eine Abschirmung durch alle Zeiten hindurch. Draußen vor den Türen wird es kälter, aber er spürt es nicht, es beginnt nach toten Blättern und herbstnassen Tierfellen zu riechen, aber er kann die Gerüche nicht wahrnehmen. Draußen vor dem Glas weint eine Frau und vergräbt ihre Hände in ihren Augen, bis sie blind ist, aber er kann es nicht fühlen. Clara ist tagelang nicht da gewesen und er ist taub geworden und stumpf. Wie viele Wochen oder Monate es gewesen sind, in denen sie täglich gekommen ist, weiß er nicht. Es ist so verführerisch, sich auf etwas Schönes zu verlassen. Beim ersten Mal, dass sie einander gesehen haben, hat Clara ihre Nase ans Glas gedrückt und ihn keine Sekunde lang zwischen den Farnen suchen müssen, hat ihn sofort entdeckt, so schlecht getarnt ist er für sie, und das obwohl die meisten Menschen an seinen Scheiben vorbeigehen mit einem flüchtigen Blick, der ihn immer verfehlt und selbst zu etwas Fehlerhaften macht. Clara kam stets nah wie niemand sonst mit dem Kopf an die Scheibe heran, dass er sie hören konnte, wenn sie ihm etwas sagte, jedes Mal. Auf seinem Ast sitzend hat er sie nicht aus dem Auge gelassen, die fast transparente Haut um den Mund erforscht, auch ihre Hände betrachtet und versucht, sie mit der großen Hand aus seiner Erinnerung zu vergleichen, mit der für ihn alles angefangen hat. Diese Hände von Clara sind viel kleiner und weicher als alles innerhalb seines Glaskäfigs, das konnte er daran bemerken, wie sie sich verformten, wenn sie sie gegen die Glasscheibe drückte zum Abschied, wie weich sie eigentlich sein müssen. Clara hat angefangen mit ihm zu sprechen, als redete sie zu einem Wesen aus urwaldigen Tiefen, wo überall, wo man hinsieht, nur Wald die

Augen begrünt und unzählige fremde Gewächse den eigenen Körper beengen und festzuwachsen droht, wer sich nicht auch im Schlaf zumindest ein bisschen bewegt. Tote sind dort so schnell verschwunden wie nirgendwo sonst, er ist sich sicher, die Bilder in ihren Büchern haben ihm diese Welt gezeigt. Clara scheint aber genau zu wissen, wo er eigentlich leben müsste. Immer, immer muss er daran denken. Die Idee nimmt ihn völlig in Besitz, er muss dorthin gelangen. Jetzt sofort muss er aufbrechen und sich einen neuen Ort suchen, wie Clara ihn beschrieben hat. Aber wo ist Clara heute?

Sie ist an diesem Tag nicht da gewesen und auch am folgenden nicht. Irgendwann kommt sie nur noch selten und wenn, dann nicht mit der Großmutter, sondern in Begleitung ihrer Mutter, die ihre Tochter nicht allein lässt und dauernd den Mund offen hat und zischt, schlangengleich. Sie streicht ihr immerzu über die Schultern, als wäre die Zuneigung zum Kind ein innerer Zwang, und sie hält Clara zurück, wenn sie zum Abschied die Hand nach ihrem Freund ausstrecken möchte. Clara sieht nur betrübt durch die Glasscheibe in den tropisch-künstlichen Lebensraum hinein, wo die Blätter und Äste wie von aufgepinselten fremden Tränen glänzen. Von dort, aus diesem Geheimnis heraus, betrachtet ihr stiller Bewunderer mit einem Auge ihr Gesicht, das andere hält er an diesem Nachmittag im Februar geschlossen. Die blonden Stirnfransen werden von dünnen Spangen links und rechts aus Claras Gesicht gehalten, was sie erwachsener wirken lässt, als er sie je gesehen hat, und ein bisschen fremd, dabei altern die Menschen viel langsamer als er selbst und er erschreckt manchmal, wenn er sein Spiegelbild in der schwarzen Pupille eines Gaffers erahnen kann. Er sollte es ihr vielleicht sagen, dass er wahrscheinlich schon sehr alt ist und lange vor ihr gehen wird. Als die Mutter der Tochter den Rücken kehrt, um zu telefonieren, drückt diese schnell die Handfläche auf die Scheibe und bewegt ihre Lippen. Sie spricht so leise, dass er kaum hören, geschweige denn verstehen kann, was sie sagt. Zum ersten Mal ist ihre Stimme so brüchig, dass das Glas sie fast verschluckt. In dem Moment spürt er ein Kribbeln in seinem Körper und ausgehend von seiner Brust beginnt seine Haut sich aufzuhellen. Die einzelnen Schuppen verblassen hin zu der Farbe eines Sandstrands aus zerriebenen Herzensanliegen. Quarzsand. Vom Rückenkamm zum Bauch ist das helle Ocker unterbrochen durch weiße Streifen und rund um die Augen und auf dem Helm sind ein paar bläulich anmutende Hautpartien zu sehen. Er hat sich in dem Moment für sie verwandelt, sich ihr ein bisschen ähnlicher gemacht. Clara starrt mit offenem Mund durch das Glas zu seinem Ast hinauf, wo er sitzt und lächelt. Dann verlassen Mutter und Tochter den Zoo. Draußen tobt ein Sturm in der Welt und er kann trotz der Spangen noch die wild wehenden Haare von Clara erkennen, ehe sich die Tür des Reptilienhauses wieder schließt. Er behält seine neue Farbe und vermisst das Mädchen und den Wind, den er noch nie auf den Schuppen gespürt hat. Clara kommt nicht wieder, sie ist gegangen und er ist noch hier. »Geh nicht weg!«, hat sie geflüstert an diesem Tag, seine Blume. Wie kann sie so grausam sein? Oder hat sie sagen wollen, sie würde wiederkommen, er müsse nur ein bisschen noch warten? Würden sie gemeinsam gehen? Doch wie kann er noch länger warten.

Nachdem die Zoowärter seine Verwandlung bemerkt haben, werden sie unruhig, ersetzen die Farne durch einen [illegible], dimmen das Licht und geben ihm andere Insekten zu fressen, doch das Chamäleon hat seine Farbe nur dieses eine Mal im Leben geändert und bleibt ein buntes Rätsel.

Eierschalenworte

»Mit einem roten und einem grünen Ei? Ist das alles?«, fragt die Verkäuferin. Die alte Dame vor der Vitrine mit dem Süßgebäck lässt ihre ausgestreckte Hand wie zur Bestätigung sinken, doch wirklich sicher scheint sie nicht. Ich weiß nicht, wie dieses Gebäck heißt, das sie bestellt hat, Briochestriezel mit zusammengezogenen Enden, in der Mitte ein buntes Ei als Auge. Hinter der Theke wird das Süßgebäck in Papier gewickelt. Könnte man meine Gedanken hören, wäre es ein sehr ähnliches Rascheln. Die Frau nimmt das leichte Päckchen entgegen, dreht sich um und lässt den Blick noch einmal über die Tische schweifen. Fast scheint es, als hätte sie etwas vergessen – und fast fühle ich mich von ihrer Verwirrung angesteckt, doch einen Augenblick, bevor jemand den Beschluss fasst, aufzustehen und sie zu fragen, ob man ihr weiterhelfen könne, lässt sie das Päckchen mit der soeben gekauften Brioche in ihre Tasche gleiten und verschwindet, nur ein Glockenspiel klingelt über der Tür, als sie die Konditorei verlässt. Ich stelle mir vor, wie sie am späten Nachmittag zu Hause das Päckchen öffnet. In einer dunklen Wohnung, wenn wieder dieses Rascheln zu hören ist. Mit den Fingern bricht sie die Schlaufen des Striezels entzwei und steckt den Teig in kleinen Stücken in den Mund. Sie schmatzt. Du hast dieses Geräusch nicht ausstehen können. Was kann ich über dich erzählen und was wäre schon zu viel? Wieviel gibt man preis nach dem Ende? Eines anderen.

Vor mir auf dem Kaffeehaustischchen liegt noch immer derselbe Zettel, in der rechten oberen Ecke ein Teefleck am Papier, der sich eingeschlichen hat. Ich bestelle einen Holundersaft und sehe dich mit den Kübeln voll Blüten vor mir stehen. Die Leiter liegt im nassen Gras wie umgefallen hinter dir. Ich habe gar nicht gewusst, wie viele Holunderstauden in der Böschung wachsen, du hast sie gefunden und gleich etwas daraus gemacht – so war es deine Art. Das kann ich vielleicht aufschreiben. Ich bin mir immer spießig vorgekommen im Vergleich. Meiner Arbeit in der Tierhandlung wurde ich überdrüssig und flüchtete mich gleichzeitig dorthin, weil ich ein bisschen Angst vor dir hatte, also davor, was du dir womöglich gerade ausdachtest, was du wolltest und von heute auf morgen plötzlich in der Lage warst zu tun. In der Mittagspause, wenn die Kollegen gemeinsam gegessen haben, habe ich mich hinter die Paradiesfische gesetzt und nachgedacht. Ich mache das immer noch. Das Wasser war dein Element. Vielleicht ist es das, worüber man sprechen sollte.

Ich habe dir beim Schwimmen zugeschaut und ich glaube, du hast das gemocht, bist stolz gewesen auf deine starken Züge und darauf, dass du einen längeren Atem gehabt hast als ich. Kaltes Wasser machte dir kaum etwas aus und selbst konntest du nicht sehen, wie deine Lippen sich blau verfärbten – ich sagte nie ein Wort darüber. Ich habe dir den Schwimmteich ausgehoben. Im Garten. Eigentlich war es deine Idee und ich war dagegen, immer gedrängt in die Rolle des Zweiflers, weil ich älter war, weil mir dieses Haus und der Garten gehörten. Obwohl wir so lange zusammen waren, unterschieden wir bei vielem sehr strikt zwischen Mein und Dein, nicht willentlich, oder weil wir so materiell waren, sondern unabsichtlich schlich es sich in unsere Sprache ein: *Dein Garten ist doch groß genug und kaum genutzt!* Und aus schlechtem Gewissen, weil ich wusste, dass du recht hattest und ich das Schmollen nicht ertragen konnte, fingen wir an zu graben. Aber es blieb wohl eine oberflächliche Wunde im Boden.

Mein Blick fällt auf den leeren Stuhl mir gegenüber und ich bin sicher, du hättest ihn neben mich gezogen, die Konstellation verändert, bevor du Platz genommen hättest. In diesem Moment kommt eine junge Frau auf mich zu, sie trägt ein sommerliches Kleid. »Ist der noch frei?«, fragt sie und ehe ich ihr zunicke, ehe ich mich entscheiden kann, ob ihre Stimme deiner zufällig ähnlich ist, nimmt sie den Stuhl und setzt sich damit an die drei zusammengeschobenen Tische ein paar Schritte weiter an der Wand. Dort feiert ein alter Herr seinen Geburtstag. Es ist leicht mitzuhören. Mittig auf der Längsseite sitzt er auf der Bank, trägt eine Weste mit ein paar Flecken und hält den Blick auf ein Honigglas gerichtet, das eine rote Schleife als Geschenk ausweist. Mit dem Löffel rührt er ununterbrochen in einer Tasse Tee, ich beobachte, wie er über Earl Grey spricht und weiter auf den Honig starrt, den er wahrscheinlich gar nicht will. Die Verwandten rings um ihn lächeln ihm zu, halb beipflichtend, halb mitleidig und immer mit einem Blick auf die Zeit. Man will ja nicht zu viel davon verschwenden.

An dem Hals meines Vaters habe ich einst eine dunkle Ader entdeckt, die mir vorher nie aufgefallen ist. Vielleicht war sie mit dem Zorn gekommen oder einfach mit dem Alter. Damals, als er mich im Garten fand, wie ich unter Aufgebot all meiner Kräfte den lehmigen Boden aufgrub und mir mit jedem Spatenstich meiner Hilflosigkeit bewusster wurde. Ich hatte angenommen, einen Teich auszuheben, wäre in wenigen Nachmittagen zu schaffen. Mein Vater stand einen Moment wie versteinert im Gras, als er mich sah. Ich hatte ihn schon bemerkt, wartete aber darauf, dass er etwas sagte, denn er sprach meistens zuerst – eines dieser stillen Übereinkommen zwischen uns. Und obwohl ich mit Beschimpfungen gerechnet hatte, war ich nicht auf diesen Wutausbruch gefasst. Niemals hätte er mir dieses Haus überschrieben, wenn er auch nur geahnt hätte, was ich damit anstellen würde. Ob ich so dann auch mit seinem Grab umgehen würde! Ich hatte seine Schimpftirade lange über mich ergehen lassen, und erst als ich dich in der Terrassentür stehen sah, ließ ich den Spaten demonstrativ langsam aus meiner Hand gleiten und stellte mich direkt vor meinen Vater, der jetzt auch über dich herzog. »Ich lasse mir nicht den Mund von dir verbieten!«, rief er noch, ehe er mir endlich den Rücken kehrte. Dabei hatte ich gar nichts gesagt. Zwischen uns besteht eine sehr körperliche Beziehung, die Stärke wird bemessen an der Muskelkraft. Es bleibt einem nichts anderes übrig, wenn man innerlich schwächlich ist. Darum konnte ich dich im Anschluss auch kaum trösten, dir die Schuldgefühle nehmen. Du wolltest keinen Teich mehr, »bitte nicht«, sagtest du. Und plötzlich war es zu meinem persönlichen Projekt geworden, dieser Schwimmteich. Wahrscheinlich wollte ich meinem Vater beweisen, wer der Stärkere war – wahrscheinlich wollte ich es mir selbst beweisen. Als ein paar Tage später der Bagger anrückte, den ich geordert hatte und der ein kleines Vermögen kostete, wolltest du gar nicht hinsehen. Dauernd stelltest du mich vor neue Herausforderungen. Und jetzt tust du es wieder.

Vor wem werde ich eigentlich sprechen? Wieso habe ich mich so aufgedrängt? Deine Familie kenne ich nur oberflächlich, aber deine Schwester hast du mir gleich vorgestellt, nachdem wir zusammengekommen sind, es war dir wichtig. Auf deine Eltern traf ich viel später. Dass sie nichts von mir halten, war mir sofort bewusst, obwohl sie Schauspieler waren, es noch immer sind, nicht nur sprichwörtlich, sondern am Theater, aber sie machten keinen Hehl aus ihren Gedanken über mich. Ich bin wohl zu normal für sie, und davor habe ich insgeheim Angst gehabt. Darüber dachte ich nach, wenn ich in der Mittagspause hinter den Fischen saß und mich über mein liebloses Pausenbrot ärgerte, das ich mir selbst zubereitet hatte. Ich wollte immer, was ich nicht konnte, aber lernte es nie. Faulheit und Bequemlichkeit waren etwas ganz Normales.

Deine Arbeit war mir nicht ganz klar. Manchmal spieltest du eine Rolle in irgendeinem Theater, gabst Gesangsunterricht und weigertest dich partout, mir zu Hause und abseits der Bühne etwas vorzusingen. Du hättest dir die Stimmbänder in Wahrheit schon vor Jahren ruiniert. Als wir uns kennenlernten, hielt ich dich für eine Profischwimmerin und täuschte mich das erste Mal in dir. Das Schwimmen war deine freie Zeit, also Zeit zum Freisein eigentlich. Sahst aus wie ein Meerestier. Dass es das auch unter Menschen gibt, hat mich fasziniert und tut es noch immer. Ich schreibe ein Wort auf den Zettel vor mir am Kaffeehaustisch und einen Augenblick gefällt es mir, dieses Wort, und trotzdem kann ich das unmöglich in einer Rede verwenden, wie käme es dazu. Was müsste ich vorher sagen und wie müsste ich es fortsetzen, damit es hält, was es für mich bedeutet? Dieser Gedanke überhaupt, so etwas Dummes.

Plötzlich fällt mir auf, dass der alte Mann auf der Bank inmitten der Geburtstagsgesellschaft verschwunden ist. Wo er eben noch gesessen ist, sind die Tische ein Stück auseinandergerückt. Wahrscheinlich zum leichteren Aufstehen, zum Ausbrechen. Die Leute unterhalten sich nun viel angeregter, bis er nach wenigen Minuten wiederkommt. Sie sprechen nicht so laut und mit weniger Gewicht, weil alle noch gut hören. Mit einem Arm stützt der Herr in der schmutzigen Weste sich auf eine Frau. Trotz der roten Bluse ist sie unscheinbar und mir bis jetzt noch gar nicht aufgefallen, wahrscheinlich seine Tochter, obwohl die Verwandtschaft von den Körpern nicht abzulesen ist, doch sie nimmt gerade nur so viel Raum ein, wie er noch zulässt in seiner Präsenz. Man nimmt sich gegenseitig Dinge weg, auch wenn man einander liebt und ich hoffe nur, ich habe dich nicht zu stark bedrängt, zumal du eines Nachmittags einfach verschwunden bist.

Ich kam nach Hause und fand die Tür abgeschlossen, du warst nicht da. Im eben fertiggestellten Schwimmteich nur die Wasserläufer, die über die Oberfläche huschten. Sie waren mir unheimlich. Als hätten sie darauf gewartet, als hätten sie es vor mir gewusst, dass an diesem Fleck Erde ein Teich entstehen würde. »Sie sieht ihn aus der Luft«, hat mein Vater heute zu mir gesagt zum Trost und nicht die Wasserläufer gemeint, die tatsächlich fliegen können, was ich nicht gewusst habe, sondern *dich*. Vielleicht war es eine Entschuldigung. Ich schreibe den Satz auf das Papier. Eigentlich dachte ich an jenem Nachmittag, dass du mich für immer verlassen hättest, doch diese Endgültigkeit kam erst jetzt, Jahreszeiten später und seltsam unerwartet. Zuerst redete ich mir ein, du wärst nur einkaufen gegangen oder spazieren und bliebst nicht lange weg. Du mochtest den Spätsommerwald und ich wollte nicht stören, darum rief ich nicht an. Als du am Abend noch immer nicht da warst, wurde ich wütend. Wahrscheinlich hattest du einen Auftritt oder eine Probe und mir nichts gesagt, absichtlich. Weil ich davon nichts verstand. Deine Schwester holte dich manchmal ab, denn du hattest kein Auto. Vielleicht spielte dieser Alfonso oder Alfredo, wie immer er hieß, deinen Liebhaber, womöglich sogar im echten Leben, weil ich dir nicht genügte. War ich also doch zu normal und deine Schauspielereltern hatten recht? Was spieltest du mir vor? Aufgebracht und verletzt legte ich mich in die Badewanne, in *meine* Badewanne. Als du ein paar Wochen später plötzlich vor der Haustür standst, starrte ich in dein Gesicht. Ich hatte mich gehenlassen, wollte nichts ohne dich, aber schließlich warst du es gewesen, die ihre Sachen gepackt und mich hatte stehen lassen. Dass an deinem Körper etwas anders war, bemerkte ich erst, als du den Pullover hochzogst und eine Brust fehlte. Du hattest einen Krebs verheimlicht. Wir haben beide irgendetwas gestammelt und uns entschuldigt – wir hätten uns doch alles sagen können, bestimmt. Und wir vermieden es, einander die Frage zu stellen: *Warum hast du nicht angerufen?* Ich habe mehr von meinem Vater geerbt, als ich mir einrede.

Seit diesem Tag bist du fast immer zu Hause gewesen, auf deinem Schaukelstuhl oder draußen auf dem Terrassenboden bist du gesessen mit Büchern rings um dich. Ich fand es schön, dass du da warst, wenn ich heimkam, so verlässlich war plötzlich alles. Aber du hattest diesen Wasserglanz verloren. Und natürlich waren wir viel beschwerter, doch mit einem Mal vertrauten wir einander. Erinnerungen an die

Strahlentherapie – ein trügerisch schönes Wort – und die Chemo. Das Schwimmen machte dir keinen Spaß mehr, du warst immerzu erschöpft. Plötzlich die Angst vor dem Untergehen in uns beiden und du bliebst an Land. Du spieltest keine fremden Rollen mehr und ich erkannte dich kaum noch. Warst du am Ende auch gar keine Schwimmerin?

Ich halte das leere Glas fest umschlossen. Der Holundersaft ist längst ausgetrunken, ich sollte noch etwas bestellen, aber der Ober ist nicht in Sicht im Kaffeehauswirrwarr rings um mich. Der alte Mann inmitten der lächelnden Gesellschaft lächelt nicht, er rührt noch immer in seiner Tasse, obwohl sie längst leer sein muss. Jetzt erkenne ich erst, dass er die gesamte Zeit über wartet. Einfach wartet. Und langsam wird er ungeduldig, aber niemand scheint es zu bemerken. Wenn er so aufbrausend ist wie mein Vater, möchte ich nicht hier sein, wenn er die Geduld verliert. Ob die Leute, die mit ihm feiern, seine Anspannung spüren? Was geht mich das schon an? Auch die Fische in der Tierhandlung gehen mich nichts an, doch niemand würde etwas sagen, denn es ist nichts dabei, die Geheimnisse von Fischen ans Licht zu kehren.

Mittlerweile leben im Gartenteich Molche und Libellen. Sogar einen Laubfrosch habe ich vor einigen Tagen im Haselnussstrauch aufgestöbert, ein paar Meter vom Ufer entfernt. In Panik ist das Tier geflüchtet, so schnell ins dunkle Wasser eingetaucht, wie es konnte. Ich habe dir davon erzählt, nicht wahr? Ich würde mir wünschen, dass du im Teich noch lebst, wo du Kreise ziehen würdest und ich dich beobachten könnte und du wieder so stolz wärst auf deine Anmut, ohne je selbst ein Wort darüber zu verlieren. Ich könnte ein Märchen schreiben, aber das wäre kindisch und in Wahrheit habe ich nicht einmal eine Ahnung, was so eine Geschichte ausmacht. Ein Blick auf den weißen Zettel. *Das Teichgeheimnis* oder *Tauchgeheimnis*. Ich will das aufschreiben, als ich überdeutlich die Blicke des Obers auf mir spüre, und schuldbewusst winke ich ihn herbei, bestelle noch einen Kaffee und zahle gleich. Als er wiederkommt, lege ich schnell eine Hand über den Zettel, er soll nicht denken, ich sei wirklich hier, um zu schreiben. »Kein Glas Wasser?«, frage ich und werde mit einem abschätzigen Blick gestraft. Ich fühle Wut in mir hochsteigen, aber starre hinunter aufs Papier, das mich beschämt.

Ob die alte Frau, die vor gut einer Stunde an der Theke die Striezel gekauft und daraufhin das Kaffeehaus verlassen hat, nun tatsächlich schon die Brioche gegessen hat? In meiner Vorstellung spule ich die Szene in der dunklen Wohnung noch einmal zurück. Die alte Dame raschelt mit dem Papier und zieht zuerst das rote Ei aus dem Teigring. Mit einem Teelöffel klopft sie gegen die Schale, die unversehens bricht. Ein wenig zittern die Hände, den Kopf beugt sie zur Tischplatte hinunter. Die Schalen bleiben auf den Fingern kleben, ein paar davon isst sie mit, weil sie nicht mehr so gut sieht. Ich male mir dieses Gefühl aus – zwischen den Zähnen die Schalen zu zerreiben.

Auf einmal hätte ich gern noch einen Holundersaft, um alles hinunterzuspülen, was mir in der Kehle steckt – nicht den gekauften, sondern den selbstgemachten. Ich dachte, von dem Sirup sei längst nichts mehr übrig, aber gestern fand ich im Keller noch eine Flasche mit deiner Handschrift. Das Wort *Holler*. Wahrscheinlich hast du sie dorthin gestellt, damit ich nicht alles sofort verbrauche. Du hast etwas gefunden und daraus etwas gemacht – ja, ich weiß noch, dass ich euphorisch zu dir gesagt habe, dass du das jedes Jahr machen musst, die Blüten einlegen. Musst. Vielleicht schaffe ich es allein, vielleicht auch den Rest, also alle Tage, an denen der Holunder nicht blüht und ich allein bin. In Wahrheit bin ich nicht hierhergekommen, um zu schreiben, sondern um nicht allein sein zu müssen in diesem Haus und dem Garten, die jetzt wieder wirklich nur mir gehören. Aber da ist noch *dein* Teich.

Den weißen Zettel falte ich sorgfältig zusammen und stecke ihn in die Jackentasche, daneben klemme ich den Füller an dem Stoff fest. Nur diese splittrigen Worte stehen auf dem Papier: *Freischwimmer* und *Sie sieht ihn aus der Luft*. Ich lege noch ein paar Münzen auf den Tisch, ehe ich mich zum Gehen erhebe. Da schlägt das Glockenspiel über der Tür an. Ganz leise, aber so hell, dass man es bemerken muss. Ich werde Fische in den Teich geben, sage ich mir gerade, als ich die alte Frau wiedererkenne, die vor ein paar Stunden die Striezel gekauft hat. Sie ist zurückgekommen und wirkt in der Verwirrung entschlossener als zuvor. Hat sie etwas vergessen oder den Treffpunkt verwechselt oder kommt sie absichtlich erst jetzt, viel zu spät zur Geburtstagsjause? Vor den zusammengeschobenen Tischen, wo die Leute einander zulächeln und ihre Gabeln im Kuchen versenken, bleibt sie stehen und schaut erstaunt in die Runde. »Ja, wo seid ihr denn gewesen?« Sie sagt noch mehr, ja, hört gar nicht auf zu reden, aber tut es sehr leise. Ich glaube, die anderen versuchen gar nicht, Antworten auf ihre Fragen zu finden. Man legt ihr einen Arm um die Taille, holt noch einen Sessel herbei – den, auf dem ich eben noch saß – und lässt sie gegenüber dem alten Herrn Platz nehmen, der seinen Blick nun endlich hebt. Die Verwirrung der Dazugestoßenen ärgert ihn sichtlich und es scheint, als würde er gleich rufen *Immer dasselbe*, angewidert aufstehen und gehen. Er ist ja selbst nicht so konfus und wird es nie sein! Doch die Frau holt aus ihrer Tasche die zwei runden Striezel mit dem roten und dem grünen Ei hervor und er bleibt sitzen. Er lächelt nicht, aber ich sehe, dass es sein Lieblingsgebäck ist. Er möchte, dass man seine Wünsche erfüllt, ohne dass er sie formulieren muss, und weiß doch nicht, wie viel verlangt das ist. Darum bleibt er sitzen und nimmt das grüne Ei in die Hand, fast zärtlich. Wer weiß, wie lange er gewartet hat.

Das Palmenhaus

Während der langen Zugfahrt senkt die Palme ihre Blätter immer tiefer. Die hat er von Gilda als Abschiedsgeschenk bekommen – eigentlich nur, weil er die abgeschnittenen Palmtriebe in einem Kübel entdeckte, wo sie im Wasser schon neue Wurzeln schlugen, lauter weiße Fäden. Thorsten streicht ein langes Blatt entlang, denkt an die letzten Terrassentage in Italien zurück, terrakottafarben der Boden, die Pflanztöpfe, in der Erinnerung sogar die Haut, obwohl davon jetzt nichts mehr zu sehen ist, wenn er seinen Unterarm betrachtet.

Dass man einander so schnell satthaben kann, will er nicht wahrhaben, aber er spürt deutlich, dass er froh ist, wieder auf dem Weg, wieder weg zu sein, vermisst er doch die Vertrautheit des Alleinseins. Er ist ein Mensch für Fernbeziehungen – was weit entfernt passiert, wenn sich in großer Entfernung ein Mädchen bückt, die Vögel sich irgendwo im undurchsichtigen Himmel verflüchtigen, hat das für ihn etwas sehr Reizvolles. Er hat Gilda nun zum ersten Mal in ihrem Elternhaus besucht, wo sie mit ihrem Vater und zwei orangen Katzen, einem alten Geschwisterpärchen, lebt. Nachdem er seine Frau verlassen habe, erzählte der frisch ergraute Vater Thorsten gleich am ersten Nachmittag seines Aufenthalts stolz, habe auch die Tochter keinen Kontakt mehr zur Mutter gehabt. Der Kater mit den kurzen Ohren schaute währenddessen einem Schmetterling nach und alle schienen es ihm gleichtun zu wollen, doch in so konzentrierter und ehrlicher Weise brachten sie es nicht zustande, weil sie sich damit nur ablenken wollten.

»Du interessiert dich gar nicht für mich«, hat Gilda Thorsten am dritten Tag vorgeworfen, weil er nachts im Bett nicht reden wollte in der Dunkelheit und der Berührung, sondern trotz der drückenden Schwüle nur einzuschlafen versuchte. Sie formuliert stets drastisch und dramatisch und legt so viel Nachdruck in jeden Satz, den sie spricht, als müsse sie jemanden davon überzeugen, dabei glaubt doch jeder nur, was er will, ungeachtet aller Versprechungen oder Wettervorhersagen. In dem kleinen Fertigteilhaus aber schienen die Wände ihre Stimme auch noch von allen Seiten zu reflektieren. Schließlich ist Gilda es gewesen, die zuerst in den Schlaf sank in dieser Nacht.

Als sie zusammen ihren Hausberg bestiegen – die Ortsansässigen bezeichneten ihn so, obwohl er einige Kilometer weit weg lag –, blieb Gilda gut zehn Schritte hinter Thorsten zurück. Einmal bekam sie etwas in den Schuh und als er sich umdrehte, konnte er sie gar nicht mehr sehen, nur die Alpenrosen und das Heidekraut. Er unterdrückte den Wunsch, sich mitten auf den Boden dazwischen zu legen und schaute weiter in die Ferne, aus der auch Gilda ein paar Minuten später wieder auftauchte. Das Eis, das sie sich nachher in der Stadt kauften, schmeckte gar nicht wie gutes italienisches Gelato und sogar ein Supermarkteis hätte Thorsten lieber gegessen, darum steckte er das Stanitzel in den nächsten Mülleimer. Dass Gilda es womöglich gern noch gegessen hätte, hatte er nicht bedacht. Sie schmeckte dann aber selbst beim letzten Rest ihres Zitroneneises, was er mit *unecht, farblos* gemeint hatte.

Der Zug hält jetzt im Bahnhof Brennero und viele Leute steigen zu. Unversehens versucht jemand, sich neben Thorsten zu setzen, und er muss die Palme umständlich zwischen seine Knie klemmen, die Blätter nach oben biegen, damit sie nicht abknicken. Der schwitzende Sitznachbar streift beim Umblättern eines großformatigen Buches jedes Mal Thorstens Oberschenkel. Warum nicht gleich ein Begrüßungskuss für jede neue Seite? Immer dieses Zunahekommen. Auch mit Gilda. Hinter der Haut jeder allein, ein Trugbild, dieses Umschlingen, das Festzusammenhalten, nur starker Wind über dem Meer, ab und zu Gischt, wo man sich oberflächlich ineinander mischt. Am liebsten mag der Heimreisende die weiten Landschaften, einen geraden, langsam verblassenden Horizont, eine unbestimmte Grenze zu dem, was nicht mehr schwerfällige Erde ist.

Gildas Vater mit den aschgrauen Haaren und dem Schnauzer hat eines Abends seine Hand eben dorthin auf Thorstens linkes Bein gelegt, als hätte er ihm sagen wollen: *Schon gut, ich sehe, dass du dein Möglichstes tust.* Und der hätte sich verstanden fühlen können, stattdessen war er gekränkt und trotzte mit vorgeschobener Unterlippe dem heraufziehenden Gewitter, das sich mit Westwindböen und Grollen bemerkbar machte. Seitdem gab Thorsten sich keine Mühe mehr, Gildas Vater zu gefallen, der vermutlich selbst seine Frau verlassen hatte, weil er einsehen musste, dass sein Möglichstes für sie nicht ausreichend war, und derjenige, der ein Ende setzt, stärker ist als jener, der überrumpelt wird. Der Vater wankte nach drinnen, Thorsten blieb noch eine ganze Weile draußen und äffte diese wohlwollende Handbewegung nach. Armes Waisenkind, bleibst immer allein. Sie hat es ihm sicher erzählt, denn ansehen kann man es ihm nicht, das hat man vielleicht früher gekonnt, aber jetzt nicht mehr.

»Einmal möchte ich nach Sardinien fahren.« Gilda hat ihm am Strand diesen Satz ins Haar gestreichelt. »Früher dachte ich, von dort stammen alle Sardinen. Meine Mutter hat dazu immer Weißbrot und groß geschnittene Gurkenstücke serviert.« Thorsten hat sich das gut vorstellen können, auch den Geschmack und Gilda als kleines Kind mit einem fleischigen Gesicht und weichen Händen, ölig vom Fisch. Der Schatten des Sonnenschirms wanderte weiter und ihre beiden Unterschenkel lagen bereits in der Sonne. »Wieso hast du den Kontakt zu ihr abgebrochen?«, fragte er und überlegte, wie lange es noch dauern würde, bis ihre Körper zur Gänze in der Sonne lagen. Thorsten wurde bereits unerträglich heiß, Gildas Körper war feucht und noch wärmer als seiner, darum hielt er lieber ein paar Zentimeter Abstand. Doch zu seiner Überraschung drehte sie sich noch ein Stück weiter weg, zupfte mit den Fingern an ihrer Bikinihose, zog die Längsstreifen gerade und ließ die andere Hand in den Sand gleiten. »Du weißt nicht, wie das war. Wir haben uns gegenseitig nur das Leben schwergemacht. Was wir von dem anderen zu fassen bekamen, zogen wir in den Dreck.« Er wartete ein paar Sekunden, ob sie noch etwas sagen würde, und lauschte den quietschenden Kindern im Meer, das sie zu verschlingen drohte. »Aber das wäre jetzt vielleicht ganz anders«, fing er an, doch Gilda unterbrach ihn ein bisschen zu unwirsch: »Du weißt gar nicht, worum es geht.« Den restlichen Tag wechselte er kein echtes Wort mehr mit ihr. Thorsten ist ein konsequenter Entsager, er entsagt dem Weißwein wegen der Säure, Hyazinthen wegen ihrer Aufdringlichkeit und alten

Freunden, weil sie ihm zu anstrengend geworden sind, sie sich immer treffen und mit ihren Reisen, Freundinnen und Philosophenfloskeln angeben wollten. Er ist kein guter Zuhörer, er ist einer, der hinhört, gelegentlich aufmerksam, die Augen geschlossen, wartend, filternd. Seit ein paar Monaten hat er eine neue Telefonnummer, die er nur einem einzigen Freund weitergeleitet hat, der ihm als der unaufdringlichste und geradlinigste erschienen ist. Er hat nicht damit gerechnet, dass ausgerechnet dieser die Nummer an alle anderen seiner Bekannten weitervermitteln würde. Seither hat er auf keinen Anruf und keine Nachricht mehr reagiert. Selbst das Meer hat sich zurückgezogen an diesem Tag am Strand, langsam ist es verebbt. Der war natürlich Einbildung, der Tidenhub im Mittelmeer. Gilda und Thorsten packten ihre Sachen. Der Damensonnenhut blieb unter der Liege, die Krempe zur Hälfte mit Sand bedeckt, doch das bemerkte Gilda erst viel später, da war sie sich nicht mehr sicher, an welchem Ort sie ihn zum letzten Mal getragen hatte, in der Hand oder am Kopf, wohin auch immer. Wenn Gilda Dinge zum ersten Mal tut, dann ist sie sich dessen fast immer bewusst, aber das letzte Mal kommt und geht oft unerkannt vorüber. Mit ihrem an einer Stelle eingerissenen Strohhut auf der gemieteten Liege am Strand ins Meer hören und über ihre Mutter sprechen. Mit diesem Hut ein letztes Mal über den Sand laufen. Ihrem Freund von Sardinien erzählen. Thorsten hingegen ahnte da schon, dass sich – wenn es auch nicht der letzte gemeinsame Nachmittag am Strand gewesen sein mochte – zumindest irgendein Ende vorzeichnete.

So vergingen ein paar Tage. Vormittags fuhren sie mit ihrem kleinen Mazda, den Gilda vor Jahren von ihrem Vater geschenkt bekommen hatte, in der Gegend umher, sie zeigte Thorsten die schönsten Städtchen und Cafés. Orte, an denen die Leute es lieben, draußen zu sitzen und zu trinken, im Sommer jeden Abend in einem anderen Lokal der Stadt zu verbringen, so schien es zumindest dem Neuankömmling. Meist kauften Gilda und Thorsten auf Märkten Gemüse und Fleisch oder Eier für den Abend und wenn sie nach Hause kamen, nahm Gildas Vater ihnen alles ab und bereitete das Essen zu. Ihm gehörte die Küche. »Er will das nicht«, sagte die Tochter am ersten Abend mit einem Deuter in Richtung ihres Vaters und hielt Thorsten davon ab, eine Küchenlade zu öffnen, in der er einen Gemüseschäler vermutete. »Er macht das gern alles selbst. Wirklich.« Gehorsam unternahm Thorsten seitdem keinen Versuch mehr, dem fremden Mann bei der Speisenzubereitung zur Hand zu gehen. Doch einmal nachts, in ebenjener Nacht, da Gilda ihm vorgeworfen hatte, sich gar nicht für sie zu interessieren, plagte Thorsten unsäglicher Durst. Gilda war schon eingeschlafen, als er aufstand und sich durch den Gang tastete. In der Küche brannte noch Licht. Beim Näherkommen bemerkte er den grauhaarigen Mann, der auf dem Stuhl mit dem Rücken zur Tür saß und ihn nicht zu bemerken schien. Thorsten machte einen Schritt zur Seite und beobachtete Gildas Vater vom Gang aus, der fast reglos dasaß, nur hin und wieder eine Seite in einem Buch umblätterte und seinen linken Arm bewegte, als ob er schrieb. Thorsten verweilte ein paar Minuten in gleicher Stille und zog sich dann vorsichtig zurück. Ein sehr leises Geräusch machten nur seine Fußsohlen, die am Laminatboden klebten. Beim Wasserhahn in der Toilette stillte er seinen Durst und benetzte das schwitzende Gesicht.

Der Zug wird langsamer, ein außerplanmäßiger Halt auf offenem Feld. Der Himmel ist bleiern grau und wirkt schwer wie ein totes Tier. Aus der Zugdurchsage ist nicht zu entnehmen, worin das Problem genau besteht, aber offenbar stimmt etwas mit der vor ihnen liegenden Weiche nicht. Auf jeden Fall Verspätung. Die Palme zwischen Thorstens Waden lässt die langen Blätter immer tiefer hängen. Er muss seinen Sitznachbarn bitten, aufzustehen, damit er seinen Rucksack und eine Wasserflasche daraus hervorholen kann. Ein paar Schlucke Granderwasser lässt er in den großen Plastiksack rieseln, in den die Wurzeln der Pflanze gehüllt sind, es ist schon lauwarm geworden, aber genauso verträgt sie es am besten. In der Reihe rechts vor Thorstens Platz erhebt sich plötzlich ein groß gewachsener Mann in dunkelgrauem Anzug, er hat fast die gleiche Farbe wie das große Tier draußen, der Himmel. Beim Aufstehen hört man den Mann schnaufen, obwohl sein Körper schlank und seine Gelenke schmal sind. Thorsten schätzt ihn auf Mitte dreißig und überlegt, um wieviel älter er selbst wohl aussieht. »Ich muss aussteigen«, sagt der Mann zu der Dame, die neben ihm sitzt und nur mit den Schultern zuckt. Die Blicke der Menschen im Waggon, die es seit Stunden leid, weil nicht gewohnt sind, sich mit sich selbst zu beschäftigen, weil sie ausnahmsweise allein reisen, heften sich an den Rücken dieses Mannes, der schnaufend den Gang nach vorn schreitet, wo man erahnen kann, dass er versucht, die Tür nach draußen durch Drücken auf den grünen Knopf zu öffnen. Wie alle ist sie elektronisch verriegelt, soviel ist gewiss. Vielleicht eine Minute vergeht und die Leute schauen aus dem Fenster, oder schließen die Augen wieder, als man erneut seine Stimme vernimmt: »Ich muss aussteigen.« Als plötzlich der Schaffner im Türrahmen zum Waggon steht, hält ihn der Mann im Anzug auf. »Wir sind mitten auf der Strecke, das ist kein planmäßiger Halt. Wohin wollen Sie denn?« Thorsten findet, dass er überraschend höflich reagiert, nicht so, wie er es ihm unterstellt hätte. Der Schaffner macht Anstalten weiterzugehen, doch er wird zurückgehalten, die automatischen Türen zum Passagierbereich schließen sich in dem Moment und Thorsten kann durch das Milchglas nur noch Schemen erkennen und die gesprochenen Worte nicht identifizieren. Als er den Blick senkt, fallen ihm die großen Illustrationen im Buch seines Sitznachbarn auf. Es könnte der Schimmelreiter sein oder irgendeine andere Geschichte von Wasser, Mann und Pferd. Thorsten macht sich nicht die Mühe, ein paar Sätze mitzulesen, aber die Bilder gefallen ihm.

Mittags hat Gildas Vater während Thorstens Aufenthalt Siesta gehalten. In seinem Stuhl saß er auf der Terrasse und zog noch kurz an seiner Pfeife, bevor er einfach das Kinn auf die Brust sinken ließ und ein kleines Mittagsschläfchen hielt. Gewöhnlich war er um diese Tageszeit allein zu Hause, weil seine Tochter mit Thorsten Ausflüge unternahm, doch am Mittwoch war Gilda mit einer Freundin verabredet. Die beiden trafen einander jede Woche immer zur selben Zeit und trotz Besuch wurde keine Ausnahme gemacht. Thorsten hielt es nicht lange neben dem hin und wieder schnarchenden alten Mann aus und verdrückte sich ins Haus. Kurz darauf befand er sich schon auf der Suche nach einer robusten Schere, mit der er die Zimmerpflanzen im Wohnraum von den dürren Blättern zu befreien gedachte. Er legte einfach Wert auf ein gepflegtes Grün. In der Küche öffnete Thorsten eine Besteckladе – das hatte er zumindest angenommen, aber weder Gabel noch Messer oder Schere fand er darin, stattdessen Bücher. Stutzig griff er sich das oberste und schlug die erste Seite auf, es waren Notizbücher, winzige Buchstaben, die sich über das gesamte Blatt schlängelten, ohne Abstand zum Blattrand und fast unleserlich klein, aber schön und schwungvoll mit zarten Verzierungen. Die beschriebenen Büchlein erinnerten ihn an seine Versuche, Russisch zu lernen. Wenn er Sätze in kyrillischer Schreibschrift zu Papier brachte, war er von der Ebenmäßigkeit und Schönheit seiner Buchstaben immerzu fasziniert. Vielleicht hat er sich nur aufgrund dieser Begeisterung einmal einen sündteuren Sprachkurs geleistet. Nach ein paar Wochen ist er dann jedoch nicht mehr in der Schule aufgetaucht, denn die Lehrerin hat sich in den Unterrichtsstunden fast ausschließlich auf das Sprechen konzentriert, mit seiner perfekten Schreibschrift hat er sie nicht beeindrucken können. Briefe sind Worte für die Ferne, er mag sie deshalb sehr.

Thorsten zog noch andere Küchenladen auf und stellte verblüfft fest, dass fast alle mit Büchern, losen Papieren oder Fotoalben gefüllt waren. In einem dieser Alben entdeckte er Fotos von einer Frau, die nur Gildas Mutter sein konnte, weil sie die gleiche Nase und eine zum Verwechseln ähnliche Kinnpartie hatte. Auch ein sehr verwandtes Lächeln. In einem anderen fand er Bilder von einer anderen Frau, die er nicht zuordnen konnte, und von Gilda im Teenageralter. Sie sahen sehr gestellt aus. Hatte Gilda heute glücklich ausgesehen, bevor sie das Haus verließ? Thorsten erinnerte sich nicht und nahm sich vor, darauf zu achten, wenn sie wiederkäme. Doch später vergaß er es. *Sie sollten sagen: Wir verneigen uns vor Ihnen. Was Sie hier geschaffen haben, ist unnachahmlich*, las Thorsten gerade auf einem losen Blatt Papier, als er plötzlich ein Sesselrücken vernahm und schnell alles an Ort und Stelle zurücklegte. Eine Schere hatte er nicht gefunden und die abgestorbenen Blätter hingen sicher noch heute an den Pflanzen. Es hatte ihn die ganzen letzten Tage seines Aufenthalts über gestört. In ruhigen Augenblicken, kurzen Momenten des Schweigens in Gesprächen, fielen ihm die ungepflegten Pflanzen auf und er zog die Oberlippe ein. Thorsten hat immer gedacht, diese blöde Angewohnheit müsse Gilda liebenswert finden, aber Gilda hat sie hässlich gefunden, biss sich aber selbst auf die Lippe, um ja nichts zu sagen. Thorsten hat es nicht bemerkt und hat sich Sorgen gemacht. Tage ohne Regen strichen ins Land und jede Nacht stand er einmal auf und warf einen Blick in den Gang, nur um zu sehen, ob Gildas Vater wieder in der Küche saß und schrieb. Das Licht brannte jedes Mal. Eines Nachts konnte er sogar Selbstgespräche vernehmen, italienische Alltagsfloskeln und Liebesbekundungen in die ewigen Schatten zwischen den Buchseiten geflüstert.

Mit einem Mal wird die Stimme vom Schaffner durchdringend laut, fordert jegliche Aufmerksamkeit ein, er hat zu schreien und zu poltern begonnen. Der Mann im grauen Anzug hingegen ist kaum zu hören, aber offenbar treibt er den Beamten in den Wahnsinn. Die automatische Tür geht auf und gleich wieder zu, keiner der stramm sitzenden Passagiere wagt, die Toilette aufzusuchen, weil sie sich dann an den zwei Streitenden vorbeidrücken müssten. »Wissen Sie was?«, ruft der Schaffner in dem Moment und plötzlich ist Ruhe eingekehrt. Der Zug steht noch immer. Die Leute im Abteil werfen einander fragende Blicke zu. Als Thorsten sich links zum Fenster wendet, sieht er ihn plötzlich und muss unwillkürlich lächeln. Der Mann im grauen Anzug geht dort aufrechten Schrittes quer über das Luzernenfeld, ein paar Häuser gibt es schon in der Nähe, aber er steuert keines davon an. Der Himmel wälzt sich dunkelgrau über ihm und jeden Moment könnte der Regen endlich fallen.

»Du kümmerst dich nur um dich selbst.« Obwohl leise gesprochen und bitter und lau, ist es von allen Wänden zurückgehallt und er hat das Gefühl gehabt, seine Haut färbte sich mit einem Mal dunkel. Gilda wollte nicht den Schlussstrich ziehen, aber Thorsten war beinahe erleichtert, dass sie so knapp dran gewesen war, und machte noch einen Satz auf dem Spielfeld. Ihr Vater stand neben ihr, als der Heimreisende das Tor zur Hauseinfahrt hinter sich schloss. Die beiden sahen Thorsten nach und erinnerten ihn bei seinem letzten Blick zurück an ein Foto, das er in einem der Alben in der Küche betrachtet hatte. Sinnlos, verlebt, knochig wie die Schminkutensilien einer alten Frau, die sie nicht mehr braucht. Thorsten ist einverstanden mit seinem eigenen Verfall, er ist wieder gescheitert und tut doch angeblich, was er kann.

Zu Hause angekommen betritt Thorsten seine Wohnung im vierten Stock und lehnt die mitgenommene Palme behutsam gegen die Küchenzeile. Sofort lässt er einen Kübel mit lauwarmem Wasser volllaufen, befreit die Wurzeln der Pflanze aus dem Plastiksack und platziert den Setzling in einem Kübel. Mit der bereitstehenden Gießkanne voll Regenwasser macht er sich anschließend zuerst daran, den kleinen Ficus im windgeschützten Eck seines Balkons zu gießen, dann die Fischschwanz- und die dunkelgrüne Fetzenpalme, die ihm beide schon über den Kopf wachsen. Die Dattelpalme rückt er eine Spur weiter in den Schatten des montierten Sonnenschutzes und streicht zärtlich mit beiden Händen die langen Blätter entlang – auf sie ist er besonders stolz. Alle Pflanzen haben diese heißen Tage während seiner Abwesenheit dank seiner Vorkehrungen gut überstanden. Niemand kann sagen, er hätte sich nicht gekümmert, sie sind ihm lieb wie Menschen. Ober eben nicht. Tagelanges Schweigen, nachts kein Licht in der Küche, keine ersten und letzten Male. Nur weit in der Ferne rauscht weiter das Meer. Doch nicht einmal Thorsten, der ganz genau hinhört, kann es wahrnehmen.

Das Konzert

Er zieht das Taschentuch aus der linken inneren Brusttasche seines Fracks hervor, schwitzt er doch schon, bevor es überhaupt begonnen hat. Wann es aber beginnt, liegt nur an ihm. Vollkommen ruhig, fast kontemplativ, so wirkt es zumindest nach außen, als würden nicht hunderte Augen ihn fixieren, seine Hände, seine Kleidung und sogar seine Füße, natürlich auch sein Gesicht, faltet er das weiße Stofftüchlein auf und tupft sich damit die Schweißperlen von der Stirn. Er drückt das Tuch gegen die durch erste Erschlaffung fein strukturierte Haut. Unterdessen schaut er strikt geradeaus mit einem Blick, von dem sich niemand angesprochen fühlen kann. Die schulterlangen Haare sind zu einem tiefen Rossschwanz gebunden – auch das irgendein Klischee, das er erfüllt. Der Frack ist schwarz und ohne den geringsten Makel, kann aber das grelle Licht nicht aufnehmen, ein Teil schimmert matt auf den Schultern wider und den Rücken entlang. Die Ruhe im Publikum steigt zu ihm auf wie Nebel und da sie ihr eigenes sowie das Schweigen der anderen hören, werden die Zuhörer, die auf den Rängen sitzen mit Ehrfurcht erfüllt, sie sind nur Augen und Ohren, ganz wenige Verliebte halten sich noch puppengleich an den Händen, sie könnten eine beliebige Hand halten.

Da macht der Herr im Frack eine Kopfbewegung, nicht mehr als eine zentimetergroße Veränderung ist es, sein Blick hebt sich ein paar Grade über den gedachten Horizont und eine Dame in blauem Abendkleid auf der rechten Empore meint den Hauch einer soeben entstandenen Falte auf seinem Gesicht erkennen zu können. Sie sieht Leid darin, Zweifel, Gram, Sehnsucht, sie sieht die Baumschatten in einem Wald, das Moos auf den Überresten gefällter Bäume, sie sieht sich selbst in jungen Jahren, abseits der urbanen Vergrauung. Leichte Füße und wehendes Haar. Das ist eine Zeit gewesen, in der sie sich für nichts hat entscheiden können und nur gewartet hat auf einen Zufall oder irgendjemanden, der ihr die Verantwortung für das, was aus ihr werden sollte, aus den Händen nehmen würde. Jahre voller Adjektive und Übertreibungen, als jeder Tag noch etwas Neues bereithielt. Hinter dem Baumstamm hat sie sich vor ihren Entscheidungen versteckt und ist letztlich doch gefunden worden. Warum nur hat sie sich nicht gewehrt gegen das Unvermeidliche? Denn sie zweifelt nun, dass es unausweichlich gewesen ist, einfältig, unglücklich und alt zu werden. Ein Verwandter, der heute Abend neben ihr auf der Empore sitzt und ebenfalls auf die Bühne hinunterblickt, hat in diesem Moment, da seine Begleiterin unhörbar zweifelt, ein leises Knarren vernommen. Seine Augenbrauen, die sich am höchsten Punkt kräuseln, heben sich eine Spur an. Er hat sofort gewusst, dass das Talent des Herrn im Frack eigentlich zu schwer für die altehrwürdige Holzplattform wiegt und auch das Instrument an sich, man denke nur an den gusseisernen Rahmen, sagt er sich und streicht mit den Fingerspitzen seine Augenbrauen entlang wie zur Bestätigung. Von den Gedanken seiner Cousine im blauen Kleid, die den Waldboden unter ihren Füßen spürt, ahnt er nichts. Sie verstehen einander nicht, haben einander noch nie verstanden. Aber dankbar ist er, weil sie ihn eingeladen hat, weil sie ihn leiden kann, obwohl sie kaum etwas von ihm weiß. Es gibt gar nichts zu wissen in Wahrheit, da er ein Langeweiler ist und sich für kaum etwas interessiert. Der Cousin zieht seine weißen Brauen höher als jemals zuvor und die Haare kräuseln sich noch eine Spur mehr in Anbetracht des Bildes, das sich ihm bietet. Er ist ja nichts gewohnt. Einstweilen ist zu beobachten, wie der Herr im Frack die Hände, die, seitdem sie das Taschentuch gefaltet und wieder in der Brusttasche verstaut haben, anhebt in einer flüssigen Bewegung, sie zuerst scheinbar zu hoch zieht, aber nicht übertrieben, um sie dann auf das Niveau der Klaviatur abzusenken, sie auf die Tasten zu legen. Jedoch schlägt er keinen Ton an und das ist merkwürdig, zu hören ist eine lange Pause vor dem ersten Takt, die doch niemand komponieren kann.

Die Fingerkuppen sind ohne Profil, ohne Signatur, ebenmäßig und glatt, weil er zu viel zu oft berührt, die Berührung in unnatürlichem Maß übt. In dem schwarz lackierten Holz des Instruments spiegeln sich seine Hände, an anderer Stelle spiegelt sich der weiße Hemdkragen, und ab und zu an einem uneinsehbaren Ort sein bekanntes Gesicht. Es hätte etwas von einer Fata Morgana, würde er sich das Bild denn tatsächlich herbeisehen. Er tröstet sich manchmal mit dem Gedanken, dass doch alle es liebten, sein Gesicht, die Hände, wahrscheinlich auch sein Hemd, und was unter der Fassade liegt, die Musik – das müsse ihm viel bedeuten. Die Fliege sitzt sehr eng um seinen Hals, beim Schlucken spürt er sie jedes Mal. Meist lässt er es nicht zu, daran zu denken, denn seine Strenge ist die Kraft, aus der er schöpft, und niemand braucht sie stärker als er. Es gibt nur kleine Zeitfenster, in denen er sich nicht kontrolliert, und dann denkt er auch an sein Kind. Das wächst bei der Mutter auf, verlebt die Jugend auf einer Insel und könnte nicht sagen, wenn man es eines Tages fragt, wer denn sein Vater sei. Sie haben einander nie gesehen. Dass aber auch der Vater auf einer Insel wohnt, auf einer selbst aufgeschütteten, das ahnen die wenigsten. Manchmal hat er Angst, dass das Kind ihn eines Tages doch findet und dann alle Fragen stellt, alle, die es gibt auf der Welt, alle Fragen in einem Blick oder in einer winzigen Geste. *Und warum liebst du mich nicht?* Dem Mann läuft ein Schauder über den Rücken. Man wird über diesen Moment schreiben morgen in der Zeitung, nein, heute schon, da seine Finger auf den Tasten ruhen und er nicht sofort die ersten Töne anschlägt, sondern mehrere merkwürdige Sekunden verstreichen lässt. Kein Zuschauerhusten. Er weiß das und hasst in dem Moment seine Lebenstage wie seine Lebensabende noch um ein Dekagramm mehr. In irgendeiner dunklen Ecke des Saales räuspert sich eine Frau in die Ruhe hinein, und dann drückt er die ersten drei Tasten nieder und lässt die Hände frei. Der Herr im Frack ohne Fingerabdruck, der jetzt erst Pianist ist, da er sich erneut beweist in der Musik, hat da wieder die Gewissheit, dass der geöffnete Flügel ihn verschlingen wird irgendwann, und er kämpft gegen das Tier, berührt die zartesten Töne, berührt unwissentlich auch den Waldboden der Jugend der fremden Zuhörerin auf der rechten Empore schon mit den ersten Klängen. Sie steht dort bloßfüßig am Moosteppich. Seine Hände rennen und werden wieder langsamer und zum Teil schon gefressen, da versuchen sie den Ausweg von einer in die andere Tonart, es hilft nichts. Dem Pianisten steht der Schweiß in großen Perlen auf der Stirn.

Es passiert vorn im Parkett. Vierte Reihe, fünfter Platz von links. Ein Schrei. Zuerst ist es nur dieser Schrei und niemand hört ihn, nicht einmal die Schreiende selbst, weil man sich nicht lösen kann von dem Bühnengeschehen, es ist, als sei es der Schrei des Instruments selbst, der riesige Klangkörper ruft wie ein Wal. Doch schließlich erkennen die Leute das Menschliche darin und beginnen, sich in alle Richtungen zu drehen, ehe sie den Punkt ihrer Empörung finden und fixieren. Das Schreien ist ein lautes Heulen. Der Frau auf der Empore ist der Waldboden unter ihren in Wahrheit alten und hässlichen Füßen entzogen worden. Das tut weh. Auch sie schaut jetzt hinunter ins Parkett, nachdem sie zu sich gekommen ist. Ein junges Mädchen sitzt dort auf einem der samtenen Stühle, es presst sich die Handflächen gegen den Kopf und schreit. Schreit aus Leibeskräften. Die feinen Gesichtszüge schmerzverzerrt. Man weiß nicht zu reagieren, so etwas ist noch nie vorgekommen. Der Cousin auf der Empore, der es auch gesehen hat, zieht seine Brauen tief, bis sie fast die Augen berühren. Er überlegt, ob er jetzt gehen soll, denn der plötzliche Tumult verschreckt ihn, er bevorzugt die immer gleichen Wege und Wendungen. Auf seinem Hemd würde man vom plötzlichen Schweißausbruch schon dunkle Flecken bemerken, wenn denn irgendjemand einmal im Leben einen genauen Blick auf ihn werfen würde. Der Cousin bleibt aber dennoch sitzen und hört mit gespaltenen Ohren zur Bühne und ins Parkett hinunter. Der Pianist spielt weiter, denn er kann nicht aufhören, egal was passiert, das Instrument wird ihn verschlingen, ihn fressen und massakrieren, alles was er in Wahrheit verdient, die Leute wissen ja nicht, dass sie ihn kämpfen hören. Er starrt weiter geradeaus mit aufgerissenen Augen und gibt seinen Händen noch mehr Freiheit, als sie brauchen und es ist zu viel, aber als er es bemerkt, ist es schon zu spät.

Die Mutter des schreienden Mädchens, die neben ihm gesessen und jetzt aufgestanden ist, versucht, ihr Kind aus dem Saal zu zerren, sie sagt kein Wort. Dann hält sie plötzlich inne, steht nur aufrecht da, schaut auf das schreiende Kind und wirft einen letzten Blick zur Bühne, ehe sie aus dem Raum marschiert mit einem ungeheuerlich geraden Rücken. Im Saal schreit das Mädchen weiter, Tränen rinnen jetzt über sein Gesicht und die Augen hat es zusammengepresst. Es verkeilt sich mit dem Körper so im Stuhl, dass seine Sitznachbarn, die mittlerweile auch an ihm zerren, es nicht vom Fleck bewegen können. Das Mädchen versucht, sie zu beißen. Schließlich stürmen zwei Männer in den Saal, die Wärter vor den Türen. Einer stolpert beim Weg zu dem Schreiplatz des Mädchens über die Füße einer Greisin, die mit hochrotem Kopf auf das schreckliche Kind starrt. Andernorts im Raum verlassen erste Gäste den Konzertsaal, während ein paar Besucher langsam Gefallen an dem Spektakel finden. Auch der Cousin auf der Empore sitzt noch immer, ist erstarrt. Die Männer packen das schreiende Kind, einer an den Knöcheln, der andere umschlingt Arme und Rumpf, und in dem Moment gibt der kleine Körper nach. Warum, weiß keiner, aber nicht einmal die Kraft des Schmerzes ist immer unnachgiebig. Sie tragen es hinaus bis vor das Haus, wo sie es auf den Asphalt setzen, weil es nicht stehen will. Die Mutter hat schon in der frischen Luft neben der Tür gewartet. Niemand würde ihr ansehen, dass sie sich in Grund und Boden schämt und wohl in letzterem versänke, würde sie sich zu dem Kind auf den Asphalt setzen. Stattdessen klatscht sie der Tochter, die noch immer schreit, aber schon etwas leiser, ihre Hand ins Gesicht. Dann wird es langsam ruhig und das schlichte Geräusch vorbeifahrender Autos verschafft sich Gehör. Und da schämt sich die Mutter wirklich nicht. *Ich werde es allen zeigen*, sagt sie sich.

Drinnen spielt der Pianist schon den letzten Satz, er kämpft sich weiter durch die Musik und die Leute versuchen, sich langsam wieder einzufühlen. Die Frau im blauen Abendkleid auf der Empore tastet nach dem Waldboden, aber bekommt die Schuhe nicht mehr von den Füßen. Unvermittelt greift sie nach der Hand des Cousins. Wie ist das damals gewesen? Jemand hat, weil sie es so lange hinausgezögert hat, für sie die falsche Entscheidung getroffen, deren Konsequenzen sie noch heute lebt. Der Cousin neben ihr zieht die durch den Tumult herabgefallenen Augenbrauen wieder ein Stück höher, auch wegen der kühlen Hand der Begleiterin, die er auf seinem Handrücken spürt, doch die Kräuselungen der Härchen haben sich unmerklich geglättet und er kann gar nicht mehr staunen über die Leichtigkeit des Pianisten, denn nun erahnt er beim Blick in dessen Gesicht und auf das schwarze Instrument mit all den verspiegelten Teilen, welchen Kampf hier die Musik spielt. Er wechselt die Tonarten und Tempi, läuft eine Skala nach oben im Crescendo, fällt hinunter und drückt mit letzter Kraft einen unglaublich zarten Schlussakkord gleich einem Dolch in einen Körper. Die Stille nach dem letzten Ton ist ein offener Abgrund, in den die Zuhörer sich schon fallen sehen, aber doch noch schnell einen Schritt zurück machen können von den Klippen, was alle tun, noch ein paar Schritte weiter nach hinten machen, von wo aus das

Ende nur noch zu erahnen ist. Dann kommt der Applaus aus der Sicherheit. Der Herr im Frack bleibt einfach sitzen am Rande des Abgrunds. Die Brandung schlägt gegen ihn und das riesige Instrument, vor dem er sich jetzt nicht mehr fürchten muss, nicht in diesem Moment. Sie sind beide lahm, wer verloren hat, wird sich später zeigen.

Das Mädchen wird zu Hause in sein Zimmer gesperrt. Es ist ein schöner Raum, in dem mit Leichtigkeit auch zwei, ja sogar drei Kinder Platz fänden, spielen und heranwachsen könnten, aber dem Mädchen mit dem strengen Zopf, den die Mutter ihm jeden Morgen in den Nacken flechtet, gehört dieser Raum ganz allein. Der große Kleiderschrank gibt ein schüchternes Geräusch von sich, als ihn die Blicke des Kindes treffen, am Parkettboden liegt noch ein Schulheft aufgeschlagen auf zwei leeren Seiten. Draußen vor dem Fenster verbiegt sich ein Baum ohne Krone im Stadtwind. Das Gesicht des Mädchens ist verquollen, die Haut rot und unter den Augen und der Nase ist sie noch immer feucht. In der Brust ein Gefühl der Enge, des Mangels, als bögen sich die Rippen nach innen und würden in die Eingeweide stechen. Das Mädchen ist von der Bettkante auf den Boden gerutscht, wo es eine Position sucht, die weniger schmerzhaft ist, dabei hat dieses Gefühl nichts mit Körperhaltungen zu tun. Oder doch? Wo liegt der Finger gut? Gerade sitzend, die Ellenbogen entspannt angewinkelt, jede Bewegung ein Federspiel, aber voll innerer Kraft. Das Mädchen starrt auf das riesige Klavier in der Mitte des Raumes, das sich soeben einen halben Millimeter auf sie zubewegt hat. Auch der Mann auf der Bühne hat es irgendwie erkannt. Der Schrei im Konzertsaal, dieser lange andauernde Schrei, das Klagen ist ihm durch Mark und Bein gegangen. Als sei das sein Kind oder er selbst. Früher. Die Mutter hat das Talent ihres Mädchens früh erkannt und gefördert, ganz im Geheimen, weil es den Vater irgendwann besiegen muss. Das wünscht sich die Mutter, die neidisch geworden ist auf den Erfolg dieses Mannes, weil er zu streng gewesen ist mit sich selbst und mit ihr. Sie hat ihn über die Kante gestoßen.

Nach Jahren klopft es plötzlich an der Zimmertür des Mädchens, die Mutter steht davor, sie klopft sonst nie. Dem Mädchen rinnt der Schweiß von der Stirn und es wischt ihn weg mit einem kleinen weißen Tuch. Die Mutter tritt ein und zieht den Zopf im Nacken strammer. Nun ist es Zeit. Zeit, den Vater zu besiegen, die Zukunft gehört ihr und dem Kind.

Reseden im Verblühen

Kaltes Wasser rinnt mir durch die Finger, über das Schneidbrett und verschwindet im Abfluss. Draußen beginnt es zu regnen, von den Dächern löst sich der Staub eines trockenen Herbstes, die Farben verwischen. Ich stelle mir vor, wie das Brett in meiner Hand zu Schwemmholz wird, wie die Ecken sich langsam runden und es mit einem Mal an Gewicht verloren haben wird, wenn es nach Algen und Forellen riecht und nicht mehr nach Tomaten und Zwiebeln. Schnell drehe ich den Wasserhahn ab, ziehe das Brett aus der Spüle und trockne es ab. Wenn jemand angeschwemmt worden ist, muss ich es sein, weil ich von selbst hier nie gelandet wäre. In der Dusche löst sich noch ein Teil von mir, wird abgewaschen, in Wahrheit besteht man doch zu einem großen Teil aus Zucker und Salz. Nach dem Öffnen der Glastür scheint der Boden noch kälter als vorhin, nasse Haare im Genick halten den Kopf aufrecht, aus dem Spiegel starren Augen, offen ansprechbar, tragen etwas Unaussprechliches über dem Mund.

Die Reseden zittern im Regen, der von außen gegen die Balkontür schlägt, auf den Waschbetonplatten schlüpft eine Schnecke aus ihrem Kalkhaus. Die Tropfen vom Himmel wollen heute wehtun, alle Schneckenhäuser der Welt zerschlagen. Das Wasser in meinen Haaren flüchtet sich in die gepolsterte Stuhllehne – wenn es Angst vor mir hat, kann ich es verstehen. Sauber und nackt sitze ich da, aber ich fühle mich verdorben, von innen, ganz drinnen – was noch nie ein Mensch gesehen hat, das ist abgestanden und faulig. Die Haut riecht nach Beerenshampoo und der Mund nach künstlicher Minze. Im Brustkorb liegen lose die Leihgaben fürs Leben, ein gallig-grünes Atmungsorgan reißt aus seiner Verankerung, Billigware, man hat es mir angedreht, und jetzt drückt es mir auf den Magen. Die Därme sind verschnürt zu einer Geschenkmasche um eine in die Knie sinkende Seele, an die ich nicht glaube. Ich kann sie nicht hervorwürgen, gar nichts wurde je aus mir geboren. Ein Strahl Morgensonnenlicht verweilt im Zimmer, nie länger als eine halbe Stunde und fast immer versäume ich ihn. Die Grünlilie am Fensterbrett teilt den Vorhang in zwei gleiche Hälften. Die Pflanzen lagern ihre Ruhe sicher in den Blättern ein, wenn ich das Ruhigsein längst schon verspielt habe. Sie sind sehr stille Zeitgenossen. Jedoch haben sie vor nicht allzu langer Zeit aufgehört zu wachsen. Das ist Einbildung. Vielleicht. Und niemand hat je ihre Blätter gezählt, aber dennoch scheint es mir, die Pflanzen würden ihre Form nicht mehr verändern, sind wie eingefroren. Ich richte mich auf und fasse mir in den Nacken. Die Haare sind immer noch nass, die Stuhllehne ist feucht und ich spüre, wie alles friert und knistert. Beim Blick auf die Uhr sehe ich die zwei Zeiger aus lackiertem Metall über einer blauen Scheibe, aber ich sehe die Zeit nicht. Ich lasse meinen Oberkörper nach vorn auf die Schenkel sinken, das sind die Bewegungen, die uns ausmachen. Jeder Mensch beherrscht nur eine einzige in völliger Perfektion. Der steingraue Pullover und die Hose von gestern liegen auf dem Bett, als wäre ihnen der Leib aus dem Inneren gestohlen. Ich ziehe sie rasch an und halte sie warm über meiner Haut, schnüre dann auch noch die Schuhe an meine Füße. Auf den Straßen liegen Glasscherben. Einmal habe ich sogar zerbrochene Blutsteinperlen beim Verlassen des Hauses gefunden. Wer wollte denn sein Liebstes noch nie aus dem Fenster seiner Wohnung im sechsten Stock – denn alle haben so eine Wohnung – werfen und am Asphalt zerschmettern sehen?

Dieser Vormittag ist hellgrau, die Gesichter der Menschen, denen ich auf der Straße begegne, haben sich an den Ereignissen des Tages noch nicht abgeschliffen, einige aber sind gezeichnet von der Nacht oder den vielen Nächten davor und manche Augen sind trüb – die werden sich nicht mehr ändern. Ich steige in die Straßenbahn und fahre zur Bibliothek, wo ich drei Bücher in fremde Hände gebe, obwohl sie dort nicht hingehören. Waldgeschichten und Anleitungen zu chinesischer Kalligrafie, der letzte Einband ist glühend rot zum Abschied, aber unangenehm kühl. Als ich die Außentreppe der Bibliothek hinuntergehe, sehe ich Mate die Bahngleise überqueren, er geht da in der feuchten Luft mit seinem Gedankenkopf und ich wünsche mir, er würde etwas suchen. Und natürlich will jeder der Gesuchte sein. Ich. Schreckliche Egoisten sind alle. Ich beschleunige meine Schritte. Den Reißverschluss der braunen Allwetterjacke hat Mate nicht geschlossen. Ein paar Mal habe ich sie auch getragen, wenn uns beiden kalt war, ich weiß also, wie sich das Innenfutter auf nackten Gänsehautarmen anfühlt. Ich folge ihm über den Zebrastreifen – das eine Auge verblendet durch ein grünes Blinken der Ampel, das andere Auge, das überall nur Rot sieht und mir das Weitergehen verbietet. Ich bleibe stehen. Wir sollten uns nicht mehr wahrnehmen, wir können nichts an uns für wahr halten. Ich schaue ihm nach. Mate bewegt sich so nah an den Bänken im Park vorbei, dass ich denke, er werde sich gleich setzen, dann würde ich mich neben ihn setzten, oder er würde sich daran stoßen und fallen, dann würde ich ihm aufhelfen müssen, aber er bleibt nicht stehen, strauchelt auch nicht, sein Schritt ist fest, als stellte er sich selbst nie infrage, er geht einfach und er geht vorbei. Braune Blätter kleben am Boden fest, ein Muster ist nicht zu erkennen. Es ist schon fast Oktober und es bläst der Wind. Von Westen. Mir ist kalt. Die Allwetterjacke werde ich nicht mehr anziehen, das einzige Exemplar, das es gibt von solchen Jacken, gehört Mate, das weiß ich. Mir fällt erst jetzt auf, dass das Holz der Bänke vollgesogen ist mit Regenwasser und dass niemand sich setzen würde. Aus den Bäumen fallen noch große Wassertropfen, seltener auch verspätete Kastanien, die beim Aufschlagen am Boden aus ihren grünbraunen Hüllen brechen – eine Sturzgeburt weit vom Stamm entfernt. Ich hebe eines der benommenen Kinder auf und stecke es in meine Manteltasche. Ich würde gern singen können und dann sänge ich, dass irgendwo, ja, warum nicht im Stadtpark, wieder die Bäume blühten. Stattdessen steige ich in die Straßenbahn und fahre bis zur Endstation. Und natürlich ist das ein Friedhof, die Pflanzen wachsen in die vergrabenen Körper ihre Stille ein.

Geschäfte, Autos, Hunde, Straßenlaternen, ungepflegte Häuser und Wortfetzen ziehen hinter der Scheibe vorbei, aber ich bin es, die sich entfernt. Die Luft ist schmutzig, jedoch nicht wegen der Rußpartikel – von den Menschen immer wieder ein- und ausgeatmet schwemmt sie dabei jedes Mal ein bisschen von den inneren Zuständen heraus. Ich stehe auf und gehe zur Tür. Sie öffnet sich langsam, als wäre das gar nicht die Funktion, für die sie gemacht ist, als wäre es immer noch ungewohnt, dass Leute einfach durch sie hindurchgehen. Im Vorstadtgebiet halte ich mit den Fingern die Kastanie in der Manteltasche fest, bis ich durch das Friedhofstor gehe und nach einiger Zeit zu der weißen Kapelle gelange. Ich bleibe nicht stehen. Im Vorbeigehen höre ich ein Mädchen zwei Erwachsene fragen, wie alt die ältesten Menschen werden.

Bei 55B angekommen habe ich plötzlich Augen für den Tod, versteinert stehen wir uns gegenüber. Noch nie habe ich etwas berühren müssen an einem Grab, nur mit den Blicken halte ich mich an den zwei eisernen Spatzen am höchsten Punkt dieses Grabsteins fest, der mir etwas bedeuten sollte. Wenn ich früh morgens hier wäre, meinte ich vielleicht den fremden Pollenstaub auf ihren Flügeln schimmern zu sehen und den Geruch von Kirchendächern, altem Brot und Lärchenwipfeln an ihren zierlichen kalten Füßen riechen zu können. Wer die Flügel berührt, läuft Gefahr, dass Funken springen, weil sie nachts auf Stromleitungen geschaukelt haben. Doch in Wahrheit glaube ich an nichts außer Blumen und Stein. Ich glaube den Leuten nicht, die Grabsteine streicheln und zu den toten Vertrauten sprechen. Leichen zu beleben, ist aber immer einen Versuch wert gewesen.

Freitag, der 13.11.09 Auf der Jagd nach Tieren steht auf der Sitzfläche einer der Aluminiumbänke am Weg. Ich setze mich neben das wasserfest aufgemalte Datum. Mit der Hand bedecke ich die Schrift und frage mich, welcher Tag heute ist, obwohl mich das noch nie interessiert hat. Ich schaue über meine Schulter zu dem hohen Monument hinter mir, lese die Inschrift. Alberti Winter und Gottfried Anya sind dort gestorben – nein, natürlich nicht, jemand hat sie nur hier unter der Erde verscharrt. Ein bisschen Immergrün wächst über das gerahmte Stück Boden. Ich bin noch nie gestorben – doch, einmal. Als Mate und ich uns verlassen haben. Offenbar gehöre ich zu jenen, die mehr als nur ein Leben haben. Der Himmel zieht den Blick auf sich, wie so häufig in den passendsten Momenten hat er sich geklärt, schnell von Westen her. Immer wieder diese Richtung. Klarheit gilt es zu finden. Dort oben in den gelben Blättern scheint sich etwas herauszukristallisieren. In meinem Kopf ist es schon Winter geworden und es beginnt zögerlich zu schneien. Ich spüre meine Hände nicht wie sonst, es ist, als hätten sie etwas losgelassen, das vom Festhalten schon fast eingewachsen ist, das herausgeschnitten werden muss. Das kann nur schmerzhaft sein. Die Sonne, die nur ungerührt vorbeigeht heute, wie Mate, lässt am Friedhof die Schatten wachsen. Die Lider fallen über die Augen, das Licht frisst der Horizont – alles Abwärtsbewegungen. Mit mir ist nichts anzufangen, ich bin nur da zum Beenden, ich bin ein so endlicher Mensch. Darum fühle ich mich von der Dämmerung verstanden – wir sind so innig miteinander, wenn ich am Balkon sitze und die atmosphärisch zerbrochenen Farben verabschiede. Das ist Leben, dieser Kitsch. So wie alles Geflüsterte bedeutsam sein muss, sein sollte. Es wäre uns zumindest lieb so. Fast wie ein Gebet – nur dass ich an die Worte nicht glaube, sobald jemand sie spricht. Natürlich nicht. Mate, warum hast du so selten etwas gesagt, das wirklich zu dir gepasst hätte? Unsere Worte waren fein gewichtet, aber manchmal sagtest du Dinge, die zu schwer waren für diese zarte Apothekerwaage. Das Gleichgewicht habe ich nicht gefunden, du hast es nicht einmal versucht. Am Morgen fühlt es sich an, als begänne nicht ein Tag, sondern als läge die Nacht im Sterben, so schönes Blut am

Himmel hat sonst keiner. Natürlich ist alles nur hervorgeträumt. Der Traum ist das Natürlichste auf der Welt. Die fernsten Orte liegen einen Walzerschritt auseinander und die schönste Melodie ist tonlos. Hörst du?

Wir sind abends im Bett gesessen, erinnere dich, Mate. Der Regen hat nie sanfter geschlagen. Wir haben auch einmal Schach gespielt und ein andermal hast du mich gefragt, was Sesquipedalianismus bedeutet. Ich wusste es nicht. Wir waren uns so nah, dass wir immer schnell aneinander Halt gefunden hätten. Die Bauern waren uns einerlei, wichtig waren Dame und König, wir waren eben gemein und haben uns aus Angst mit den Mächtigen verbündet. Aber in manchen Momenten – und sie wurden öfter und dauerten zunehmend länger – wuchs eine große Distanz zwischen uns, die unheimlich war in ihrer Unsichtbarkeit. Dann habe ich deine Haut berührt wie ich es sonst auch oft tat, aber ich konnte dich nicht mehr damit erreichen. Dein Blick lief an mir vorbei. Mich begleiteten Fragen in den Schlaf. Und in den Tag. Ich wollte wissen, was du mich nicht wissen lassen wolltest, und ich frage es jetzt wieder im Traum. Wohin schaust du, was siehst du? Ich sehe nichts. In deinen Augen spiegelt sich etwas, ich kann es nicht erkennen. Vor mir machen sich die Dinge unsichtbar. Was ist dort, was hast du? Wieso spricht niemand? Du kannst mich nicht hören, weil es mir nicht gelingt, nur eine dieser Fragen laut auszusprechen. Aber du musst mich doch auch so erkennen, ohne Sprache, sogar im Dunkeln, ja du musst doch auch dieses Zerrinnen von mir bei Nacht und im Verfall wahrnehmen und im Baumwollstoff versickern spüren, weil daraus einkeimblättrige Gelüste wachsen, deren Blüten schwarz mutieren, verbrecherisch. Die Gewissheit krallt sich um den Hals und die elenden Erinnerungen. Es ist eine Uhr, auf die du schaust. Ich sehe diese Uhr nicht, aber dein Blick ist ein Blick, den man nur auf die Zeit wirft. Ich habe Angst, dass du mir bald sagen wirst, dass es spät ist, dass unsere Zeit vorbei ist. Und dann würde ich angeschwemmt werden, zu leicht und nichtig zum Untergehen.

Ich würde angeschwemmt werden und still dasitzen unter hohen Bäumen. Mir ist so kalt geworden, ich bin erfroren. Es schneit nicht. Als ich nach oben schaue, sind die Bäume beinahe schon entlaubt, dabei war eben doch noch Herbst, davor einmal Sommer. Und es dämmerte. Es dämmert mir noch jetzt. Wo ist die Zeit geblieben? Ich stehe auf und gehe die paar Schritte zu dem Grab zurück. Der Stein ist unverändert, grau und kühl. Die Spatzen aber – sie sind fort. Vielleicht holen sie die Gegangenen ein, die immer weiter achtlos Vorübergehenden. Mate. Aber zurückgebracht haben sie noch niemanden. Moos wächst aus den Ritzen meines Lebens. Ich fasse in meine Manteltasche und fühle die Kastanie. An genau der Stelle, wo die eisernen Vögel gesessen sind, platziere ich sie, sollen sie doch alles mitnehmen! Egal welchen Weg ich gehe, ich werde nicht ankommen, jener Ort hat nur einen erfundenen Namen. Ich hasse die Beliebigkeit. Soweit meine Blicke reichen, sehe ich keinen einzigen Menschen. Mir ist schlecht – so muss das Fleisch des eigenen Körpers schmecken und weißt du, wie verdorben ich bin? Habe ich mich von mir selbst ernährt. Das unantastbare Herzstück mit etwas Fremdem ausgefüllt. Mate. Ich muss mich selbst sezieren. Beginnend beim kleinen Finger eine rote Linie schneiden – ohne Vorzeichnen, man hat nur einen Versuch. Ein Schnitt bis zum Körperschwerpunkt, ich verliere die Balance. Du hast es nicht einmal versucht. Die Haut auffalten und das Herzblatt liegt frei – es ist eine Linde. Mate hat mir Ruhe gegeben im Innern, die Pflanzen haben aufgehört zu wachsen, weil es ihnen einfach nicht mehr möglich gewesen ist. Wer scheut es nicht, sich vollends zu entblättern? Die Luft will gar nicht eingeatmet werden in die verdorbenen Körper.

Kaltes Wasser rinnt mir durch die Finger, über das Schneidbrett und verschwindet im Abfluss. Draußen beginnt es zu regnen, von den Dächern löst sich der Staub eines trockenen Herbstes, die Farben sind hässlich und die Menschen weiden sich daran. Im Traum liegen die fernsten Orte nur einen Walzerschritt auseinander und die schönste Melodie ist tonlos. Ich stelle mir vor, wie ich die Liebe zu Mate in fremde Hände gebe – ganz wie man Bücher zurückgibt an Orte, wo sie nicht hingehören. Ich habe vieles nicht verstanden, aber die Autoren werden es nie erfahren und niemand ist interessiert. Der Einband ist glühend rot zum Abschied. Ich wurde angeschwemmt, denn ich wäre von selbst hier nie gelandet, ein bisschen, nur ein bisschen die Schuld abwaschen, wenn man schon zu nichtig ist für den Untergang. Im Regen kann ich die Salzkrusten von mir waschen, aber nach dem Öffnen der Balkontür scheint der Boden im Haus kälter noch als vorhin, nasse Haare im Genick halten den Kopf aufrecht. Aus der Küchenschublade hole ich eine Schere hervor, ehe ich wieder auf den Balkon hinaustrete. Die Reseden zittern im Wind. Sie haben Angst vor mir, ich kann es verstehen. Ich schneide den Pflanzen die Köpfe ab, eine Guillotine wäre ein zu großes Spektakel für eine so kleine Geste der Verstümmelung von Blumen. Das Sterben hat einen Duft bekommen und man kann die Blüten sogar essen. In Wahrheit glaube ich an nichts außer Blumen und Stein. Was könnte wahrhaftiger sein. Ich glaube den Leuten nicht, die Grabsteine streicheln und den Toten ihr Vertrauen schenken, weil die Lebenden damit nichts anzufangen wissen. Die Gewissheit krallt sich um meinen Hals und um mein Herz. Mate hat die Zeit im Blick behalten. Ich habe diese Uhr nie gesehen, auf die er immerzu gesehen hat, aber sein Blick war ein Blick, den man nur auf die Zeit wirft. Es ist spät geworden. Ich bin ein so endlicher Mensch. Am Ende stehe da nur noch ich. Ein letztes Blatt fällt in den Winter. Seine blauen Augen lügen mir ins Gesicht.

www.septime-verlag.at